警視庁ＳＭ班Ｉ

シークレット・ミッション

富樫倫太郎

角川文庫
22028

目次

プロローグ

平成二二年（二〇一〇）二月初め

警視庁。刑事部長室。

阿部（あべ）忠雄（ただお）刑事部長と前島浩三郎（まえじまこうさぶろう）捜査一課課長が向かい合ってソファに坐（すわ）っている。

「これなんだが……」

阿部部長がＡ４サイズの紙を一枚、前島課長に差し出す。

「何ですか？」

「まあ、見てくれ」

「……」

前島課長が紙を手に取り、目を落とす。

そこには四人の名前が書いてある。

薬寺松夫
佐藤美知太郎
糸居秀秋
柴山あおい

名前の下に今現在の所属部署も記されている。

「これは……？」

前島課長が怪訝な顔になる。

「どうだ、一課で引き取ってくれないか」

「大部屋にですか？」

「うむ」

「正式な異動であれば、来月、辞令を出せばいいことだと思いますが」

「わかってるさ。なあ、前島、わざわざ二月にこんな話をおれがするのは何かしら事情があるってことは察してるだろう？」

「そうですね」

「そこの四人、誰か知らないか？」

「糸居君の名前は聞いた記憶があります」

「いい噂じゃないよな？」

「そうだったかもしれません」

「ここには二人しかいないんだから遠慮しなくていい。糸居は優秀で何度も表彰されているが、捜査のやり方に問題があるせいで懲戒処分も何度も受けている。停職……いや、懲戒免職になってもおかしくないこともあった。表彰と懲戒で、プラスマイナスゼロ……いや、マイナスの方が多いかな。来月の異動で、糸居を他の所轄に移すつもりだったが、噂が一人歩きして、こちらが打診しても受け入れを拒否されてしまう」

「それは、おかしくないですか。部長の指示であれば、受け入れ拒否などできるはずがない」

「わかってるさ。本来、打診する必要もない。辞令を出せば済む。しかし、おれとしては糸居が異動先で飼い殺しにされてほしくない。今の警察に、そんな余裕はない。犯罪を少しでも減らすためには優秀な警察官を有効活用しなければならないんだよ」

「ということは、他の三人も……？」

前島課長が再び紙に目を落とす。

「薬寺、佐藤、柴山……。三人とも抜群に優秀な連中だ。仕事ができる。しかし、どうにも組織に馴染めないというのか、上司や同僚とトラブルばかり起こす」

「協調性に欠けるわけですか？」

「まあ、そういうことだな」

「ある意味、警察官として最も重要な適性に問題があるということじゃないですか。昔ならいざ知らず、現代では一匹狼のような警察官が存在する余地はない。凶悪な犯罪には組織で取り組むしかないからです。それは捜査一課であっても変わりませんよ。現在所属している部署でトラブルを起こしている者たちを大部屋に受け入れることには賛成しかねます」

「わかるよ、言いたいことは」

阿部部長は、ふーっと息を吐くと、ポケットからタバコを取り出して吸い始める。苛立ちが募ってきた証拠である。

「だが、トラブルメーカーだとしても使い方次第では役に立つ。成功事例があるじゃないか」

「SROのことをおっしゃってるんですか？」

阿部部長直属の部署として「警視庁広域捜査専任特別調査室」、通称「SRO」が設置されたのは、ちょうど一年前だ。室長の山根新九郎以下、変わり者揃いの小さな部署だが、この一年で、シリアルキラーと呼ばれる連続殺人犯を何人か逮捕している。十分すぎるほどの実績である。

「あそこは山根室長がしっかり手綱を握っておられるから……」

「おまえだって曲者揃いの一課を束ねているじゃないか。そこに四人くらい入っても構わないだろう。優秀な連中なんだし、うまく使えば、きっと成果をあげるはずだ」

「それなら……」

「承知してくれるか？」

阿部部長が前のめりになる。

「そうではなく、SROを参考に、新たな部署を設置してはどうかと思いまして」

「新たな部署？」

「SROのように一課と切り離した部署にするのは難しいでしょうから、わたしが監督するということで一課の中に独立した班を作ればいいのではないかと思います」

「それは悪くない考えかもしれないな。一課の別働隊のような位置付けにすれば、案外、活躍してくれるかもしれんぞ……」

ふむふむと阿部部長がうなずき、しばらく何事か思案する。

やがて、「SECRET　MISSION」とつぶやく。

「え？　何ですか」

「ほら、トム・クルーズの映画があるだろう、ミッション何とかという」

「はい、ありますね」

「不可能と思われるミッションに秘密諜報部員が挑戦する話だよな？　似たような感じで、『SECRET　MISSION』だ。カッコいいだろう」

「秘密の任務を与えるんですか？」

「それは、おいおい考える。そうか、一課の中に新たな部署を設置するか。悪くない、悪くない」

阿部部長は上機嫌だ。

「わたしからも、ひとつ、ご相談があります」

「何だ?」

「田淵のことなんですが」

「まだ、ぎくしゃくしてるのか?」

「表面的には、みんな、何事もなかったような顔で仕事をしています。しかし、みんながみんな納得して田淵に接しているわけではないと思います。恐らく、わたし以上に田淵本人が感じているんじゃないでしょうか、疎外感のようなものを……」

「疎外感なあ」

阿部部長が二本目のタバコを吸い始める。

「先程、この四人は警察官としては優秀だが、協調性に欠けていたり、捜査手法に問題があってトラブルを起こしたりして扱いにくい……そう部長は、おっしゃいましたが、田淵は違います。警察官として優秀で、みんなともうまくやってきました。若い刑事の手本となり、若手からも同僚からも上司からも信頼されてきたんです」

「それはわかるが、ある意味、田淵が抱えている事情は、その四人よりも深刻だからな」

「大部屋にいたのでは田淵も息苦しいだろうと思うんです」

「田淵本人がそう言ったのか? 異動を望んでいるのか」

「そんなことを口にする人間ではありません。部長もご存じじゃないですか」

「田淵、いくつだっけ？」

「五一ですね」

「五〇過ぎか……。その年齢(とし)で所轄に異動させて、それで今より仕事がやりやすくなるかな。田淵も、受け入れ先の者たちも戸惑うんじゃないか」

「そうかもしれませんが……」

「その紙、ちょっといいか？」

「はい」

前島課長が紙を阿部部長に渡す。

阿部部長はポケットからペンを取り出すと、柴山あおいの名前の横に、

田淵ゆたか

と書き加えた。

「部長……」

前島課長が驚き顔になる。

「モノは試しだ。やってみよう。案外、田淵には居心地がいいかもしれないぞ」

阿部部長は自分の思いつきに満足げな表情である。

第一部　SM班

一

四月五日（月曜日）

三輪吉信は何度となく腰を浮かせては、

「まだ駄目かな？」

と、運転手の島田に訊く。

「時間がかかりそうですね」

島田に言われるまでもなく、フロントガラス越しに前方を見遣れば、車列が一向に動いていないことはわかる。

なぜ、こんな道を選んだ、と怒鳴りたいのを三輪は必死に我慢する。島田にはタクシー会社に勤務した経験が二〇年以上ある。街を流すタクシーではなく、得意客を送迎するハイヤーの運転手だった。言葉遣いやマナーもしっかりしているし、都心の道路なら、細い抜け道まで熟知している。何時何分にどこその場所に行きたいと指示すれば、渋滞情報をきちんと調べて道路を選択し、その場所に三輪を送り届けてくれる。安くない給料を支払っているが、それに見合うだけの働きをしてくれている。

その島田が大渋滞に引っ掛かった。

島田が悪いわけではない。突発的に発生した交通事故のせいである。五〇メートルほど前方で玉突き事故が発生した。巻き込まれなかったことを幸運だと思うべきだろう。

車は乗り心地がいい。メルセデス・ベンツのフラッグシップモデルのSクラスで、その中でも最もグレードの高い車種だ。車両の本体価格だけで、二五〇〇万円以上する。内装やオーディオなどのオプションに凝ったせいで、三〇〇〇万円近い買い物になったが、それを高いと思ったことはない。車内は広くゆったりしていて、仕事もできるし、のんびりくつろぐこともできる。バーも設置してあるので、酒を飲みながら音楽を楽しんだり、映画を観ることもできる。時間を持て余すことはないのだ。会社に着けば、退社するまで仕事に追われることはわかっているから、車に乗っている時間は、三輪が気儘に過ごすことのできる憩いのひとときと言っていい。

三輪吉信は成功者である。大学生のときに立ち上げたネット関連の情報サービス会社が時代の流れに乗って急成長した。わずか三人で始めた会社が、今では八〇人の社員を抱え、年商は二〇〇億円を超える。二年前に株式を公開し、創業者である三輪の資産は時価で五〇億円に膨れ上がった。二八歳にして富豪の仲間入りをしたのだ。

もっとも、見かけは冴えない。身長が一六五センチなのに、体重が八五キロある。コーラを飲み、ポテトチップスを食べながら映画を観るのが好きだし、仕事絡みのランチ以外は、ほとんどファストフードのハンバーガーを食べる。運動もしないし、ダイエットもしていない。不規則な生活、暴飲暴食、運動不足……これで太らないはずがない。

独身だが、恋人はいない。女性に興味がないわけではないが、特定の恋人と付き合う時間が惜しいし、性欲を感じたときは風俗を利用する。一人暮らしを満喫しており、その生活空間に他人を入れたくないので、恐らく、結婚はしないだろうと思う。

「まいったな……」

三輪が舌打ちする。それを耳にして、

「申し訳ありません。次の小路を左折できれば、何とかなりそうなんですが……」

「わかってるよ」

島田の言う小路は、わずか二〇メートル先だが、かれこれ三〇分以上、ベンツは一センチも前進していないのだから、いつになったら、その小路に辿り着くことができるのかわからない。

三輪が腕時計で時間を確認する。パテック フィリップのノーチラスというタイプで、色とデザインが気に入っている。一五〇〇万円した。

もう午前八時四五分になろうとしている。待ち合わせは九時である。

(遅れたらどうしよう。少しくらいなら待っていてくれるだろうか)

不安になり、傍らに置いてある黒いリュックをぎゅっと強くつかむ。本革製で、金具がゴールドだ。デザインは地味だが、かなりの高級品に違いない。

三輪吉信の乗るベンツを、三〇メートルほど後方から見守っている男がいる。

路肩にロードバイクを停め、その横にスポーツドリンク入りのボトルを手にして立っている。身長は一八〇センチ前後で、半袖ジャージにビブショーツ姿だ。引き締まった痩せ形だが、太股は筋肉で盛り上がり、かなりの太さだ。ヘルメットを被り、調光レンズのサングラスをかけているので、顔立ちや年齢はわからない。額には汗が光っており、息抜きに休憩しているように見えるが、実際には、ベンツを監視している。

芝公園。

増上寺の近くにある、児童公園のベンチに男がぽつんと一人で坐っている。

年齢は三〇くらいだろうか。あまり若くは見えない。

髪がぼさぼさで、無精髭を生やしている。いくらか白髪も交じっているから、もしかすると四〇近いのかもしれない。肌が荒れていて、皮膚には艶がない。顔色も悪く、あまり健康そうには見えない。

グレーのトレーナーの上に薄手のウィンドブレーカーを着て、ジーンズにスニーカーを履いている。身に着けているものは、どれもくたびれている。スニーカーは元は白色だったのだろうが、泥で汚れてしまい、茶色っぽく見える。ジーンズも所々、色褪せしており、染みのような汚れがいくつもある。

肩を落とし、やや猫背気味の姿勢でベンチに坐っている。傍らに黒いリュックが置いてある。そのリュックだけが真新しい。本革で金具はゴールドだ。薄汚れた男が持つには、あまり似つかわしくない。

その児童公園は、さほど広くはないが、砂場や滑り台、ブランコ、鉄棒など、一通りの遊具は揃っているし、周辺には他に適当な公園がないので、近くの保育園の子供たちが保育士に連れられてよく遊びに来る。ベビーカーを押した母親の姿も目立つ。子供を幼稚園の送迎バスに乗せた後、下の子を連れて来るのだ。幼い子供たちを遊ばせながら、母親たちはおしゃべりに興じている。彼女たちが、時折、ちらりちらりとベンチに視線を向けるのは、その男の存在に薄気味悪さを感じるからだ。ほとんど身動きせず、うつむき加減だから、何か考え事でもしているのか、それとも、疲れて休んでいるだけなのか……そんな風に見えるが、よくよく眺めると、男の視線が子供たちの姿を追っていることがわかるはずだ。母親たちも、とっくに気が付いている。

ついに三輪吉信は決心した。

このまま何もせず後部座席に坐っていても仕方がない。時間だけが空しく過ぎていくだけだ。

「島田さん、車を降りるよ。電車を使う」

「その方がいいかもしれませんね」

前方を眺めながら、島田がうなずく。この分では、まだまだ車列は動きそうにない。

「会社に来てくれればいい。夕方まで車を使う予定はないから、ゆっくりでいいよ」

「申し訳ありません」

事故渋滞に巻き込まれたことが自分の落ち度であるかのように恐縮して詫びる。

「島田さんのせいじゃない」

リュックを手にしてベンツから降りると、三輪は歩道を走り出す。街道沿いに真っ直ぐ進めば、ＪＲの駅があるはずだ。

三輪がベンツを降りて走り出すのを見て、ロードバイクも動き出す。車が渋滞しているのを横目に、わずかな隙間を縫って、すいすい進んでいく。三輪の後を追うわけではない。三輪の行き先はわかっているから先回りするつもりなのだ。

「ねえ、あの人、ずっといるよね」

「わたしが公園に来たのが九時前で、そのときには、もういた」

「嫌だなあ、気持ち悪くない？」

「子供たちを見てるよね」

「あのリュックだけ、何だか新しいものね」

「盗撮とかしてるのかも……。あのリュックに小型カメラでも隠して」

「あ、お巡りさんよ。注意してもらいましょうよ」

　ママ友のグループから二人の若い母親が抜け出て、公園の外縁沿いに自転車を走らせている二人組の制服警官を呼び止める。中年の巡査と若い巡査だ。彼らに事情を話すと、ああ、そうですか、それなら話を聞いてみましょうか、とうなずき、自転車を停めて公園に入ってくる。ベンチに近付くと、

「失礼します。ちょっとお話を伺いたいんですが、よろしいですか？」

　中年の巡査が話しかける。

「……」

　男は何の反応もしない。

「身分証明書をお持ちでしたら拝見できますか？」

「……」

　不意に男がベンチから立ち上がる。リュックをつかみ、中年の巡査を無視して歩き去ろうとする。

「あ……待って下さい。まだ話が途中ですから」

　中年の巡査が男の肩に手をかけようとする。振り向きざま、巡査の手を払おうとするが、勢いがありすぎて、男の手が巡査の顔に当たる。傍から見れば、平手打ちだ。

「きさま、何をするか！」

若い巡査が声を荒らげる。

男が走って逃げようとする。若い巡査が飛びかかる。二人が揉み合いになる。リュックが地面に落ちる。口が緩んでいたのか、リュックの中から何か白い塊がこぼれる。男がハッとした表情でリュックを拾い上げようとするが、若い巡査が男を押さえる。中年の巡査が素早くリュックを手に取り、中を覗き込む。

「何だ、これは……」

密封式のビニール袋が出て来る。ドライアイスが入っている。ビニール袋のチャックが開いてドライアイスがリュックの中に飛び出した。ドライアイスの煙で袋の中が曇っている。

「ん？」

中年の巡査が目を細める。中に入っているものの輪郭がはっきりしてきたのだ。

「げ」

と驚愕する。

「どうしたんですか？」

「み、みみだ……これは人間の……」

「耳？　耳ですか？」

「そうだ、耳だ。それだけじゃない。指も入ってるぞ。人間の指が……」

息を切らして三輪吉信が走っている。ちらっと時計を見る。九時四五分、すでに約束の時間を四五分も過ぎている。

(頼む。まだ、いてくれ)

祈るような気持ちで公園に走り込む。

ハッとして足を止める。大勢の警察官の姿が目に入る。反対側の入口付近にはパトカーが何台も停まっている。野次馬の数も多く、公園内は騒然としている。

何が起こったのか、三輪に詳しい事情は何もわからない。ひとつだけはっきりしているのは、これで取引が駄目になったということだ。三輪が遅れたせいでそうなったのか、それとも他に何らかの事情があったせいなのか、それはわからない。この場にいてはいけない……そう自分に言い聞かせると、三輪は踵(きびす)を返して公園を出る。

三輪が肩を落とし、とぼとぼと駅に向かう後ろ姿を、ロードバイクの男が見つめている。三輪より一〇分ほど早く公園に着いたので、何が起こったのか、おおよその見当はついている。

「よう」

別のロードバイクに乗った男が後ろから声をかける。半袖(はんそで)ジャージ、ビブショーツ、ヘルメットなど、身に着けているものがまったく同じだ。それだけでなく背格好も同じくらいだ。二人ともサングラスをかけているので顔立ちははっきりわからないが、それでもよく似ている。

「まさか、パクられた？」

「あり得ないよな。『本部』に連絡しないと」

溜息をつきながら携帯を取り出す。

すぐに相手が出る。

「遅いぞ」

「失敗です。『店員』は警察に身柄を確保されました」

「警察？　逮捕されたのか」

「職務質問されて逃げようとしたようです。普通、それだけでいきなり逮捕はされませんし、これだけたくさんの警察官が呼ばれることもないはずです」

「……」

相手が沈黙する。一〇秒ほど黙りこくった後、

「つまり、『商品』が見付かったということか？」

「そう思います。『商品』は警察の手に渡ったと考えるべきでしょう。『客』が遅刻したせいです」

「受け渡しの前に確保されたんだな？　捕まったのは『店員』だけで、『客』は無事なんだな？」

「そうです」

「わかった。引き揚げてくれ」

「報酬は、どうなりますか？」

「もちろん、払う。いつも通りだ」

「ありがとうございます」

二

四月六日（火曜日）

白峰（しらみね）家の食卓は静かだ。

朝食は七時からと決まっている。

テレビではなく、ラジオでNHKのニュースを聞きながら食事をする。

父親の政夫（まさお）はニュースを聞くだけでなく、朝刊を読みながら食事をするので、ほとんど口を利かない。整髪し、白のワイシャツにレジメンタルの地味なネクタイを締めている。食事の前に出勤の用意を済ませるのが政夫の習慣だ。

母親の紀子（のりこ）は黙々と給仕をする。自分が食べるのは家族の食事が終わってからだ。

長男の栄太（えいた）も黙って箸（はし）を動かす。

何か考え事をしているようだ。

「相変わらず、地味に食事をしてるわねえ。まるで、お通夜みたいよ」

長女の優美子が食堂に入ってくる。パジャマ姿だ。

「あら、珍しいのね。こんなに早く起きてくるなんて。ごはん、食べる？」

「いらない」

冷蔵庫を覗き、野菜室からリンゴをひとつ取り出すと、袖でごしごしこすってから、がぶっと丸かじりする。

「お行儀が悪いわねえ。せめて坐って食べなさい」

紀子が顔を顰める。

「は～い」

優美子が椅子に腰掛ける。

「また朝帰りか。酒臭いぞ。だらしない」

じろりと優美子を睨みながら、政夫が舌打ちする。

「三ヶ月もかけて、ようやく殺人犯を逮捕したお祝いだもん。少しくらい飲んでも罰は当たらないと思うけどなあ」

優美子は新宿警察署の刑事課強行犯に籍を置く三二歳の警部補だ。

「何かしら理由を付けて、いつも飲んでばかりだろう。結婚前の若い女が」

「お父さんらしくもないわね。そういう言い方、今の時代、セクハラになるのよ。結婚前だろうが結婚後だろうが、男だろうが女だろうが、同じ仕事をしてるんだし、能力で劣ってるわけでもないんだから。そうでしょう、警視監殿」

口許に皮肉めいた笑みを浮かべて、優美子が政夫を見る。政夫は五八歳で、警察庁警備局の局長という要職にある。警視監より上位の階級は警視総監だけだから、警察組織においては、一握りのトップ層に属していると言っていい。

「本庁に栄転だっていうのに、どうしてそんなに渋い顔をしてるわけ？」

優美子が弟の栄太に声をかける。栄太は三〇歳の警部で、中野警察署の刑事課から警視庁捜査一課への異動が決まった。今日が出勤初日である。

「ひょっとして嬉しくないの？ それなら、わたしと代わってよ。警察官になったからには、一度くらい本庁で腕を振るってみたいもの」

「嬉しくないってことはないけどね」

「けど？」

「いや、別に」

「何よ、まったく。歯切れが悪いわねえ。はっきり言いなさいよ」

「何もないって」

「栄太はいつもこんな感じなのよ。朝から賑やかなのは優美子だけよ」

紀子が栄太の肩を持つ。

「中野で大した実績も挙げてないのに本庁に呼ばれるんだから、やっぱり、キャリアはすごいよ。わたしがキャリアだったら、今頃は警部、いや、警視くらいにはなってるわね。警視なら所轄の副署長クラスだもんなあ。地方に行けば署長だよ」

「姉さんの年齢で警部補ならいいじゃないか。普通なら、いくら優秀でも巡査部長止まりだよ」

「ああ、やめて。キャリアに見下されてる気がする」

優美子が大袈裟に溜息をつく。

インターホンが鳴る。

「榊原さんよ」

応答する前に紀子が政夫に言う。

榊原敏行は警備局における政夫の補佐役で、毎朝きっちり七時四五分に政夫を自家用車で迎えに来る。おかげで、政夫は満員電車に乗らずに済む。別に義務というわけではなく、政夫が頼んだわけでもないが、警備局における暗黙の了解である。かつて政夫も上司の送迎をしていた。この役目を仰せつかることが、将来、局長になるためのステップと言っていい。

「ごちそうさま」

読みかけの新聞を畳んでテーブルに置くと、政夫が椅子から腰を上げる。

栄太に顔を向け、

「乗っていくか？」

と訊く。警視庁と警察庁は建物が隣接している。

「初日なんだから少しくらい早めに出勤するべきだぞ。遅刻など、もっての外だが」

「お父さんや榊原さんと一緒だと息が詰まるって言いたいんじゃないの？　それくらい察してあげなよ。だいぶ緊張してるみたいだし」

優美子も立ち上がり、リンゴの芯をゴミ箱に捨てる。

「早く着替えてらっしゃいよ」

「大丈夫。半休もらってるから、出勤は午後でいいの。買い物にでも行こうかと思ったけど、何だか面倒になったから二度寝しようかな」

「いい気なもんだ」

呆れたように首を振りながら政夫が食堂から出て行く。見送るために紀子もついていく。栄太と二人きりになると、

「ねえ、マジで緊張しすぎじゃない？」

「おれは、いいよ」

優美子が真顔になる。

「捜査一課だからって、そう肩に力を入れることなんかないよ。わたしよりできるような刑事なんか、ザラにはいないしね。まあ、心の狭い奴もいるだろうから、キャリアいじめがあるかもしれないけど、困ったことがあったら、わたしに言いなよ。そいつを殴りに行ってやる」

「本当にやりそうで怖いよ。冗談に聞こえない」

「あら、本気に決まってるじゃない」

肩をすくめて、優美子も食堂から出て行く。

一人になると、栄太は大きな溜息をつく。

（なぜ、おれなんかに……）

大した実績もないのに本庁に呼ばれたのは、東大出のキャリアだということもあるし、父親が警察庁の幹部だということもあるに違いない。それは百も承知しているが、優美子の言うように、警察官になった以上、一度は捜査一課で腕を振るってみたいという気持ちがある。

にもかかわらず、栄太が冴えない顔をしているのは緊張しているからではない。先月、警視庁に極秘に呼ばれ、ある任務を命じられた。そのことが栄太の気を重くしている。

三

ファストフード店の二階。

薬寺松夫が一人で坐っている。テーブルの上にはモーニングセットのプレートが三つ載っている。すでにふたつのプレートは空で、三つ目のプレートに取りかかっているところだ。

四四歳で独身の薬寺は、朝昼晩の三食、ほとんど外食だ。モーニングセットを三つ食べても、さして満腹感はない。意識的に控え目にしているのだ。

それは医者からの警告でもある。

身長は一六五センチなのに体重が一二〇キロもある。太りすぎだ。メタボなのである。糖分や塩分、油を控え目にし、栄養バランスのとれたヘルシーな食事をするのが望ましいと指導されている。

しかし、パンケーキもスクランブルエッグもソーセージも炭酸飲料も大好きなのである。いきなり食生活を大きく変えたら、きっとストレスで倒れてしまうだろうと考え、徐々に改善することを目標として、まずは毎朝五つ食べていたモーニングセットを三つに減らすことにした。

傍から見れば馬鹿馬鹿しいかもしれないが、薬寺本人は大真面目である。

残っているスクランブルエッグをフォークできれいにすくって口に入れ、最後に取っておいたソーセージを食べ終わると、薬寺は、ふーっと満足げに大きな溜息をつく。他の何をしているときより、食事をしているときに幸せを感じる。

「ああ、やっぱり、おいしいわよねえ。毎日食べてるけど、全然飽きないわ」

思わず口走る。

目を瞑り、もう一度、幸せそうな表情で溜息をつくと、ジャケットのポケットから白い封筒を取り出す。目を開けて、封筒の中に入っているものをそっと覗く。タロットカードである。

　朝目覚めると、何よりも先に薬寺はタロットカードでその日の運勢を占うのが習慣である。タロットカードには、大アルカナ二二枚、小アルカナ五六枚、合わせて七八枚のカードがあるが、薬寺が行うのは大アルカナ二二枚を使ったワンカード・オラクルと呼ばれる最も単純な占いである。二二枚のカードをシャッフルして、その中からカードを一枚選び、そのカードが暗示する運勢を読み取るのだ。

「愚者か……」

　この朝、薬寺が選んだのは「愚者」と呼ばれるカードで、これは人生における重大な岐路に立っていることを暗示している。

「確かに、そうかもしれないわねえ。ここが人生の分かれ道、さてさて、選んだ道の先に待っているのは地獄かしら、それとも……？」

四

　落ち着いた雰囲気のカフェ。値段設定も高めだし、ＢＧＭにクラシックを流すような店なので、あまり若い客はいない。

　しかし、モーニングタイムだけはリーズナブルなセットを出すので大学生風の客も目に付く。

うにしか見えない。

佐藤美知太郎は壁際の席に坐り、ハーブティーを飲んでいる。三三歳で独身、身長一七六センチで体重が五二キロ、傍目にはガリガリの枯れ木のようにしか見えない。

佐藤がこの店を気に入っている理由のひとつは、クラシックのリクエストを受け付けてくれるところだ。レジの横に木箱が置いてあり、そこにリクエストカードを入れられるようになっている。入店するとき、佐藤はいつもドビュッシーの「海」をリクエストする。大音量で聴くような曲ではない。静かな場所で、じっくり耳を澄まして聴きたい曲である。

自分が心を病んでいることは佐藤も自覚している。

人と接することが苦手だ。苦手というより苦痛に近い。

朝、目覚める瞬間が辛い。今日も一日が始まる、職場に出向いて同僚と顔を合わせなければならない……そう考えるだけで心が重くなる。

しかし、何とか自らを叱咤して家を出る。おいしいハーブティーを飲みながら、ドビュッシーに心を癒やされて、ようやく職場に足を向ける気力が湧いてくるのだ。

「わかんねえ〜、これ無理でしょ」

「教授もバカなことをするよな。こんなものを解いて、どうなるっていうの？」

「まともに解こうとするより、ネットで模範解答を探す方がいいんじゃね？」

「これは教授のオリジナルだよ。模範解答なんてないんだ」

「ギブアップ、頭が痛い」

「大量にコピーしたのが無駄だよな。ちんぷんかんぷんだぜ」

「誰か解いた奴がいることを期待してゼミ室に行ってみるか」

「期待薄だけどな」

隣のテーブルに坐っていた大学生と思われる二人組が席を立つ。

佐藤は、ホッとする。二人の会話がやかましくて、音楽に集中できなかったからだ。

（ん？）

テーブルの下にＡ４サイズのプリントが落ちている。何の気なしに拾い上げる。

（ふうん、ナンプレか……）

ナンプレと呼ばれる、数字を使ったゲームだ。

９×９の八一枡（ます）の正方形が更に３×３の九つの小さな正方形に区切られている。小さな正方形の枡には１～９の数字を埋めていくが、同じ数字を使うことはできない。尚（なお）かつ全体の正方形の縦の列と横の列には同じ数字が入らない。それがルールだ。

ナンプレの難易度を上げるには、あらかじめ書き込まれている数字を減らせばいい。小さな正方形に三つずつ数字が書き込まれていれば全体では二七個の数字がわかっていることになる。

　ところが、佐藤が拾い上げたプリントには、わずか一六個の数字しか書き込まれていない。

「……」

佐藤は瞬きすらせず、じっと正方形を見つめる。

バッグからシャープペンシルを取り出し、枡目の中に小さな数字を書き込んでいく。口の中でぶつぶつぶやきながら、消しゴムで数字を消したり、新たに数字を書き込んだりという作業を繰り返す。

「こんな感じか……」

すべての枡が数字で埋まっている。どの小さな正方形にもきちんと1～9の数字が使われ、大きな正方形の縦列と横列に同じ数字は存在していない。問題に取り組んでから、わずか一五分である。大学で数学を学ぶ学生たちが一晩考えても歯が立たなかった難問を易々と解いてしまったのだ。

だが、佐藤は別に嬉しそうな顔もしない。

もう興味をなくしたのか、プリントをテーブルに置くと、伝票を手にして腰を上げる。

気が重いが、そろそろ出勤しなければならない。

五

「糸居ちゃ～ん、まだ早いじゃないの。ゆっくりしていきなさいよ～」

「そうよ、まだまだ、これからよ」

「もっと飲みましょうよ～」

カウンター越しに黄色い声が飛び交う。遠くから見ると女性だが、近くで見ると、女装した三人のおっさんたちである。赤、青、黄の派手なドレスを着て、モーツァルトやバッハがつけていたようなカツラを被っている。「シグナル」というバーで、歌舞伎町（かぶきちょう）の裏通りにある。

「仕事だよ、仕事」

糸居秀秋がスツールを下りて、両腕を大きく伸ばして欠伸（あくび）をする。

三一歳、バツイチ、子供あり。

身長は一八三センチだが、ヒールの高いトニーラマのウエスタンブーツを履いているので、一九〇センチくらいに見える。胸板が厚く、肩幅も広いので、かなりの大男だ。もっとも体重はベストの七五キロを保っており、体脂肪率は九％しかない。

「嘘ばっかり、仕事なんか、いつも午後からでしょ？」

「異動になったって何度も言ったろ？　人の話、何も聞いてないよな」

「あ、そうか。本庁に栄転なのよね。すっご～い、警視庁捜査一課の刑事だなんて、ドラマの主人公みたい。『太陽にほえろ！』大好きだったわ」

「バッカじゃないの。あれは七曲（ななまがり）署じゃないの。所轄っていうのよ。ね、糸居ちゃん？」

「どうでもいいよ」

酔っているのか、糸居の足取りが心許（こころもと）ない。

「ところで警視庁って、どこにあるの？」

「霞が関じゃない？」

「じゃあ、これからも贔屓にしてもらえるわね。霞が関から新宿なんて、地下鉄であっという間だもん」

「出世するんだから、こんなちんけなバーなんか洟も引っ掛けてもらえないかもよ」

「ちんけなのは、あんたのおっぱいでしょ！」

「元気だねえ。いつでもハイテンションだもんなあ。感心するよ。さすがプロだ」

革ジャンを肩にかけ、糸居がドアに向かう。

「あ、糸居ちゃん。マジな話だけど、しばらく身辺に注意してね」

「何の話？」

「新宿署からいなくなるなら、きっちりお礼参りしてやる……そんな物騒なことを言ってる連中がいるらしいわよ。心当たりある？」

「ありすぎて誰に狙われるのか見当もつかないな」

「いやだ、もう。糸居ちゃんに何かあったら、わたし泣いちゃうから」

「あら、わたしだって泣くわよ！」

「もちろん、わたしだって！」

「ああ、うるせえ、うるせえ。じゃ、またな」

糸居がドアを開ける。うわっ、と右腕で顔を隠す。朝の光が眩しすぎて、とても目を開けていることができない。しばらく目を瞑ってから、ゆっくり目蓋を持ち上げる。タバコを口にくわえ、火をつけると、ゆっくり歩き出す。小さな店が軒を連ねる狭苦しい小路である。

「やばいな、飲み過ぎちまったぜ。シャワーくらい浴びないと、酒臭いだろうなあ」

自分の体の臭いをくんくん嗅いで溜息をつく。

ああ、臭い、酒臭い、と舌打ちしていると、不意に前方に二人の男が立ちはだかる。

「お？」

糸居が肩越しに振り返る。後ろにも二人の男たちがいる。人相の悪い四人の男たちに前後を塞がれた格好である。顔つきといい、服装といい、全身から漂わせている雰囲気といい、とても堅気とは思えない。

「ひょっとして、おれに用？　人違いじゃないか」

「新宿署組織犯罪対策課の糸居秀秋巡査部長さんでしょう？」

四人の中で最も小柄な中年男が口を開く。短髪の白髪頭だ。年齢は五〇前後であろう。小柄だが、最も凶悪そうな顔をしている。

「それは昨日までの肩書きだな。今日からは違う部署に異動だ」

「逃げるわけですか」

「面白いことを言うな。これでも公務員なんだぜ。自分で異動をどうこうできるはずがない」

「散々好き勝手なことをしておいて、こっちは大変な迷惑でしたよ。わたしらにも面子(メンツ)がありますんでね。黙って行かせるわけにはいきません。けじめをつけさせていただきませんとね」

「おれは極道じゃないぞ」

「極道より阿漕(あこぎ)なポリ公じゃねえか」

背後にいる男が吐き捨てるように言う。

「真っ当な世過ぎをしている人たちにたかるゴミが偉そうな口を利くなって。ゴミの臭いがぷんぷんするぜ」

「てめえ……」

背後の二人が間合いを詰めてくるのを糸居は感じる。前の二人も近付いてくる。四対一だから余裕綽々(しゃくしゃく)の表情だ。どうやって痛めつけてやろうかと思案しているように見える。

糸居が素早く後退し、さっと半回転して背後の二人に向き合う。相手がぎょっとした顔になり、一瞬、動きが止まる。一人は刃物を手にしており、もう一人は拳(こぶし)にナックルダスターをはめている。それだけで銃刀法違反で現行犯逮捕できる。

「おまえら、何を考えてるんだ?」

刃物男の右手を両手でつかむと、力を込めてぐいっと捻(ひね)る。男がぎゃっと叫んで、刃物を手から落とす。ナックル男が殴りかかってくる。それを際どくかわし、左のボディーブローを入れる。痛みに耐えかねて相手が体を丸め、ガードが甘くなったところを狙い澄まして右のフックをお見舞いする。振り向くと、前方に立っていた二人のうち、若い方の男が飛びかかってくるところだ。

糸居が右脚を高く上げる。前蹴り（まえげ）りだが、蹴るまでもなく、相手が勝手に足に顔をぶつけて倒れる。カウンター気味に決まったので衝撃が大きい。仰向（あおむ）けにひっくり返って白目をむいている。

中年男が驚いたような顔で後退（あとずさ）る。あっという間に三人が倒されたのだから不安を感じるのも当然だ。糸居がぐいっと顔を近付け、

「刃物まで用意して、朝っぱらから集団で現職の警察官を襲うってのは、どういうことだ？」

「い、いや、あれは勝手に若い者が……」

「腕の一本でもへし折って、今までの恨みを晴らそうってのが、あんたの考えか？　全員逮捕してもいいんだが、それも面倒くせえ。新しい職場への出勤初日だしな。だからといって、あんたをこのまま見逃すわけにはいかないぞ」

「何をするつもりだ？」

「若いのが三人も痛い目に遭ったってのに、あんた一人が無傷じゃ示しがつかないだろうってことだよ……」

親指と人差し指で相手の鼻をつかむと、力任せに捻る。中年男が鼻を押さえてしゃが

み込む。指の間から鼻血が溢れる。骨が折れたのであろう。

「おれは逃げるわけじゃない。ただの異動だ。何か用があるときは警視庁に来い。捜査一課だ」

四人の男たちを後に残し、糸居が歩き出す。

六

(痛え……)

ドアの窓に顔を押しつけられ、柴山あおいは心の中で舌打ちする。

身長一六〇センチ、体重四八キロ。二八歳で独身。

鮨詰めの満員電車で、今にも体が持ち上がってしまいそうだ。それだけでも苦痛なのに、すぐ横にいる中年男の後頭部が目の前にある。後頭部がどうこうではなく、整髪料の臭いがきつすぎるのだ。それに加齢臭と腋臭が入り混じって、めまいがしそうだ。

周囲から押されて、腕を動かすこともできないほどなので体の向きを変えるのは不可能だ。せめて顔の向きを少しだけでも変えようと努力する。

(ん?)

一メートルくらいしか離れていないところに女子高校生がいる。あおいより少し背が高い。一六三センチくらいだろう。

電車が揺れて人の群れが左右に傾くとき、人垣の隙間から、ほんの一瞬、横顔が見える。色白で端整な顔立ちのかわいらしい少女だ。その少女が体を硬くして歯を食い縛っているのがわかる。その表情を見て、あおいは即座に状況を理解した。

電車が駅に着くと、車両からどっと乗客がホームに溢れ出る。

「待って」

あおいが女子高校生に声をかける。

「はい？」

「痴漢されてたでしょう？」

「……」

「捕まえよう。わたし、警察官だから」

ジャケットの胸ポケットから、警察手帳を出して相手に示す。

「あの男でしょう？」

ホームを足早に歩いて行く地味なグレーのスーツ姿の、四〇代くらいのサラリーマン風の男を指差す。

「あの二人、毎朝……」

女子高校生がうつむく。

「二人？」

スーツ姿の男は誰かと話しながら歩いている。ストライプの入ったネイビーのスーツを着た三〇代くらいの男だ。

「コンビか。ついて来て」

あおいが小走りに二人組を追う。

人混みを掻き分けて進み、エスカレーターに乗るために並んでいる二人組に追いつく。

「待って下さい」

四〇男の肩を叩く。

「わたしですか？」

「駅の事務所に同行して下さい」

「は？ いったい、何を言ってるんですか」

「電車内で痴漢行為をしましたよね。そっちの人も。現行犯で逮捕します」

あおいが警察手帳を見せた瞬間、三〇代くらいの男があおいを突き飛ばす。あおいが転ぶや、二人は列を離れて走り出す。混み合っているエスカレーターに乗るのをやめ、階段を上って逃げようというのだ。

「ちくしょう、ふざけんな」

すぐさま立ち上がると、あおいが男たちを追いかけ始める。あおいは足が速い。五〇メートルを七秒弱で走るスピードがある。ダッシュ力に優れているのだ。

運動不足で太り気味のサラリーマンに追いつくのに、五〇メートルも走る必要はない。二〇メートルほどで追いつき、見苦しく抵抗する男たちをあっさり取り押さえてしまう。

「お姉さん、すごいです」

遠くから見守っていた女子高校生が尊敬の眼差しを向ける。

「大したことないよ。こっちはプロだし、相手は素人だから」

「何のプロなんですか？」

「格闘術」

素っ気なく答えるが、内心はドキドキしている。

改めて近くで見ると、その女子高校生がかなりの美形だったからだ。都内の私立高校に通う二年生で、結城つばさといいます、と名乗った。

男二人を鉄道警察に引き渡し、警察手帳を示しながら、

「必要なことがあれば協力しますので、いつでも連絡して下さい。警視庁捜査一課強行犯所属の柴山あおいと申します」

と身分を名乗り、小声で、今日から配属なんですけど、と付け加えた。

七

田渕ゆたかが化粧台の前に坐り、鏡に映る自分の顔をじっと見つめている。

ファンデーションも口紅も薄めだ。厚化粧が許される職場ではない。仕方がないと承知しているものの、薄化粧では素顔に近くなってしまうので小皺や染みを隠すことがで

きない。老いを感じさせる顔を見ると気が滅入ってくる。

五一歳なのだから、年相応と言ってしまえばそれまでだが、少しでも自分を美しく見せたいのが女心というものだ。身長は一六八センチで、体重は五五キロある。理想を言えば、五〇キロくらいに落としたいところだが、無理なダイエットをすれば体力が落ちて、仕事に支障を来すとわかっている。それに筋肉質で、お腹周り以外には贅肉はほとんどないから、見かけはかなりスリムだ。

休日には、マメに着付け教室と茶道教室に通っている。そのおかげで苦労せずに和服を着こなすことができるようになったし、茶道を学ぶことで指先にまで神経が行き届くようになった。見かけや身に着けているもの以上に、ちょっとした所作や仕草にこそ男女の違いが表れるものだということを最近になって、ようやく田淵は悟った。

以前は、化粧に工夫を凝らしたり、洋服やアクセサリー、バッグや小物にお金をかけ、意識的に女性的に振る舞おうとしていたが、今は、そんな必要はないと感じている。たとえ、どれほど男っぽい装いをしても、例えば、洗いざらしのコットンシャツにジーンズという出で立ちであっても、男に間違われるようなことはなく、むしろ、女らしさが強調される効果がある。

だから、田淵が自分の顔を眺めて溜息をついているのは、もっと女性らしく、もっと美しくなりたい、と考えているせいではなく、目尻の小皺や皮膚のたるみを何とか隠す方法はないか、と思案しているせいであった。

「仕方ないわよね。厚化粧はまずいもの……」

田淵が溜息をつきながら椅子から立ち上がる。

1DKの狭いマンションで、部屋は茶の間と寝室のふたつだけだ。寝室から茶の間に入ると、壁際の茶箪笥(ちゃだんす)の上に置いてある仏壇の前に立つ。線香を立て、リン棒を手にして、チーンとリンを打ち鳴らす。目を瞑(つむ)って、手を合わせる。仏壇には小学生くらいの男の子の写真が飾ってある。

八

白峰栄太が満員電車に揺られている。周囲から異様な圧力を受けて体が押し潰(つぶ)されそうになり、息をするのも辛(つら)い。ラッシュアワーの通勤だけは何年経っても慣れることができない。

だからといって、榊原の車に乗せてもらえばよかった、とは思わない。政夫と同じ車に乗るのは、満員電車で揉(も)まれるよりも息苦しいとわかっているからだ。

今回の異動は、栄太の実力が評価された結果ではない。刑事としての実力と実績ならば、姉の優美子の方がずっと上だ。いや、優美子だけでなく、栄太より優秀な刑事など、いくらでもいる。

にもかかわらず、栄太が警視庁捜査一課というエリート集団に異動できたのには政夫のコネが大きくモノを言っている。

先月下旬、栄太は密かに警視庁に呼ばれ、阿部忠雄刑事部長に会った。阿部部長は政夫の四つ年下の後輩で、栄太も子供の頃から知っている。

「中野では、がんばっているそうだな。署長が誉めてたぞ……」

まあ、かけなさい、遠慮しなくていいぞ、と阿部部長がソファを勧めてくれた。二人は向かい合って腰を下ろす。

「そろそろ本庁に戻ってもいい頃だろう。所轄で腕を磨くのも大事だが、いずれは警察組織を率いていく立場になるわけだから、まずは本庁に戻り、折を見て警察庁に異動するのがいいだろう。嫌な言い方だが、それが、いわゆるエリートコースだしな。まあ、警察庁に戻る時期は、お父上が考えて下さるだろうが」

「ありがとうございます」

「捜査一課だ」

阿部部長が口にしたとき、栄太の胸は高鳴った。

栄太はキャリアである。警察社会に一握りしか存在しないエリートであり、黙っていても警察幹部への道が開けている。その点は阿部部長の言う通りだ。

しかし、頭でっかちで現場では使えない、と冷たい目で見られる存在でもある。栄太に限らず、キャリアというのは、やっかみも込めて、叩き上げの警察官たちから白い目で見られがちなのだ。

だからこそ、現場で経験を積み、実績を挙げたい、と栄太は思う。それには現場警察官の憧(あこが)れである警視庁捜査一課に籍を置くのが一番だ。

「強行犯……」

「え」

強行犯の三係から十係までの八つの係が、殺人や強盗、傷害など人命に関わるような凶悪犯罪を捜査する。捜査一課の花形部署と言っていい。

栄太の期待と喜びは更に大きく膨れた。

「特殊捜査班」

「は？」

聞き間違いかと思った。

一課には特殊犯捜査一係から四係まであり、誘拐や人質事件、ハイジャックなどの特殊な犯罪に対応する。言うまでもなく、強行犯と特殊犯は別である。

どちらに配属されるのか、と確認すると、

「強行犯特殊捜査班という新設部署なんだよ。強行犯の中に新たな捜査班を作るわけで、特殊犯ではない」

「あ……なるほど」

栄太はうなずいたものの、阿部部長の話を今ひとつ吞(の)み込むことができない。

「警察のような大きな組織になると、どうしても黒い羊が生まれてしまう」

「黒い羊？」

「異端分子とでも言えばいいかな。組織にうまく馴染むことができず、周りの者と軋轢を生じてしまう者たちだ。基本的に警察はチームで動く。最小限の単位がペアだ。ペアが集まって班になり、班が集まって係になり、係が集まって課になる。ひとつひとつの歯車が嚙み合うことで組織は円滑に動く。だが、ひとつの歯車が他の歯車と違う動きをすれば、組織全体の動きがおかしくなる。わかるだろう？」

「それが黒い羊ということですね？」

「そうだ。黒い羊が五人いる」

「五人？」

「うむ、五人。どうすればいいと思う？」

「ひとつの歯車がおかしな動きをして全体の動きを邪魔するのであれば、歯車を取り替えればいいと思いますが」

「その通りだな。で、取り外した歯車をどうする？」

「どうすると言われても……」

　機械の話であれば「捨てればいい」と答えるところだが、これは譬え話で、実際には、その歯車は五人の警察官を指している。それがわかっているのに「捨てればいい」とは言えない。

「出来の悪い警察官なら窓際に追いやって飼い殺しにすればいい。それが本人たちのためでもある。ところが、その五人は優秀なんだよ。現場から外すのは惜しい。しかし、組織には馴染めない。そこで妙案を思いついた。白い羊の中に黒い羊が交じるから違和感がある。ならば、いっそ黒い羊をひとつにまとめてしまえばどうだ、と考えたわけだ。いい考えだと思わないか？」

「しかし……」

「何だ、言ってみろ」

「それでも黒い羊が、いや、五つの歯車が勝手な動きをしたら、どうなるのでしょうか？ ひとつの歯車がおかしな動きをするだけでも大変なのに、五つの歯車がおかしな動きをしたら」

「それはな……」

阿部部長が腕組みして天井を見上げる。ううむ、と難しい顔で唸っていたが、やがて、

「おれにもわからんのだ。はっきりしているのは、これでダメなら、その五人には行き場所がないということだな。どこも引き取ってくれないから窓際に追いやるしかない。おれとしては、もう一度、チャンスを与えたいと考えている。最後のチャンスを、な」

「もうひとつ質問してもよろしいでしょうか？」

「いいぞ」

「なぜ、そこにわたしが配属されるのでしょうか？」

「いい質問だ。その理由は、いくつかある。ひとつには偶数がいいからだ」

「偶数?」

「捜査のときはペアで動くんだから五人だと、一人余るじゃないか。だから、もう一人いた方がいいわけだな」

「なるほど」

「もうひとつの理由は、君を信頼しているからだ。お父上だけでなく、おじいさまも立派な警察官だった。明治時代から綿々と続く警察一家だからなあ。これほど信用できる人間はいない。正直なところ、おれも、その五人がうまくやれるかどうかわからないし、何か勝手なことを始めるんじゃないかという懸念も抱いている。だから、おれとしては、五人の動きを知っておきたい。何か変なことをする前に止められるようにな」

「それは、スパイをしろ、という意味でしょうか?」

「そんな大袈裟なものじゃない」

阿部部長が首を振る。

「五人が周囲とトラブルを起こさず、警察官らしく振る舞い、真っ当な捜査をしてくれれば、おれは何も言わない。あくまでも、警察官としてやってはならないことをしようとしたとき、もしくは、内輪揉めでも始めそうになったときに知らせてほしいということだ。何かを探れ、と言ってるわけじゃない。わかるだろう?」

「はい」

「あとは……」

「はい」

「いや、もういい」

「何でしょうか、おっしゃって下さい」

「中野署でがんばっていることは知っているが、客観的に見ると、まだ本庁の一課に呼ぶのは早い。気を悪くしないでほしいが、警察官としての実績だけなら優美子ちゃんの方が上だからな」

「既存の部署に呼ぶには実績と力量が不足しているから、新設部署に呼ぶという意味ですか？」

「気を悪くしたか」

「いいえ、命令には従います」

「『ＳＥＣＲＥＴ　ＭＩＳＳＩＯＮ』が……」

「は？」

「ああ、警視庁刑事部捜査第一課強行犯特殊捜査班というのが正式名称だが、おれや前島は、期待を込めて、『ＳＥＣＲＥＴ　ＭＩＳＳＩＯＮ』と呼んでいる。優秀な一匹狼が五人集まることで、うまく相乗効果を発揮して、一〇人分、二〇人分の働きをしてもらいたいんだよ。おまえは、トム・クルーズになれ」

「トム・クルーズ？」

「まあ、映画のヒーローと現実の警察官の仕事は違うけどな」

あははっ、と阿部部長は愉快そうに笑った。

電車に揺られながら、栄太は阿部部長との会話を思い出している。

(新設部署だろうが捜査一課には違いないわけだし、一課の刑事として犯罪捜査に従事するわけだから、何ら恥じることはないはずだ……)

そう自分に言い聞かせる。

駆け込み乗車はおやめ下さい、ドアが閉まります……アナウンスが聞こえ、何の気なしにドアの上の表示を見ると「霞ケ関（かすみがせき）」だ。

(あ)

大急ぎで降りようとする。

すいません、すいません、と謝りながら周囲の乗客を押し退けてドアに向かう。

が、鼻の先でドアが閉まってしまう。

「マジかよ……」

思わず溜息（ためいき）が洩（も）れる。

その二〇分後……。

息を切らしながら、栄太が地下鉄の駅の階段を駆け上がって地上に飛び出す。短距離走者のような勢いで警視庁にダッシュする。ロビーに入ると、真っ直ぐエレベーターに向かって走る。靴音が響く。何事が起こったのかと怪訝な顔で栄太を見遣る者が少なくない。朝っぱらから警視庁のロビーを走り回る者などいないからだ。

エレベーターホールには人が多い。皆、エレベーターを待っているのだ。これでは、果たして次のエレベーターに乗れるかどうかわからない。ちらりと腕時計で時間を確認し、すぐさま非常階段に向かう。捜査一課は六階にある。エレベーターを待つより、階段を使う方が早いと判断したのだ。四階あたりから膝ががくがく震えてきた。足に力が入らない。日頃の運動不足のツケが回ってきたのだ。汗が滝のように顔を流れているのがわかる。

ようやく六階に達したときには、今にも目が回って気を失いそうだった。心臓が早鐘を打っている。呼吸を整えながら大部屋を覗くと、意外と閑散としていて、あまり人の姿がない。とっくに朝礼が終わって、もう外回りに出払ってしまったのだろうか、まさか、そんなことはないはずだが……改めて腕時計で時間を確認する。そのとき、

「おい、何をしている？」

背後から声をかけられる。低くて渋い声だ。

振り返ると、浅黒い顔をして脂っぽい肌の中年男が栄太を睨んでいる。

「失礼ですが、捜査一課の方ですか？」

「理事官の火野だが」

捜査一課の理事官・火野新之助警視である。理事官というのは課長の参謀といった役

どころだ。

「あ……」

理事官と聞いて、栄太は慌てた。

「本日より強行犯特殊捜査班に配属された白峰栄太と……」

「特殊捜査班？」

火野が首を捻(ひね)る。

「ああ、SMな。あっちだ。ドアにプレートが付いてないが、部屋の前に段ボールが積んである」

廊下の奥を指差す。

「ありがとうございます」

頭を下げ、小走りに廊下の奥に向かう。遅刻しそうなので焦っている。

それを見送りながら、

「まともそうに見えるのに、SM行きか。かわいそうな奴だ……」

火野がつぶやく。

九

ドアの前に立ち、栄太は呼吸を整える。

火野が言ったようにプレートはないが、ドアの左右には段ボール箱が山のように積み上げられている。何も知らなければ、たぶん、物置だと思ったに違いない。

実際、数日前まで物品の保管庫として使われていたのである。新設部署の部屋を確保できず、急遽(きゅうきょ)、荷物を廊下に出して対応したのだ。

額の汗を拭(ぬぐ)い、大きく深呼吸してから栄太はドアを開ける。

「おはようございます。わたしは……」

「三〇秒前」

「は？」

部屋の中央に机が五つ並べられている。そこに佐藤美知太郎と田淵ゆたかが無表情に坐(すわ)っている。壁際に他の五つの机より一回り大きな机が置いてあり、そこに薬寺松夫がいる。

「ぎりぎりセーフね」

懐中時計をじっと見つめながら薬寺が言う。

「何のことですか？」

「いいから坐りなさいよ。自分の机、わかるでしょう？」

「はあ……」

それぞれの机の上には新しい所属部署が記された名刺の箱が置かれている。二〇〇枚くらい入っている箱だ。白峰栄太と書かれた名刺が置かれている机が栄太の席であろう。

そこに坐る。やがて始業のチャイムが鳴る。

「あ～っ、初日から遅刻するバカがいる。しかも、二人もいるわ。も～っ、信じられない！」

いきなり薬寺が猛烈な勢いで両手で机をばんばん叩き始める。

「え」

その衝撃に驚いて、栄太は跳び上がりそうになる。

しかし、佐藤と田淵は眉ひとつ動かさずにじっとしている。巨漢が興奮して暴れる姿も不気味だが、それにまったく動じない二人の姿も不気味である。

栄太はごくりと生唾を飲み込むと、二人を真似て何事もなかったかのようにうつむく。

だが、それも楽ではない。

薬寺は苛立ちを隠そうともせず、盛んに貧乏揺すりをしながら、

「あ～っ、イヤだ、イヤだ」

と大袈裟に溜息をつく。

自然、空気は重苦しく、ピリピリする。その雰囲気に耐えかねて、栄太がもぞもぞと尻を動かし始めたとき、

「すいません、遅れました！」

柴山あおいが飛び込んでくる。

「二人到着」

薬寺がじろりとあおいを睨み、あおいの机を指差す。部屋の中に漂う重苦しい空気を察知したのか、あおいが黙って椅子に腰を下ろす。

それから更に一〇分後……。

廊下から口笛が聞こえてくる。『三百六十五歩のマーチ』だ。ドアが開き、口笛と共に糸居が現れる。

「おっす、糸居秀秋です。本日付けで新宿署から……」

「遅刻だって、わかってるよね？」

薬寺が睨む。

「おおっ……」

糸居がわざとらしく後退(あとずさ)る。

「すげえ目力。もしかして超能力者ですか？　ユリ・ゲラーみたいだな。とても普通の人には見えませんよ。遅刻したのには理由があって、実は……」

「言い訳しなくていい。そこに坐れ。あんたの席」

「はあ」

糸居がひとつだけ空いている席に着く。

「ようやく全員が揃ったね」

薬寺が溜息をつきながら言う。

「これで全員なんですか、班長?」

糸居が訊く。

「わたしが班長だなんて、誰が言った?」

「だって、最初から仕切ってるし、すげえ貫禄だし、目力も半端じゃないし、机もひとつだけ立派だし……」

「机が大きいのは体のサイズに合わせてるんだよ。普通サイズじゃ収まらないから」

「ガタイがいいですからね」

「デブって言いたいわけね?」

「そこまで露骨な言い方をしたつもりはありません。まあ、確かに上背と横幅のバランスが不自然な気はしますが……」

「てめえ、ふざけんじゃねえぞ! 遅刻したら、まずは、申し訳ありません、だろうが。見苦しく言い訳しようとするな。酒の臭いをぷんぷんさせて生意気な口ばかり利きやがって!」

薬寺がまた机をばんばん叩く。

「おい、謝れよ」

あおいが口を挟む。

「班長の言ってること、正しいじゃん。あんた、最初から感じ悪いよ。異動してきた初日に大遅刻して、酒の臭いまでさせて、そんなでかい口を叩かれたら誰だって頭に来るんだよ。汗臭いし、腋臭も臭うし、息も臭い。さっさと班長に謝るか、それが嫌なら、ここから出て行けば？」

「お、何だ、このクソ女は？　わざとらしく喧嘩を売ってきやがって。よっぽど腕っ節に自信があるらしいな」

「否定はしない。あんたみたいなタイプ、わたし、大ッキライだからね。付け加えると、単細胞のゴリラを相手にするのは得意だよ。体が大きければ誰にでも勝てると思ってるバカ」

あおいが椅子から立ち上がる。その目を見れば、あおいが本気で怒っているのがわかる。糸居を少しも恐れていないし、戦えば、間違いなく自分が勝つと確信しているようだ。糸居も立ち上がる。一触即発、糸居とあおいが睨み合う。

「あなたたち、いい加減にしなさい！」

怒りを抑えきれない様子で田淵が立ち上がる。

「ここが職場だということを忘れてるんじゃありませんか？　神聖な職場なんですよ。少なくとも、わたしにとっては、そうです。まだ朝礼も始まっていない。自己紹介も済んでない。それなのに大声で怒鳴り合ったりして……。これから殴り合いでもするつもりなの？」

「……」

糸居とあおいが田淵に顔を向ける。あおいが怪訝な顔になる。田淵に何かしら違和感を覚えたらしい。

「いきなり、びっくりするじゃないですか。怒られたのにもびっくりしたけど、こんないい女がいることにもびっくりだ。熟れた感じがたまんないっすね。何て言うんだっけ、美魔女？」

糸居が鼻の下を伸ばす。

「……」

呆れ顔で田淵が椅子に坐る。

「ちょっと待てよ……」

糸居が田淵の顔を無遠慮にじろじろ見る。

「どこかで見たことが……」

首を捻る。ふと、田淵の机の上にある名刺の箱に気が付き、あっ、と叫ぶ。

「田淵さんか。そうか、田淵さんだよ。強行犯の田淵さんでしょう？　以前、新宿署で合同捜査をしたことがあります。覚えてませんか？」

「悪いけど」

田淵が首を振る。

「おかしいなあ。おれは全然変わってないはずだけど……。それにしても田淵さんは変わりましたね。噂には聞いてましたが、まさか、こんなに変わっているなんて……。だって、合同捜査をしたときはドブネズミ色のスーツに地味なネクタイ、おきまりの黒の革靴、髪だって、きっちり七三でしたよね。まあ、ちょっと額のあたりが淋しくなってましたけど。それが今は……」

糸居が両手を大きく広げて溜息をつく。

今は地味な色合いの女性用のスーツ、控え目だが化粧もしているし、肌色のパンストも着用している。もちろん、すね毛など、どこにも見当たらない。どう見ても中年女性である。いや、ただの中年女性ではない。きれいでスリムな中年女性だ。

「それ、地毛ですか？」

糸居が自分の頭を触りながら訊く。

「ええ、そうだけど」

「かなりボリュームがあるので、つい……」

「ヅラだって言いたいわけね？」

「あ、そんなつもりは……。ヅラなんて、どうでもいいです。違った。髪なんて、どうでもいいです。ここで田淵さんにお目にかかれるなんて光栄です。キャリアの現職警察官が性同一性障害であることをカミングアウトし、性転換手術をして女性になるなんてすごいです！　半端じゃないっす。マジ、すごい。尊敬します」

「何がすごいのかしら？」

田淵が目を細めて、じっと糸居を見つめる。

「いや、何がって言われると困るけど、同じ警察官としても、一人の人間としても尊敬してるっていうか……」

糸居の声がだんだん小さくなる。

「坐(すわ)ったら?」

氷のように冷たい声だ。

「はい」

糸居がおとなしく自分の席に着く。

「あなたもよ」

田淵が促すと、あおいも腰を下ろす。

「班長、全員揃ったようですし、朝礼を始めませんか?」

「え、ええ、そうね……」

毒気を抜かれたような顔で薬寺がうなずく。

「じゃあ、朝礼を始めましょうか。と言っても、事務的な連絡事項は特にないのよね。総務・会計関係は大部屋と一緒だから。あ、言い忘れたけど、わたしがこの新設部署の責任者・薬寺松夫です。大先輩がいて恐縮なんですけど……」

ちらりと田淵に視線を投げかける。

「上がやれって言うもんですから。でも、やりにくいわあ。田淵さんは警視で、わたしは警部なんだもの。しかも、なぜか、わたし以外に警部が二人もいるし」

「えっ、おれは巡査部長だけど。ひょっとして、おまえ?」

糸居があおいを見る。

「わたしも巡査部長だよ」

「てことは……」

糸居が佐藤と栄太に顔を向ける。

「そっちの地味な人は見るからに頭がよさそうだからキャリアなんだろうが、おまえもそうなのか？」

「は、はい。中野署刑事課から異動してきた白峰栄太です」

「白峰？　珍しい名字だな。新宿署の刑事課にも一人いたぞ。女だけどな」

「白峰優美子は、ぼくの姉です」

「げ」

糸居がのけぞる。

「おまえ、バイオレンス・ユーミンの弟なのか？」

「何ですか、それ？」

「ふんっ、男勝りの暴力刑事ってことだよ。それにしても驚いたな。おとなしそうに見えるけど、おまえも血を見ると豹変(ひょうへん)するタイプなのか？」

「まさか……」

栄太が首を振る。

「先に進んでいいかしら？」

薬寺がじっと糸居を見つめる。

「ええ、どうぞ」

「やっぱり、最初は自己紹介しないとね。わたしは班長という立場だけど、正直に言って、現場経験はあまりありません。専門は、一応、プロファイリングということになってます。ここに来る前は科警研にいました」

「それは珍しいですね」

糸居が言うと、

「なあ、頼むから少し黙っててくれよ」

あおいが露骨に嫌な顔をする。

「だって、科警研から一課に異動してくるって。そんなルートあるのか？　初めて聞いた。あ、ついでにひとつ質問していいですか？」

「どうぞ」

面倒臭そうに薬寺が溜息をつく。

「何で、オネエ言葉なんですか？　田淵さんのように性転換手術したようには見えませんが」

「なあ、糸居、二人だけで話をしよう。後でな」

目を細めて糸居を睨む。

「コワッ！」

「じゃあ、ここからは年齢順ということで……田淵さん、お願いします」

「田淵ゆたかです。隣の大部屋にいました。さっき糸居君が言ったことは本当です。他に付け加えることも特にありません。以前は男でしたが、今は肉体的にも戸籍上も女です。ちなみに、これは本当に地毛です。男でいるときは、額が広くなって、後頭部もかなり薄かったんですが、性転換したら、ホルモンの影響なのか髪が増えてきました。まさか最初の顔合わせでこんな話をすることになるとは思っていませんでしたが……」

「無神経野郎がいますからね。若干一名」

あおいが横目で糸居を睨む。

「佐藤さん」

薬寺が促す。

「はい」

のろのろと佐藤が立ち上がる。うつむいたままだ。

「佐藤美知太郎と申します。警察庁の情報分析室からの異動です。よろしくお願いします」

ぼそぼそと挨拶（あいさつ）すると、一度も顔を上げずに腰を下ろす。

「情報分析室なんて、超エリートコースじゃん！　失礼を承知で伺いますが、いったい、どんな不始末をしでかしたんですか？」

糸居が好奇心丸出しで訊（き）く。

「糸居、黙れ。その口を開けるな」

額に青筋を立てて、薬寺が言う。

「了解っす」

糸居が敬礼する。

「全然興味はないし、できれば口を開いてほしくないけど、次、糸居」

「自分は新宿署組織犯罪対策課からの異動です。暴力団を締め上げてました。と言っても、最近、ヤクザはおとなしくて、元気なのは中国人や台湾人、韓国人でしたけどね。趣味は射撃練習、それに体を鍛えることですかね。時間があれば、ジムにいます。おかげで、新宿署のかわいい女性警官たちから、ターミネーターなんて呼ばれてましたよ」

「誉め言葉じゃないよね？　キモいサイボーグ男って言いたかったんじゃないのかな」

あおいが、ふんっと鼻で笑う。

「映画俳優みたいだって言いたかったんだよ。え〜っ、何だったかな……そうだ、余計な脂肪をつけるのは嫌なので食事には気を遣っています。好物は……」

「はい、糸居、終わり。誰も聞いてないから」

薬寺が糸居の発言を遮る。

「次、白峰」

「はい。中野署から異動してきた白峰栄太と申します。まだまだ現場経験も少なく、未熟な部分が多々あると思いますが、どうかよろしくお願いします」

一人一人に丁寧に頭を下げる。

「おまえは何をしたんだよ？」

「別に何も……」

あおいが呆れたように首を振る。

「なあ、糸居、キャリアの警部殿にいきなりタメ口か？」

「おまえだって、年下のくせに、おれにタメ口じゃねえか」

「あんたを先輩として敬う気はない。こんな短時間で人を嫌いになったのは久し振りだよ。できれば、この場から瞬間蒸発してほしい」

「警部殿、おれのタメ口、気に入りませんかね？　口の利き方を改めた方がいいですか」

糸居が栄太に訊く。

「いいえ、別に構いません。糸居さんに教わることも多いと思いますから」

「謙虚だな、栄太。おまえの爪の垢を煎じて姉ちゃんに飲ませたいぜ」

「タメ口どころか呼び捨てかよ」

あおいが溜息をつく。

「おまえが白峰警部殿の爪の垢を飲ませてもらえばいいじゃん。しゃべりすぎの出しゃばり男、少しは謙虚になれ」

「バカめ、生まれが違うんだよ。栄太はキャリアってだけじゃない。何しろ、栄太の親父さん、警察庁の警備局局長だからな」

「あら、そうなの？　あんた、すごいじゃないの」

薬寺が目を丸くする。

「所轄から本庁の捜査一課に異動となれば、本来は栄転だけど、ここは一課とは名ばかりの感じだからなあ。こんな物置に放り込まれてよう」

糸居が狭い部屋を見回しながら言う。

「人それぞれ、いろいろな事情を抱えてるってことかしらね。最後、柴山」

「はい……」

と返事をしたきり、あおいが黙り込む。

「どうしたの？　別に難しく考えなくていいよ。簡単に自己紹介してくれればいいんだから」

薬寺が促す。

「柴山あおいです。巡査部長です」

それきり口を閉じてしまったので、

「どこからの異動なんだよ？」

糸居が訊く。

「言えません」

「は？　言えないって、どういうことだよ。言えよ、みんな言っただろうが」

「いいでしょう、そんなこと」

「鬱陶しい女だなあ。礼儀ってもんがあるだろう」

「わたしの口からは言えないんです」

「ああ、面倒臭え……」

糸居が大袈裟に溜息をついたとき、

「SAT……」

佐藤がつぶやく。

「ん？　SATって、特殊部隊？　いや、あり得ないでしょ。あれ、男社会だから。女の隊員、いませんよ。聞いたことない」

糸居が手を振る。

「何事にも例外はある」

佐藤がうつむいたままぼそぼそと言う。

「この部屋に入ってきたときの視線の動き、糸居君と戦おうとしたときの身のこなし……常に実戦を想定して厳しい訓練を受けてきた者特有の反応だ。通常の訓練では、ああはならない。糸居君はマッチョ系の筋肉マンだが、柴山さんは研ぎ澄まされた刃物のようなしなやかで柔軟な筋肉を持っている。どちらも鍛えているが、筋肉の性質が違う」

「すげえな、ぼんやりしてる振りをして、ちゃんと観察してるじゃん。あおいの体まで観察してるなんて驚きだ。むっつりスケベですか？」

「わたしを呼び捨てにしないで。ムカつくから」

「で、マジなの？　ＳＡＴ？」

「ノーコメント」

「班長、どうなんですか？　知ってるんでしょう？」

「はい、自己紹介、終わり」

「質問」

「却下」

「質問くらいさせて下さいよ。おれたち、所属は捜査一課ですよね？　辞令には『警視庁捜査一課強行犯』と書いてありましたから。それなのに、何で、こんな物置に隔離されてるんですか？」

「隔離だと？」

「どう見たって、隔離じゃないですか。しかも、変わり者ばかり集めて……。あ、失礼。正直なもんで」

「それが理由でしょう」

田淵が口を開く。

「どういう意味ですか？」

「癖のある扱いにくい警察官があちこちに分散していると管理が大変だから同じ部署に集めた。辞令には続きがあったわよね？　『警視庁捜査一課強行犯特殊捜査班』と。わたしが思うに、特殊捜査班の『特殊』というのは、わたしたちを指しているんじゃないかしら」

「だからか……」

あおいがつぶやく。

「何だよ？」

「ここに異動するとき、隊長が……いや、上司が『SECRET MISSION』でがんばれ、と励ましてくれたんだけど、てっきり何か極秘任務を扱う部署なんだと思ってた。違うのか……」

「別に違ってはいないわよ。秘密の任務を扱うのは間違いない。わたしも、そう言われて、ここに来たんだもの」

薬寺が言う。

「ここにいると、おまえとおれだけがまともに見えるよな、栄太。あとの四人は変わり者だ」

「おめでたい奴」

あおいが肩をすくめる。

一〇

刑事部長室。

刑事部長・阿部忠雄、捜査一課課長・前島浩三郎、捜査一課理事官・火野新之助の三人が難しい顔でソファに坐り込んでいる。

「間違いないのか？」

阿部部長が訊く。

「間違いありません。リュックから見付かった指と耳を分析した結果、先月の下旬から行方がわからなくなっていた女子大生・荒川真奈美さんのDNAと一致しました」

火野がうなずきながら、テーブルに一枚の写真を置く。顔立ちの整ったショートヘアーの若い女性が虚ろな表情でカメラを見つめている。目の下に隈があり、頬が痩けている。胸から上だけが写っており、グレーのスエットを着ている。背景はクリーム色の壁だ。両手をパーの形に大きく広げて胸の前にかざしているが、左手の薬指が失われている。左の耳も写っていない。

「この写真が一緒に入っていたわけか？」

「指や耳と一緒にリュックに入ってました。厚手の封筒に入れてありました。本物は科捜研で分析しており、これは、その写真を撮影したものです。大きさは本物と同じですが、本物より少し暗く写ってるかもしれません」

火野が説明する。

「写真を一緒に入れてあったのは何のためだ？」

「指と耳が荒川さんのものだと証明するためじゃないでしょうか。ご両親に身代金を要求するつもりだったのかもしれません。わが子の写真と、切断された指と耳を目にすれば、大抵の親はパニックになって犯人の言いなりになるでしょうから」

前島課長が言う。

「犯人から両親に接触はあったのか？」

阿部部長が訊く。

「捜査員が昨日から自宅で話を聞いていますが、今のところ接触があった様子はなさそうです。むしろ、夜中に捜査員がやって来たことに戸惑っていたようですね」

「このことは知ってるのか？」

阿部部長がテーブル上の写真を顎（あご）でしゃくる。

「まだです。捜査方針も決まっていない段階ですし、情報が一人歩きしてマスコミにでも流れると困りますから」

火野が答える。

「両親に接触するつもりがないのなら、指や耳や写真をリュックに入れて被疑者は何をしてたんだ？　公園で職務質問されたんだよな」

「誰かを待っていたのではないか、と思われます」

「なぜ、わかる？」

「指と耳の状態です。ドライアイスで冷やされていました。指や耳がドライアイスと直に触れないようにビニール袋を二重にしてたんです。切断事故が起こったとき、救急車が到着するまで、切断された部位の細胞が死なないように氷で冷やして保存するんです。但し、あくまでも応急処置なので、そう長くはもちません。せいぜい、数時間というところらしいです。時間が経つほど細胞が死んでしまうので」

「臓器売買みたいなことをするつもりだったということか？　それなら腎臓とか、肝臓とか……そういう臓器じゃないのか。なぜ、指と耳なんだ？」

「そこまではわかりませんが、身代金目当てで誘拐したのではなく、人体のパーツを切断して販売することが目的だったとしたら、組織的な犯行のように思われますし、被害者も増える可能性があります。口頭で説明を受けただけですが、指や耳の切断面に何の迷いもなく、手慣れた感じがするというんです。つまり、これが初めてではない」

前島課長が言う。

「捜索願は出てるんだよな。扱いは？」

阿部部長が訊く。

「一般的な家出人扱いです」

「特異扱いじゃないのか……」

阿部部長が溜息をつく。

警察に捜索願が出された場合、警察では「一般家出人」と「特異家出人」に分ける。

一般家出人は、自分の意思で行方をくらましたと判断される者で、それだと刑事事件にならないので警察は捜査をしない。捜索願に記入された情報がコンピューターに登録されるだけだ。

特異家出人というのは、事件や事故に巻き込まれた可能性が強いと判断される者や、自分の意思で家出するとは考えられない幼児、一人で遠出するのが不可能だと思われる高齢者などが当てはまる。捜索願の受理件数は年間八万人前後で推移しており、特異家出人だけでも三万人を超えている。

「この女子大生は、たまたま、こういう形で誘拐されたことがわかりましたが、そうでなければ、いつまでも一般扱いのままで行方がわからなかったわけですね」

前島課長が言う。

「恐ろしい話だな……」

阿部部長がうなずく。

「もちろん、捜査を始めてるんだよな？　ただの家出人じゃないとわかったわけだから」

「はい。ご両親から引き続き話を聞き、捜索願を元に行方がわからなくなった当日の行動を洗い直しています」

「何かわかったことはあるのか？」

「その日、テニスサークルの集まりがあり、コンパに参加しています。千葉に住んでいる友達と二人で総武線に乗り、被害者は自宅のある平井で下車しています。しかし、自宅には帰っていません」

「駅から自宅までの道で拉致されたか」

「恐らく」

「くそっ、出遅れたな」

阿部部長が舌打ちする。

「仕方ありませんよ。拉致される現場を目撃した人でもいれば話は別ですが、ただ単に大学生の娘が帰ってこないと言われても、それが事件かどうか判断できませんから」

「で、被疑者の取り調べは、どんな様子なんだ？　そっちは何かわかったのか」

被疑者は昨日の朝、増上寺近くの公園で身柄を拘束された。逮捕したのは愛宕署の警察官だから、当初、被疑者は愛宕署の留置場に入れられた。本来であれば、愛宕署で取り調べが行われるべきだが、重大事件に発展する可能性が出てきたため、急遽、被疑者の身柄を警視庁に移し、捜査一課の捜査員が取り調べを行っている。

「何もしゃべりません。文字通り、完黙です。雑談にも応じません」

「名前もわからないのか？」

「手がかりになりそうなものを何も所持していませんでした。免許証もなし、携帯もなしです」

「まずいな」

「単独犯なのか、共犯がいるのかもわかりません。指と耳の状態から、切断されてさほど時間が経っていなかったので、被害者はまだ生きている可能性が高いと思われます」

「写真があるしな……」

写真撮影後に殺害された可能性もあるわけだが、と顔を顰めながら阿部部長が言う。

「単独犯の場合、水や食べ物が与えられない状態で監禁されているとすれば、すぐに見付けないと危険です。この写真を見てわかるように、指と耳の切断部分がきちんと治療されたとは考えられません。止血して消毒した程度でしょう。感染症でも起こしたら命に関わります」

「そうだな」

「共犯がいる場合、仲間が逮捕されたと知れば、証拠隠滅を図る恐れがあります。つまり……」

「被害者を殺害するということか。単独犯にしろ共犯者がいるにしろ、どっちにしても危険だということだな」

「はい」

前島課長と火野がうなずく。

「そうなると、すぐに捜査本部を立ち上げるわけにはいかんな」

阿部部長が難しい顔で腕組みをする。

「あっという間にマスコミに嗅ぎつけられますからね」

「だが、捜査本部なしだと投入できる捜査員の数が限られる。もたもたしているうちに被害者の身に何かあったら大問題だ。責任を取ることを恐れるわけじゃない。おれの辞表なんか人命に比べたら屁みたいなもんだからな。最悪の事態になったら取り返しがつかないということだ」

「時間を区切る必要がありますね」

前島課長が言う。

「四八時間でしょう。さすがに、それ以上は無理筋だと思います」

火野が身を乗り出す。

警察官が何らかの容疑で被疑者を逮捕した場合、四八時間以内に被疑者を釈放するか検察官に送致することになっている。検察官は、その被疑者の取り扱いを二四時間以内に決めなければならない。すなわち、起訴するか、釈放するか、勾留請求するかのいずれかである。

検察官は更なる取り調べや参考人の事情聴取のために一〇日間の勾留を裁判所に請求できる。この勾留は更に一〇日間延長することが可能なので、起訴される前に被疑者は最大で二三日間身柄を拘束されることになる。

「いや、それでも長いな。検察に送った時点で、マスコミに嗅ぎつけられる。送致するまでが勝負だ。もちろん、それより早いに越したことはない。捜査本部を設置する前に被害者に何かあったら責任を追及される」

前島課長が言う。

「となると、最大で二四時間か……。今、一課で動いてるのは？」

阿部部長が訊く。

「二班です」

前島課長が答える。

「たったふたつじゃ、どうにもならんぞ。被疑者が口を割れば別だが……」

阿部部長が舌打ちする。

「もう一班、手が空いてるじゃないですか」

火野が言う。

「ん？　そうなのか」

「SMですよ。『SECRET　MISSION』。今日が仕事始めです」

「ああ……。忘れてた。今日からか」

阿部部長が額をぽんぽんと軽く叩く。

「しかし、いきなり捜査活動ができるのか？　仕事始めってことは、メンバーが顔を合わせたばかりだろう。どう思う？」

阿部部長が前島課長に訊く。

「いろいろ問題を抱えていますが、捜査員としては優秀な者たちです。タイムリミットがあるわけですし、できるだけ多くの捜査員を投入するべきです」

「いいだろう。薬寺を呼べ」

阿部部長がうなずく。

二

特殊捜査班。

電話が鳴る。誰も出ない。呼び出し音が続く。

「誰か出ろよ」

糸居があおいを見ながら言う。

「何で、こっちを見るんだよ」

あおいが糸居を睨む。

「手が空いてるじゃん」

「あんたも空いてるだろ」

「一番年下だろうが」

「そういう言い方、気に入らない」

「たかが電話に出るだけのことだろう。なぜ、そう突っかかってくるんだよ?」

「年齢とか性別で、露骨に見下されるのが警察社会だからな。たかが電話っていう話じゃない」

「はい、特殊捜査班です」

田淵が電話に出る。

「あ〜あ〜、最年長のベテランキャリア警視に電話を取らせちまったぞ。栄太、特殊部隊がごねたときは、気を利かせて、おまえが電話に出ろよ。年齢的には下から二番目なんだからよ」

　糸居が栄太を睨む。

「すいません。これから気を付けます」

「あんたって面倒臭いよねえ。それだけごちゃごちゃしゃべる暇があったら自分が電話を取ればいいじゃん。おしゃべりなんだし」

　あおいが嫌な顔をする。

「班長、阿部部長からお電話です」

　保留ボタンを押して、田淵が薬寺に言う。

「部長から？」

　怪訝な顔で、薬寺が電話に出る。

「はい、薬寺です……」

　はあ、はあ、と相手の言葉にうなずき、すぐに行きます、と電話を切る。席を立ち、

「ちょっと出て来る。あなたたち、私物の片付けでもしてて」

　と部屋から出て行く。

「どういうことだよ？　何で、刑事部長から直に電話がかかってくるわけ？　何かあれば、課長か理事官に呼ばれるのが普通じゃねえの？」

糸居がみんなの顔を見回すが、誰も返事をしない。無視だ。もっとも、そんなことでへこたれる男ではない。

「田淵さん、これって、よくあることなんすか？」

「知らないわ」

顔も向けずに、田淵が冷たく言い放つ。

「何だよ、みんな、無関心なのかよ」

「鈍いよねえ」

あおいが呆れたように言う。

「何の話だよ？」

「顔合わせ初日で、これだけ嫌われるって、なかなか、できることじゃないよ」

「は？　誰がおれを嫌ってるんだよ」

糸居が不思議そうな顔をする。

「あんた、マジですごいわ」

あおいが感心する。

一二

刑事部長室。

阿部部長に向かって、前島課長、火野理事官、薬寺の三人が並んでソファに坐っている。薬寺を呼んだ理由を火野が簡潔に説明する。

「今日が初日で、ついさっき自己紹介を終えたばかりなのに、早速、捜査なんですか？」

さすがに薬寺が驚く。

「緊急事態なんだよ。仕方ないだろうが。嫌だと言うのか？」

火野が睨む。

「別に嫌だとは言ってません。ただ、ひとつお願いがあります」

「何だ？　言ってみろ」

阿部部長が言う。

「好きなように捜査させてほしいんです。うちのやり方で」

「おいおい、うちのやり方って何だ？　できたばかりの部署に自分たちのやり方があるのか？　それに、おまえ、捜査経験なんかないだろう。確か、科警研にいたんだよな？」

火野が訊く。

「ええ、そうです。だからこそ、お願いしてるんです。右も左もわからないのに一課のやり方に縛られたら、それこそ身動きが取れなくなってしまいますから」

「うちには、好き勝手なことばかりして図々しく捜査に首を突っ込んでくるSROっていう迷惑な奴らがいるんだ。ＳＭにまで同じようなことをされたら困る」

火野が顔を顰める。

「SROの皆さんのことは、よく存じませんが、広域捜査が専門の部署ですよね？　わたしたちは違います。あくまで一課の一部門ですから、一課の足並みを乱すようなことはしません」

「そう願いたいけどな」

「まあ、いいだろう。お手並み拝見といこうじゃないか」

阿部部長がうなずく。

「では、早速ですが被疑者を見せていただけますか？」

薬寺が目を輝かせる。

一三

取調室。

被疑者と捜査員が机を挟んで向かい合っている。被疑者は肩を落としてうつむいている。捜査員が何を話しかけても返事をしない。

取調室の隣の小部屋で、マジックミラー越しに薬寺が被疑者を観察する。一〇分ほど観察し、

「名前とか住所とか、何かわかったんですか？」

薬寺が火野に訊く。

「いや、何も言わないし、所持品からも何もわからない。顔写真を顔認識ソフトにかけてもヒットしない。指紋も駄目だ」

「前科なし……。で、完黙ですか」

「ひと言もしゃべってないわけじゃない。肝心なことに答えないだけでな」

「何か話したんですか？」

「うむ、こう言ったそうだ。『ここではテレビを観せてもらえますか』とな」

「テレビを？」

「ふざけてるんだろうよ。なめやがって」

火野が不愉快そうに顔を顰める。

ふうん、テレビが観たいのか、とつぶやくと、一度部屋に戻って、また出直します、と言い残して薬寺が小部屋から出て行く。


特殊捜査班。

薬寺がドアを開ける。

私物の整理をしているのは田淵だけで他の者たちは勝手なことをしている。佐藤は両手で頭を抱えて何やら物思いに耽っている。あおいはスマホでメールを打っている。栄太はモップで床掃除をしている。糸居は電話中だ。

「あんた、何をしてるの？」

薬寺が栄太に訊く。

「きちんと掃除してないみたいで床や壁が汚れてるんです。少しでもきれいにしようと思って」

「あら、エラいじゃないの。でかい声で堂々と私用電話をしてる、どこかのバカより、よっぽどましだわ」

いきなり薬寺が糸居の電話を切る。

「わっ。何をするんですか。乱暴だなあ」

「ふんっ、どうせ飲み屋の女とでもしゃべってたんでしょう」

「どうしてわかるんですか？　その通りなんだけど……」

「遊んでる暇はないわよ。仕事を始めるからね」

「仕事って何です？」

「捜査に決まってるでしょう。わたしたちだって一課の捜査員なんだからね。さあ、説明するわよ。こっちに注目！」

薬寺が自分の席に着く。他の五人が薬寺に顔を向ける。

「ひどい事件なのよ……」

部長室で聞かされた事件の概要をかいつまんで説明する。

「おおっ、さすが本庁の捜査一課だぜ。誘拐された女子大生の指と耳が切断されて運ばれるなんて……。すごい、すごすぎる！　それこそ刑事の仕事だな。腕が鳴るぞ～」

糸居の鼻息が荒くなり、皆に誇示するかのように力瘤を膨らませる。

「じゃあ、行きますか」

「行くって、どこに？」

薬寺が首を捻る。

「どこにって……犯人のアジトに踏み込んで女子大生を救出するんじゃないんですか？」

糸居が不思議そうな顔になる。

「バカだねえ、こいつは！　人の話を何も聞いてないよ。まだ何もわからないって言っただろ？　被疑者は黙秘してるのよ。名前すらわからないのに、どうやってアジトに踏み込むんだよ」

「じゃあ、おれたち、何をするんですか？」

「まずは被疑者に会って、被疑者を観察する。ゲロしてくれれば話は早いけど、事件に関しては黙秘してるからね。それから所持品の分析かな。科捜研の職員が一通りの分析をしたみたいだけど、それ以外に手がかりはないわけだし」

「あ、ダメ。おれ、そういうの苦手なんで」

糸居が顔の前で手を振る。

「頭で仕事するっていうタイプじゃなさそうだもんねえ」

あおいが目を細めて薄ら笑いを浮かべる。

「何だよ、特殊部隊。おまえは得意なのかよ」

「わたしもダメだけど、得意そうな人がいるじゃん」

あおいが佐藤に顔を向ける。

「なるほど、情報分析室から飛ばされてきたエリートか」

糸居が納得したようにうなずく。

一四

薬寺を先頭に特殊捜査班の六人が廊下を歩いて行く。薬寺のすぐ後ろを、いかにも威張った感じで糸居が胸を張って歩く。その後を、あおい、田淵、栄太の三人が続く。他の五人からかなり遅れて、視線を落とし、猫背の佐藤がとぼとぼついていく。

「何だ、あいつら？」

廊下で行き合う大部屋の刑事たちが怪訝(けげん)な顔をする。今日から新しい部署が設置されたことを知らない者も多いのだ。

取調室の隣の小部屋で前島課長と火野理事官が待っていた。八人も入ると、かなり狭苦しい。

「どうですか？」

薬寺が訊く。

「相変わらず、だんまりだ。何もしゃべらん」

マジックミラーの向こうに視線を向けたまま、火野が首を振る。

「あれ？　着替えましたね」

さっき薬寺が見たときは、グレーのトレーナーにジーンズという格好だったのに、今は紺色のスエット上下になっている。

「漏らしやがった」

「は？　お漏らしですか」

糸居が声を上げる。

「誰だ、おまえ？」

「本日、新宿署組織犯罪対策課より……」

「いいから、黙れ、糸居」

薬寺が制する。

「どういうことですか？」

「どうもこうも……。いきなり漏らしやがった。しかも、大の方だ。臭くて取り調べにならないから着替えさせた」

「トイレに行かせなかったんですか？」

「行きたいと言えば行かせる。今は、そういうことも、うるさい時代だからな。トイレに行かせないだけで人権侵害だと騒がれかねない。あいつ、何も言わず、いきなりだ」

火野が舌打ちする。

「あの……」

佐藤がわずかに顔を上げて発言する。

「どうしたの、佐藤さん？」

薬寺が訊く。

「理事官に質問がある」

「おまえは？」

「警察庁の情報分析室から異動してきた佐藤警部ですよ」

佐藤に代わって、薬寺が答える。

「ほう、そりゃあ、エリートだな。で、質問とは？」

「被疑者は『ここではテレビを観せてもらえますか』と言ったそうだが……」

「ああ、言ったよ」

「何の番組を観たいか言ったか？」

「……」

火野が佐藤の顔をじっと見る。

「ひょっとして、おまえ、ふざけてるのか？」

「いいえ。なぜ、ふざけるんだ？」

佐藤が怪訝な顔になる。

「ふんっ、おかしな奴だな。何を観たいかなんて言ってない」

「……」

佐藤はまたうつむくと、そのまま黙り込む。

一五

殺風景な部屋である。折り畳み式の長テーブルが機械的に並べられているだけだ。長テーブルの上には、ビニール袋に入った証拠品が置かれている。

火野理事官に案内されて、特殊捜査班の六人が部屋に入ってくる。

「左の薬指、左の耳は科捜研で分析中なので、ここにはない。それ以外のものは、ここにある。但し、そこにある被害者の写真は本物を撮影したものだ。本物は分析中でな」

火野が説明する。

「ふうん、この子が被害者の女子大生か。かわいい子だなあ……」

糸居がビニール袋に入った写真を手に取る。

「かなりまいってるみたいだな。目が死んでるよ」

「指と耳を切断されて、それを写真にまで撮られて……誰だって、ショックだよ。この犯人、頭がおかしいんじゃない？」

あおいが憤りを隠せない様子で言う。

「どちらも左ですね。そのことに何か意味があるんでしょうか？」

栄太が疑問を投げかける。

「左の薬指というのは、やはり、女性にとっては特別な意味があるんじゃないかしら」

田淵が答える。

「もう婚約指輪も結婚指輪もはめられないんだからな。かわいそうに……」

糸居が溜息をつく。

「年齢は三〇歳から三五歳。独身。一人暮らし。無職……」

熱心に証拠品をチェックしながら、佐藤がつぶやく。

「何で、そんなことがわかるんですか？　まあ、年齢くらいなら、おれにも見当が付くけど」

糸居が訊く。

「下着が汚れている」

「漏らしたからでしょ」

下着などの衣類もビニール袋に入れて並べてある。

ご丁寧に漏らしたパンツまである。ビニール袋に入れてあるとはいえ、完全に密封してあるわけではないから悪臭が洩れる。糸居は衣類が並べてある長テーブルに近付くのを避けているが、佐藤は平気な表情で顔を寄せている。

「糞便以外の汚れも目に付く。トレーナーも汗臭い。襟元にも汚れがこびりついている。洗濯もしてないし、クリーニングにも出していない。妻や母親と同居していれば、普通、ここまで不潔にはならないはずだ。衣類も汚れ、本人も垢じみていた。本人は気にならなくても、周りの者は気になる。だから、一人暮らしだろう」

「なぜ、無職だとわかるんですか？」

栄太が訊く。

「髪も整っていないし、フケだらけだった。髭も剃っていない。会社勤めをして、デスクワークをしているとは思えない」

「肉体労働かもしれないでしょう」

糸居が言う。

「力仕事をしていれば、もっと筋肉がついているはずだが、ひ弱そうな体つきだった」

「工事現場の交通整理のような仕事だってあります。それなら、大して力も使わないでしょう」

「それなら日焼けしているはずだ。しかし、まるで日焼けしていない。普段、あまり外に出ないせいだろう」

「何だか説得力があるなあ」

糸居が感心したようにうなずく。

「携帯が見当たりませんね。今時、携帯を持っていないとは珍しい」

田淵が疑問を口にする。

「わざと持たなかったんじゃないかと思うのよね。捕まったとき、すぐ足がつくから」

薬寺が答える。

「用心深いですね。免許証も見当たらない。携帯と同じで、足がつくものを持ち歩かなかったということでしょうか」

田淵がうなずく。

メンバーたちが証拠品を調べるが、これといった手がかりを見付けることはできない。他のメンバーから離れて、佐藤が一人で何かを凝視している。

「佐藤さん、何か気になるものでもあった？」

薬寺が訊く。

「ロボちゃん……」

「は？」

「これは、ロボちゃんのスタンプだな」

メンバーたちが佐藤のそばに集まってくる。

免許証サイズの、これといって特徴のない厚紙に赤いスタンプがいくつか捺してある。スタンプ以外には住所も名前も電話番号も何も記されていない。

「何すか、それ？　紙にスタンプが捺してあるだけじゃないですか。それが手がかりになるんですか」

糸居が訊く。

「ただの厚紙に見えるだろうけど、カードの表面に特殊なコーティングがしてあって、こうして……」

佐藤がビニール袋ごと持ち上げ、蛍光灯の光をカードの表面に当てる。

「おっ、何か見えたぞ」

「光を反射させると、ロボちゃんのロゴとイラストが浮かび上がるようになっている。ロボちゃんグッズを買うと、一〇〇〇円毎にひとつスタンプを捺してもらえる。スタンプが二〇個貯まると会員のランクが上がって、市販されていない限定グッズが手に入る……」

佐藤が光を反射させて、カードをじっくり眺める。

「被疑者は、もうプラチナランクだな。かなりヘビーなファンに違いない」

「あの……。どうしてそんなに詳しいんですか？」

栄太が訊く。

「わたしはダイヤモンド会員だから。プラチナより、ひとつランクが上だ」

佐藤が薬寺に顔を向ける。

「被疑者がテレビのことを訊いたのは、たぶん、ロボちゃんの番組が気になっているからだと思う。今日の夕方五時から放送がある」

「マジか……」

糸居が呆れたようにぽかんと口を開ける。

「そのロボちゃんが何かの手がかりになるんですか？」

あおいが訊く。

「ロボちゃんグッズは、どこにでも売っているわけではない。アンテナショップでしか買えない。全国に一〇箇所しかない。都内には三つある。被疑者は、そのどこかに出入りしていたはずだから、店員に被疑者の写真を見せれば身元がわかるだろう」

「すげえな、シャーロック・ホームズみたいじゃん」

糸居が感心する。

「その三つのショップ、すぐにわかるの？」

「ええ、パソコンがあれば……」

薬寺の質問に佐藤が答える。

ドアが乱暴に開けられて、誰かが慌てて部屋から出て行く。廊下を走る靴音が響く。

「ん？」

薬寺が目を細めてドアを見つめる。

「理事官すよ。急に血相変えて飛び出していきましたけど……。何かあったんですかね？」

糸居が首を捻る。

「被疑者の氏名や住所を、うちが割り出したら、自分たちの面子が潰れると思ってるのよ」

田淵が肩をすくめる。

「手柄の横取り？　一課も意外とセコいことをするんだなあ」

あおいが呆れたように言う。

「それが一課なのよ」

田淵がぼそりとつぶやく。

「で、どうするんです？　おれたちの仕事、というか、ほとんど佐藤さん一人でやったようなもんですが、これで終わりですか？」

糸居が薬寺に訊く。

「何で終わりなのよ。これから始まるんでしょ」

「でも、ロボちゃんのアンテナショップ、大部屋の捜査員が急行するに決まってますよ」

「ふんっ、だから何なのよ。ここに並べてある証拠品だって、科捜研の研究員や大部屋の連中がさんざん調べたわけじゃない。だけど、何もわからなかった。佐藤さんがロボちゃんのカードに気が付いたおかげで、被疑者の身元が割り出せそうなんじゃないの。いくら先回りしようが、目の前にある手がかりを見逃すようではダメ。きっとまた同じことをやるわよ。わたしたちは悠々と後から行って、彼らが見逃したものを見つけ出せばいいの」

薬寺が胸を反らせて自信ありげに言う。

「アニメオタクがいたおかげで助かりましたね」

あははは、と糸居が笑う。

誰も笑わず、糸居に冷たい視線を向ける。

「アンテナショップは三つ、うちはメンバーが六人だから二人ひと組でショップを回ろうか……」

薬寺がぐるりとメンバーの顔を見回し、

「白峰と田淵さん、糸居と柴山、わたしは佐藤さんと組む。それでいいね？」

「え～っ！」

糸居とあおいがほとんど同時に不満そうな声を発する。

「こんな頭の悪いマッチョと組むの嫌だなあ」

「こっちの台詞だ。おまえだって体が資本の特殊部隊だろうが」

「頭がダメなら足を使え。足で捜査するのが刑事の基本だろ」

薬寺が舌打ちする。

「またまた、そんなことを言って。自分は頭の切れる佐藤さんと組んで楽をしようという魂胆なんでしょう」

ひひひっ、と糸居が笑う。

「おまえなあ……」

薬寺の鼻息が荒くなる。キレそうなのだ。

「佐藤さん、アンテナショップの住所、すぐにわかるんですよね？」

田淵が訊く。

「ええ」

佐藤がうなずく。

「じゃあ、一旦、部屋に戻りますか、班長？」

田淵が薬寺に訊く。

「そうね。戻りましょう」

薬寺がうなずく。

一六

部屋に戻る途中、薬寺たち六人は廊下で、ばったり火野に出会した。何やら急いでいるようだ。

「どうしたんですか理事官、急にいなくなって？」

薬寺が目を細め、皮肉めいた口調で訊く。

だが、火野は皮肉に気が付いた様子もなく、

「アンテナショップの件、こっちに任せろ」

息せき切って言う。

「任せるというか、うちはうちのやり方でやらせていただきますけど」

「うんうん、そうしてくれ。好きにやれ」

じゃあ、と火野が行き過ぎようとするのを薬寺が止め、

「お願いがあります」

「何だ？」

「被害者の女子大生に関する捜査報告書がほしいんです……」

いつ、どこで、何者の手で、どのように拉致されたのか、という点について、どこまで捜査が進んでいるのか知りたいのだ、と薬寺が言う。

「捜査報告書なんてものはない」

「は？」

「先月下旬から行方がわからなくなってるが、事件に巻き込まれたという証拠が何もないから一般家出人扱いだった。だから、捜査はしてない」

「じゃあ、捜索願が出てるだけですか？」

「そうだ。もちろん、被害者だとわかってから大急ぎで捜査を進めている。しかし、始めたばかりだから報告書はできてない」

「では、その捜索願と、今現在、わかっていることをこちらに教えていただけますか？」

正式な捜査報告書が作成されていなくても、上に報告するための簡単なメモのようなものは存在するはずだ、と薬寺にはわかっている。

「わかった。届けさせる」

火野が機嫌よさそうにうなずく。被疑者の尋問に手こずっていたところ、思いがけず

ＳＭ班のおかげで手がかりが得られたからだ。

「佐藤、おまえ、なかなか、やるじゃないか」

火野が佐藤の肩をぽんぽんと軽く叩く。

「……」

しかし、佐藤は足元に視線を落としたまま、まったくの無反応である。火野の言葉が耳に入らないかのようだ。火野の表情が強張っていく。

「理事官、被疑者の顔写真もいただけますか？」

気まずい空気を察知して、薬寺が割って入る。

「何に使うんだ？」

「わたしたちもアンテナショップに行くつもりなんです」

「こっちに任せろと言っただろう。もう捜査員が向かってるよ」

「お願いします。うちは、うちのやり方で……」

「そうだったな。わかった、写真と捜索願と捜査状況な。あとで一緒に届けさせる」

火野が右手を振りながら立ち去る。

その後ろ姿を見送りながら、

「今日中に手に入ればいいですけどね」

田淵がぽつりとつぶやく。

「え？　あの理事官、そういう人なの？」

薬寺が驚く。

「ええ、下手をすると、もう忘れられてますよ」

「白峰、糸居、理事官から捜索願と写真をもらってこい。それに捜査状況に関するメモ。役に立ちそうなものをもらってくるのよ。もらえるまで戻らなくていいからね」

薬寺が栄太と糸居に命ずる。

一時間後……。

特殊捜査班の部屋にホワイトボードが置いてあり、そこに東京都の大きな地図が貼ってある。地図には赤いピンがふたつ刺してある。

ホワイトボードの前にあおいが立ち、薬寺と田淵が椅子に坐って地図を見つめている。

佐藤は自分の席でパソコンを操作している。

「三軒目は中野ブロードウェイにある」

佐藤が言うと、あおいが赤いピンを中野駅の北側に刺す。そこに栄太と糸居が戻ってくる。

「遅かったじゃないのよ」

薬寺がじろりと睨む。

「これでも、がんばったんですよ。田淵さんが言ったように、あの理事官、何も指示してくれないんですから。あれ、嫌がらせですよ」

糸居が口を尖らせる。

「そりゃあ、うちの力なんか借りないで事件を解決したいだろうし、余計な手を出すな、と言いたいのが本音だろうからね」

薬寺が渋い顔になる。

「ん？　何だ、この地図は」

糸居がホワイトボードに顔を向ける。

「アンテナショップの位置じゃないですか？」

栄太が言う。

「ふうん、例のオタクショップか……」

糸居が地図をじっと見つめる。

「墨田区、中野区、町田市か……。町田だけが離れてるなあ」

「仕方ないわね。手分けして行こうか」

薬寺が言う。

「ジャンケンがいいですか？　それとも、アミダですかね」

糸居が薬寺に訊く。

「何のこと？」

あおいが不思議そうに訊く。

「誰が町田に行くかを決めようってことだよ。被疑者が通っていたアンテナショップはひとつだ。つまり、あとのふたつはスカだろ。町田まで行ってスカだったら空しいぜ」

「ああ、そういうことね」

あおいが納得したようにうなずく。

「ちなみに佐藤さんの行きつけの店は、どこですか？」

糸居が訊く。

「錦糸町(きんしちょう)。被疑者がその店でスタンプを集めていた可能性は低いだろう。一度も店で見かけたことがない」

パソコンの画面を凝視したまま佐藤が答える。

「ふうん、佐藤さん、筋金入りのオタクじゃないですか。あれですか、ここに飛ばされたのは、やっぱり、オタクだってことが原因なんですか？　分析能力抜群のホームズ先生なのに」

「……」

佐藤はまったくの無反応である。糸居の言葉など耳に入っていないかのようだ。

「シカトですか」

「糸居君のバカバカしい質問に答えるのは時間の無駄だ」

「それって、まるで、おれがアホみたいじゃないですか」

「頭がよさそうには見えない」

「どう見えますか？」

「バカに見える」

「……」

　糸居がぽかんと口を開ける。言葉を失っている。さすがに面と向かって「バカ」と言われることは滅多にない。しかも、佐藤の言葉だけに重みがある。

「班長」

　田淵が口を開く。

「何かしら？」

「こっちも大部屋を利用したら、どうでしょう？」

「どういう意味？」

「三つのアンテナショップには、もう大部屋の捜査員が急行しているはずです。店員に被疑者の写真を見せれば、どこが行きつけの店だったかわかるでしょう。わたしたちは、それがわかってから動くんです。そうすれば、無駄足を踏むこともありません」

「そうしたいのは山々だけど、捜査状況に関するメモや写真だって、なかなか渡そうとしなかったのに、そんな情報を教えてくれるとは思えないわよ」

「その点は心配ありません。大部屋には、わたしの力になってくれる仲間が何人かいますから」

「情報をもらえるわけ？」

「はい」

「じゃあ、そうしよう。田淵さんが情報を手に入れてくれるのを待っている間、糸居と白峰がもらってきた捜索願とメモに目を通しておいてちょうだい」

薬寺が指示する。

一五分後……。

佐藤が席を立ち、ホワイトボードに近付く。

じっと地図を見つめる。

「どうかした？」

薬寺が訊く。

「中野……」

「ん？」

「被疑者は中野に住んでいる」

「ホームズ先生、お得意の推理ですか？」

糸居が茶化すように言う。

「もう一度、手の内にある情報を整理してみた。さっきの部屋に被疑者の財布があったが、中身は千円札が一枚と小銭だけだ。定期券もなし、ＩＣカード乗車券もなし。あれで町田から、芝公園まで出てきたとは思えない」

「で、ホームズ先生行きつけの錦糸町の店に被疑者は通っていない。残るは中野のみ。

そういうことですか？」

「まあ、そうだ」

「いくら何でも簡単すぎるでしょう。推理と呼べるほどの推理でもありませんね」

あははは、と糸居が佐藤を小馬鹿にしたように笑う。

「班長、わかりました」

メールをチェックしていた田淵が声を発する。

「どこ？」

「中野です。すでに捜査員が被疑者の自宅に向かっているそうです」

「マジか」

糸居が目を丸くする。

「やるね、佐藤さん」

薬寺が誉める。

しかし、佐藤は少しも嬉しそうな顔をしない。

「じゃあ、わたしたちも行こうかしらね」

薬寺が椅子から体を持ち上げる。

「車ですか？」

糸居が訊く。

「ええ、車。電車で行く気はしない」

「でも、普通の捜査車両だと……」

糸居が薬寺の体をじろじろ見る。体が大きいので普通車両では窮屈だろうと言いたいらしい。

「二台で行くのも面倒だし、普通車は狭いからワンボックスを借りよう。田淵さん、装備課に知り合いはいる？」

「ええ」

田淵がうなずく。

「じゃあ、手配をよろしく。書類なんか回してたら間に合わないから。運転、誰がする？」

「普通、下っ端ですかね。階級が同じなら年齢が下の奴」

糸居があおいに顔を向ける。

「感じの悪い言い方をしなくても運転するよ。運転は嫌いじゃないし」

あおいが肩をすくめる。

一七

地下駐車場。

トヨタのミニバン、七人乗りのノアが停まっている。運転席にあおいが乗り込む。助手席に薬寺、二列目に糸居と佐藤、三列目に田淵と栄太が乗った。

「何だか窮屈だなあ」

薬寺がぼやきながらシートベルトをする。

「ミニバンでも狭いですか？　じゃあ、次は、バスでも借りますか」

糸居が言うと、薬寺が肩越しに振り返って、じろりと睨む。

「おまえさあ、何だかんだと、わたしをバカにしてるだろう？」

「班長をバカにするはずがないでしょう」

「わかるんだよ。役立たずのデブだと思ってるよな？」

「鋭い！　と言いたいところですが、そんなことは思ってません」

「嘘つけ」

「班長、出発していいですか？　ターミネーターを相手にするのは時間の無駄です。まともに相手にするとムカつくから無視するのが一番ですよ」

あおいが真顔で言う。

「そうね。その通りだわ。いいわよ。出発して」

薬寺がうなずくと、あおいがノアを発進させる。しばらくすると、

「班長」

三列目から田淵が声を発する。

「被疑者の身元がわかったそうです……」

「さすが警視庁の捜査一課ね。やるじゃない」

薬寺が感心する。

「被疑者は高島善弘、三四歳、住所は……」

新井薬師近くのアパートで一人暮らしをしており、令状が取れ次第、家宅捜索に踏み切るようです、と田淵が説明する。

信号でノアを停めると、あおいがその住所をカーナビにセットする。

「アパートで一人暮らしか。どんなアパートなのかしら？　そこで被害者を監禁してるのかな」

薬寺が独り言のようにつぶやく。

「アパートの写真がメールに添付されています。これ、班長に」

田淵が携帯を糸居に渡す。

「絵に描いたようなボロアパートだなあ。大きな台風が来たら吹っ飛ばされそうだ」

「早く寄越せ」

薬寺が糸居の手から携帯をひったくる。液晶画面をじっと眺め、

「あら、本当にボロじゃないの。小さいアパートだし、女子大生を監禁できるようには見えないわねえ……」

首を捻りながら携帯を糸居に渡す。糸居が田淵に返す。

「暗そうで冴えない感じの奴でしたよね？　さして腕っ節が強そうにも見えなかったし。

あいつ、ただの使い走りじゃないんですかね？」

糸居が言うと、

「そうかもしれないわね」

薬寺がうなずく。

「じゃあ、黒幕がいるってことですか？」

視線を前方に向けて運転しながら、あおいが訊く。

「女子大生の人体パーツを誰かから預かって、どこかに持っていこうとしていた……。いや、そうじゃないな。公園にいるところを職務質問されたわけだから、公園で誰かを待っていたと考える方が自然かもしれない」

田淵が言う。

「つまり、あいつは運び屋ってことですか？」

糸居が訊く。

「可能性はあるんじゃないかな」

「ホームズ先生、いかがですか？」

糸居が佐藤に水を向ける。

「推理の根拠となる材料が少なすぎる。ノーコメント」

「頭、固いなあ……。おい、栄太、黙ってないで何か言えよ。遠慮しなくていいんだぞ」

「あんたがしゃべりすぎるから、他の人間がしゃべれないんだよ。もっと周りに気を遣えよ」

あおいが顔を顰める。

「だから、ちゃんと栄太にも振ってるだろうが。おまえにも振ってやるから、今は運転に集中しろ。ほら、栄太、発言しろ。何か、おまえなりの推理があるだろう。勉強はできるんだから」

糸居が栄太の発言を促す。

「はい、恐らく……」

栄太が言葉を選ぶようにゆっくり話し出す。

「恐らく？」

「共犯者がいるのではないでしょうか。単独犯だとは思えません」

「うんうん、それで？」

「共犯者といっても対等のパートナーではなく、どちらかと言えば、高島の方がランクが低いような気がします」

「使い走りと言いたいのか？　つまり、高島はただの運び屋に過ぎない、と？」

「そう思います」

栄太がうなずく。

「ふざけんなよ！　たった今、田淵さんが言ったこと、そのまんまじゃねえか。パクりかよ」

「いや、そうじゃなくて、ぼくも頭の中で、そんなことを考えていたものですから」

「おれとしては何か独創的な推理を聞かせてもらえるんじゃないかと期待していたが、その期待は見事に裏切られたよ。ま、ホームズ先生が何人もいるはずないってことか」

糸居が大袈裟（おおげさ）に溜息（ためいき）をつく。

「すいません……」

栄太が首をすくめて小さくなる。

「いいんだよ。みんながみんな、スーパーマンってわけじゃない。誰にでも得意分野ってものがある。キャリアだから、てっきり同じタイプかと思ったけど、そうじゃなかったってだけのことだ。ね、ホームズ先生？」

隣に坐（すわ）っている佐藤に話しかけるが、佐藤は外の景色を眺めたまま表情も変えず、返事もしない。糸居も佐藤の性格が少しずつわかってきたのか、無視されても腹を立てたりはしない。

「念のために訊くけど、おまえの得意分野は何なんだよ、糸居？」

薬寺が振り返って訊く。

「言うまでもないでしょう」

糸居が力瘤（ちからこぶ）を誇示する。

「ああ、筋肉な。見るからに、ターミネーターっていう感じだもんな」

薬寺が納得したようにうなずく。

「班長、そろそろ着きます」

カーナビで目的地を確認しながら、あおいが言う。

一八

高島善弘のアパートを見付けるのは簡単だった。

アパート周辺の路上に何台ものパトカーや捜査車両が停車していたからだ。制服警官や私服刑事の姿も多い。アパートの外壁に「晴海(はるみ)ハイツ」と書かれている。一階と二階に四戸ずつ入居している、ごくありふれた古いアパートである。

あおいが路肩にノアを停め、六人がぞろぞろと降りる。制服警官たちが奇異の目を向ける。一見しただけでは、とても警察官には思えず、あまりにも場違いな六人だったからだ。

「令状が取れたみたいですね」

捜査員たちがアパートの外付け階段を続々と上っていくのを見て、田淵が小声で薬寺に言う。

「グッドタイミングだったわね。わたしたちも中に入れてもらおうじゃないの。理事官も来てるのかしら」

薬寺が周囲を見回す。

「カニは……いや、火野理事官は現場には滅多に現れません」

「カニって呼ばれてるの、あの理事官？」

「興奮すると口から白い泡を吹くので」

「ぷっ、お似合いだわね」

薬寺が口許を歪めて笑う。

「この現場は……」

アパートの前で捜査員たちに指示を出している目つきの鋭い男をそっと指差し、

「村山管理官が仕切っているようです」

「見るからに感じが悪そうなんだけど」

「一課にいる八人の管理官のうちで、村正は最も優秀だと言われています。班長がおっしゃるように嫌な奴ですが、実績はずば抜けています」

「あだなが村正？」

「村山正四郎警視、略して村正。何でも、日本刀に村正という有名な刀があるそうなんです」

「どちらもよく切れるって言いたいわけね？」

「そういうことです」

「ふうん、一課の切れ者警視か。どれどれ……」

薬寺が村山に近付いていく。

「失礼ですが、村山管理官でいらっしゃいますね？」

背後から丁寧に話しかける。

「ん？」

じろりと村山が振り返る。

「誰だ？」

「特殊捜査班の薬寺と申します」

「特殊捜査班？　ああ、悪いが今のところ所轄の協力は必要ないんだ。後にしてくれ」

村山が捜査員に指示を与え始める。どうやら薬寺を中野署の警察官だと勘違いしたらしい。

「あの……」

薬寺が村山の肩を指でとんとん叩く。

「まだ何か用かね？」

おれは忙しいんだ、仕事の邪魔をするな……そう言いたげな不機嫌さを少しも隠そうとせずに村山が薬寺を睨む。それを薬寺は少しも気にせず、

「わたしたちは所轄の警察官ではありません。警視庁捜査一課に所属する捜査員です。大部屋ではありませんが」

「一課だと？」

「活動を開始したのが今朝ですから、まだ一課の皆さんへの挨拶が済んでおりません。

しかし、この事件の捜査に加わることは、阿部部長、前島課長、火野理事官の三人が了承しています」

「何も聞いてないぞ」

「では、確認なさってはいかがですか？」

薬寺がにこっと笑う。

「……」

村山が携帯電話を取り出す。火野に電話するのであろう。

「村山です。いいえ、まだ何も……。これから家宅捜索に入ります。ところで、ここに……」

薬寺を無遠慮にじろじろ見ながら、村山が、特殊捜査班と名乗る者たちが現場に来ているのですがご存じでしょうか、と火野に訊く。しばらく火野の話に耳を傾けていたが、

「わかりました。では、そのように」

村山が電話を切り、携帯をポケットにしまう。

「話はわかった。これから、わたしの指揮下に入ってもらう」

「ちょっと待って下さい」

「何だ？」

「失礼ながら管理官の指揮下には入りません。自分たちのやり方で捜査を行います。それについては部長の許可を得ていますので、何でしたら、部長に電話して確認なさって

下さい」

「本気で言ってるのか？」

「ええ、もちろん」

「ふんっ、それなら勝手にしろ。こっちの邪魔をするなよ」

「わたしたちも家宅捜索に参加させていただきたいんですが」

「構わんよ。こっちの仕事が終わったら好きにすればいい」

「一緒に、というのは無理ですか？」

「わたしの指揮に従うのならいいがね」

「それは困ります」

「それなら待つことだ」

「いつまでかかりますか？」

「終わるまでだ」

「……」

　取り付く島がない。部屋を調べ尽くし、証拠品をすべて押収した後で部屋に入ったところで何も残っているはずがない。嫌がらせである。

(尻の穴の小さい男だこと)

　薬寺が皆のところに戻ろうとすると、

「薬寺さん、だったね？」

　村山が声をかける。

「はい」

「なぜ、ここがわかった？　理事官も驚いていたが」

「蛇の道は蛇です」

　薬寺が肩をすくめる。

　村山がノアの方に顔を向ける。田淵の姿に気が付く。

「なるほど、ブチさんが新設部署に異動すると耳にしたが、そうか、おたくだったのか。何と言ったかな、特殊捜査係？」

「特殊捜査班です。『SECRET　MISSION』と呼んでもらっても結構です」

「何？」

「覚えにくければ、SM班とでも呼んで下さい」

　にっ、と歯をむき出して笑いかけると、薬寺が村山のそばを離れる。

　手持ち無沙汰で道路に突っ立っていても仕方ないので、六人はノアに乗り込んだ。

「邪魔者扱いしやがって……。気に入らねえなあ。おれたちのおかげで被疑者の名前と住所がわかったってのによ」

　糸居がぶりぶり怒る。

「あんたは何もしてないじゃん。佐藤さんのおかげだろ」

あおいが言う。

「ふんっ、チームの力なんだよ。ねえ、ホームズ先生？」

糸居が横に坐っている佐藤に同意を求める。

「……」

佐藤は晴海ハイツをじっと眺めている。

「何か気になる？」

薬寺が訊く。

「リュック」

「リュックが何？」

「あのリュックは高島のものではない。誰かから預かった」

「そうよね。他の持ち物とあまりにも不釣り合いだもの。このアパートに被害者の女子大生が監禁されているとも思えないし、どこか他の場所で……」

そこまで口にしてから、田淵がハッとする。

「指と耳、切断されてから、あまり時間が経ってなかった、という話だったよね？」

薬寺も気が付く。

「誰かがアパートに運んできて高島に渡した。あるいは、高島がどこかで受け取った」

「それは高島が一昨日の夜から、このアパートにいたという前提の話ですよね？」

思わず栄太が口を開く。

「……」

薬寺と田淵が険しい表情で栄太を睨む。

「すいません、余計なことを言って……」

「余計なことじゃない。その通りよ。考えてみれば、高島がこのアパートから出かけたかどうかすらわかってないんだから、まず、それを確かめる必要があるわね。だけど、どうやって……？」

薬寺が首を捻る。

「SSBC」

佐藤がつぶやく。

「なるほど、防犯カメラシステムを利用するのね。悪くない」

薬寺がうなずく。

SSBCというのは「捜査支援分析センター」の略称である。SSBCの仕事は分析捜査支援と情報捜査支援のふたつだ。分析捜査支援は防犯カメラの映像分析と電子機器の解析であり、情報捜査支援はプロファイリングによる犯人像の解析である。すなわち、SSBCは防犯カメラ映像を分析する専門家集団と言っていい。

「だけど、SSBCに出動要請すると時間がかかるわね」

「いずれ村正が要請するでしょうし、そうなれば、また爪弾きにされるだけですよ」

田淵がぼやくように言う。

「ふふっ、ブチさん、村正とはいろいろあったみたいね」

薬寺がにやりと笑う。

「ええ、仕事はできますが、嫌な奴ですよ。他人の手柄を平気で横取りしますからね」

「ふうん、そういう奴か。あまり一緒に仕事はしたくないタイプね。じゃあ、自分たちでやろうか。その方が早そうだし。ここから中野駅に向かうとして、どうやって行くのかな……」

「地図、ありますけど」

あおいがダッシュボードから東京都の区分地図を取り出す。

「それ、大変じゃないですか。闇雲に歩いて防犯カメラを探すっていうのは」

糸居が言う。

「何をまともなことを言ってんのよ」

あおいが、ふんっと鼻を鳴らす。

「おれは無駄な仕事が嫌いなんだよ」

糸居が肩をすくめる。

「ここから駅までの防犯カメラをチェックするより、まず駅の防犯カメラをチェックして高島が電車を使ったかどうかを確認してはどうでしょう？」

田淵が提案する。

「その方がいいじゃないですか。簡単そうだし」

糸居が賛成する。

「でも……」

栄太が口を開く。

「何だよ、言えよ」

「高島はバスを使ったかもしれません。可能性は低いでしょうが、タクシーに乗ったかもしれません。もしかすると自転車を使ったとか」

「つまり、駅の防犯カメラの映像を分析しても仕方ないと言いたいわけか？」

糸居が訊く。

「そうは言いませんが……。それに、いきなり駅に出向いても防犯カメラの映像を見せてもらうのは無理です」

「白峰としては、やはり、この近辺の防犯カメラ映像から手を付けろ、と言いたいわけね？」

薬寺が訊く。

「佐藤さんの言うようにＳＳＢＣに出動要請するのが筋ではないか、と思います」

「村正に手柄を横取りされるんだぞ」

糸居が舌打ちする。

「事件解決の役に立つことであれば、誰がやっても関係ないんじゃないでしょうか」

「この野郎、きれい事を言いやがって。頭でっかちのエリートくんは、やっぱり、優等生だな」

「そういう言い方はおかしくありませんか」

「おれに喧嘩を売る気か？」

糸居が目を細めて栄太を睨む。

「班長」

突然、佐藤が薬寺に話しかける。

皆が佐藤に注目する。

「みんなが言うことは正しい。どれも間違っていない。わたしたちが闇雲に動くのは時間の無駄だし、少しも捜査の役に立たない」

「それで？」

「それらの問題点をすべてクリアする方法がひとつある。『マザー』にアクセスすればいい。この周辺のどこに防犯カメラがあるのか、すぐに調べられるし、その映像にもアクセスできる。中野駅の防犯カメラ映像にも令状なしにアクセスできる。本来、推奨されるやり方ではないが技術的には可能だ」

「は？　あんた、何を言ってるのよ。そんなの無理に決まってるじゃないの」

「情報分析室にいたとき、上司に代わって、しばしば『マザー』にアクセスした。アクセスコードは変更されていないはずだから、やろうと思えばやれる」

「大胆なことを言うなあ。ばれたら、佐藤さんもわたしも一発でクビだよ」

「何ですか、その『マザー』って？」

糸居が訊く。

「警察庁にあるスーパーコンピューターだ。警察に関わる情報と警察が集めた情報を一元的に管理している。しかも、官公庁や公益性のある企業のコンピューターには容易にアクセスできる。『マザー』は存在自体がトップシークレットで、基本的には犯罪捜査に関係する部門の部長以上の役職に就いており、かつ、警視長以上の階級の者しかアクセス許可を与えられないことになっている」

佐藤がすらすらと機械的に説明する。

「何だか、よくわからないけど、とにかく、すごそうなもので、下っ端警察官なんかでは逆立ちしても触れないものだってことだけはわかりましたよ」

糸居がうなずく。

「無理よ無理。本来、口にしてもいけないものなんだから」

薬寺が首を振る。

「ならば、自分たちがここにいるのは無駄だ。本庁に帰って荷物をまとめた方がいい」

佐藤が淡々と言う。

「は？　どうして、おれたちが荷物をまとめるんですか」

糸居が訊く。

「一課には捜査の役に立たない者がいる場所はないからだ」

「佐藤さんの言う通りかもしれません。村正に平伏して、村正の言うなりに動くか、捜査から手を引いて本庁に引き揚げるか、それしか選択肢がありませんね」

田淵が言う。

「わかった、わかった。とにかく、理事官と交渉してみるよ。それでいいでしょう？たぶん、ダメだと思うけどね」

薬寺が溜息をつく。

「それではダメだ」

佐藤がじっと薬寺を見る。

「何が？」

「理事官には『マザー』へのアクセス権限がない。アクセスを許可する権限もない」

「じゃあ、誰と話せって言うのよ？」

「最低でも刑事部長」

「最低って、何だ？」

「もしくは警視副総監、あるいは警視総監。警察庁と直に交渉できる人でないとダメだ」

「あ〜っ……」

薬寺が重苦しく長い溜息をつく。

「その中から誰かを選べって言うなら、そりゃあ、部長を選ぶわよ。今朝、会ってるし……」

副総監や総監にわたしの電話なんか取り次いでもらえないわよ、とぶつくさ言いながら、薬寺が携帯を取り出す。沈んだ表情で阿部刑事部長に電話をかけるのを他の者たちが見つめる。ノアの窓がコツコツと叩かれる。若い捜査員が立っている。

「何だ？」

窓を開けて、糸居が訊く。

「あ……ぼくの知り合いです。後輩です」

栄太が身を乗り出す。

「どうした、田代？」

田代巡査部長は中野署刑事課の後輩である。

「お知らせしたいことがあります」

「おれに？」

「はい」

「ちょっと出ても構いませんか？」

「大丈夫だろ。まだ時間がかかりそうだ」

糸居が薬寺の方を顎でしゃくる。薬寺は汗をかきながら、なぜ、「マザー」にアクセスする必要があるのか、阿部部長に必死に訴えている。

一九

「何だよ、おれに知らせたいことって？」

栄太が訊く。

「人前では、ちょっと……。こちらへお願いします」

田代が先になって歩いて行く。仕方なく栄太はついていく。道路を曲がって小路に入る。人がかろうじてすれ違うことができる程度の狭い小路だ。そこを抜けると空き地になっている。

（あ）

栄太が足を止める。中野署の捜査員が何人かいる。

田代が目を逸らし、申し訳なさそうにうつむいている。

「よう、白峰」

「宮本さん」

宮本篤史巡査部長は五歳年上の先輩だ。栄太が中野署刑事課に配属されてから、何かにつけて栄太を目の敵にしてきた嫌な男である。他の男たちも栄太と反りの合わなかった先輩ばかりだ。

「挨拶もなしに本庁に栄転か？」

「すいません。急な話だったので、皆さんにきちんと挨拶もできなくて……」

「いいんだよ。気にするな。おまえがおれたちを嫌ってたのは知ってるよ。何しろ、キャリアのエリートさまだからな。で、何だ、本庁捜査一課の刑事さまでございますって顔で現場に現れて、所轄は引っ込んでろ、用があれば呼ぶ……いきなり上から目線かよ」

「待って下さい。ぼくには、そんな権限なんか……」

こっそり背後に回っていた刑事が栄太の膝の裏を蹴る。あっ、と叫んで栄太が前のめりに転びそうになる。宮本が栄太の胸倉をつかんで引き起こし、

「親の七光で本庁に異動したくせにデカい面をするんじゃねえよ」

力を込めて往復ビンタをする。そこに、

「おおっ、所轄のいじめか。マジで警察ってのはヤクザと同じ生き物だと感じるぜ」

糸居が現れる。

「何だ、お前は？　引っ込んでろ」

宮本が怒鳴る。

「生憎、そうはいかないよ。昨日までは知らない奴だったけど、今では同僚なんでね。おれの仲間なんだよ」

糸居がにやりと笑う。

二〇

「では、それでお願いします」

携帯を切ると、薬寺はシートを倒し、ふーっと大きく息を吐く。ハンカチを取り出し、汗だくの顔を拭きながら、

「あ〜っ、寿命が縮まった」

「うまくいきましたか?」

田淵が訊く。

「とりあえず、これから一二時間のアクセス許可をもらったわ。それ以降は本庁に戻ってから部長と改めて話し合うことになった」

「よかったですね。カニが知ったら驚くでしょう。いや、激怒するかな」

田淵が口許に笑みを浮かべる。

「佐藤さん、そういうことだから……」

薬寺が佐藤に話しかける。

「……」

すでに佐藤は黙々とパソコン操作に没頭している。

「もうやってるのか。さすがに仕事が早いわね。あれ、糸居と白峰は?」

「糸居さんはトイレです。白峰さんは知り合いと話してるみたいですよ」

あおいが答える。

「ああ、そう言えば、白峰は中野署にいたんだったわね」

薬寺がうなずいたところに栄太と糸居が戻ってくる。

「ん？」

栄太の頰が赤いことに気が付き、

「おまえ、まさか白峰をボコったんじゃないだろうな？」

薬寺が糸居を睨む。

「は？　何を言ってるんすか。おれ、ウンコをしてきただけですよ。でかいウンコが出ました」

あはははっ、と糸居が笑う。

「バカを相手にすると疲れるわ」

薬寺が溜息をつく。

「出てきましたよ。やはり、被害者は、ここにはいないようですね」

晴海ハイツを眺めながら、田淵が言う。段ボール箱を抱えた捜査員たちが外付け階段を下りてくるところだ。被害者が見付かれば、真っ先に連れ出されるか、救急隊員が呼ばれるはずだ。

「高島はこのアパートに部屋をふたつ借りている。被害者をふたつ目の部屋に隠していて、共犯者が監禁している……そんな推理は、どうかしら？」

「当然、他の部屋も調べたはずですよ」

田淵が答える。

「令状がないのに？」

「家宅捜索として踏み込むことはできません。でも、それを何とかするのが一課です」

「例えば？」

「お騒がせして申し訳ありません、何かお気付きの点はないでしょうか、あれ、奥で怪しい物音がしましたね、犯人が忍び込んだのかもしれない……愛想よく挨拶しながら、相手が何も答えないうちに勝手に部屋に上がり込んで調べてしまう。よく使う手です」

「感じ悪いなあ。わたし、捜査一課が嫌いになりそうだわ」

薬寺が顔を顰める。

「高島は、昨日の朝、このアパートから、逮捕された公園に向かった」

パソコンを操作しながら佐藤が言う。

「何かわかったの？」

「ここから五〇メートルほど離れた中野通り沿いの防犯カメラに高島が映っている」

パソコンの画面を静止状態にして佐藤が薬寺に見せる。

「本当だ。高島だわ。リュックを持ってないわね」

画面上の高島はリュックを背負っておらず、手にも何も持っていない。

「これが午前七時四五分。公園で警察官に身柄を拘束されたのが、二時間後の九時四五分頃。そこから推測すると、恐らく、中野駅で八時過ぎの東西線に乗り、大手町で都営三田線に乗り換え、八時四〇分前後に芝公園に着いたと考えられる」

佐藤が小首を傾げながらつぶやく。

「さっきも訊きましたけど、ホームズ先生、なぜ、こんな部署に飛ばされたんですか？　ものすごい分析力を持ってるのに」

糸居が不思議そうに訊く。

「……」

佐藤は相手にせず、黙々と作業を続ける。顔認識ソフトに高島の写真を読み込ませ、中野駅、大手町駅、芝公園駅の防犯カメラにアクセスする。

「やっぱり、人間関係ですかね。何となく協調性や社交性が欠けている気がするなあ」

糸居がつぶやくと、

「おまえが言うな」

あおいが顔を顰める。

五分ほど後……。

最初に芝公園駅の防犯カメラに高島がヒットした。改札を抜けて、高島が出口に向かって歩いて行く姿だ。

「ふうん、ここではリュックを背負ってるな」

佐藤がつぶやく。

次に大手町駅の防犯カメラにヒットする。

人混みに揉まれながらエスカレーターに乗ろうとしているところだ。横顔しか映っていないが、服装やリュックから高島だと判断できる。その映像を、佐藤が皆に見せる。

「大手町でリュックを持っているということは中野駅か大手町駅のどちらかで誰かから受け取ったということでしょうか？」

田淵が首を捻る。

「電車の中で渡されたという可能性もありますよね？」

栄太が言う。

「電車の中じゃ、お手上げじゃないの？　防犯カメラ、ないだろう。調べようがないぜ」

糸居が首を振る。

「……」

佐藤は一心不乱に作業を続けている。眉間に皺を寄せ、ちょっと苛立った様子である。中野駅の防犯カメラに、なかなか高島がヒットしないからだ。

やがて、

「あった」

「中野の映像？」

薬寺が訊く。

「はい」

佐藤がホッとしたようにうなずく。

パソコンの画面を皆が覗き込む。高島が改札を通り抜けるところだ。

「もうリュックを背負ってますね」

田淵が言う。

「中野で受け取ったのか。電車の中じゃなかったな」

糸居がつぶやく。

「切符で改札を通りましたよ。Ｓｕｉｃａじゃないんだ」

あおいがつぶやく。

「切符を買う姿も映っている」

画面が切り替わり、券売機で高島が切符を買っている姿が映し出される。

「このときもリュックを背負ってるわね。駅に入る前に、どこかでリュックを手に入れたんだわ。さっき中野通りの防犯カメラに高島が映っていたのは七時四五分だったわよね？　切符を買っているのは何時なの？」

薬寺が訊く。

「七時五七分」

佐藤が答える。

「じゃあ、その一二分間にどこかで手に入れたわけよね？　中野通りから駅までのどこかで……。それは調べられる？」

「まず、駅前のロータリーにある防犯カメラの映像をチェックする。高島が駅に入る寸前だから、七時五〇分くらいから調べればいいはずだな」

佐藤が独り言のようにぶつぶつつぶやきながらパソコンの操作を始める。

「これだ」

七時五三分に高島がロータリーに入ってくる姿が見付かる。まだ手ぶらである。

七時五五分、バス停のそばで高島がリュックを手にして立っている姿がある。

「ちょっと待ってよ。映像が飛んでるわよ。肝心なところが映ってないじゃないの」

「仕方ない。七時五三分の映像と、七時五五分の映像は別の防犯カメラがとらえたものだ。しかも、テレビ番組を録画するように、ずっと録画しているわけではなく、二〇秒に一回ずつ写真を撮っているだけなので連続写真のようにしか見えない。コマとコマの間に何があったかは調べようがない」

佐藤が淡々と説明する。

「これだと、誰かから受け取ったのか、コインロッカーから取り出したのか、それとも、それ以外の方法で手に入れたのか判断できませんね」

栄太が首を捻る。

「このふたつの映像の間隔は厳密に言うと二分ではない。八〇秒弱というところだ。それだけの時間でコインロッカーからリュックを取り出して、バス停の近くに移動したとは思えない」

絶対に不可能とは言えないが、と佐藤が付け加える。

「ということは、ここに映っている誰かからリュックを受け取ったということになるのかしら？」

画面を見つめながら薬寺が言う。

バス停のそばに立つ高島をとらえた七時五五分の映像には、列に並んでバスを待っている人たち、駅に向かう通勤者や学生たちなどの姿が映っている。

それだけではない。自家用車やトラック、タクシー、オートバイ、自転車……たったひとつの画面に多くの人間が映っている。

「この中の誰かが高島にリュックを渡したとして、どうやって、その誰かを突き止めればいいのかな。何か、うまいやり方があるんですか、ホームズ先生？」

糸居が佐藤に訊く。

「……」

佐藤は、むっつりと黙り込んでいる。

第二部　KFO

一

　特殊捜査班の面々はノアに乗り込み、犯人グループに拉致された女子大生・荒川真奈美の自宅がある江戸川区平井に向かった。先月下旬、自宅近くで忽然と姿を消したのである。道々、

「くどいようですけど、あの情報を渡す必要があったんですかね？　おれたちの手柄なのに」

　糸居が不満げに口を尖らせ、薬寺に言う。佐藤が「マザー」を駆使して防犯カメラ映像にアクセスし、高島が中野駅前のロータリーで何者かからリュックを受け取ったことを突き止めた。その情報を、薬寺は村山管理官に渡したのである。

「あんたの手柄じゃないでしょ。佐藤さんの手柄だよ」

　ノアを運転しながら、あおいが言う。

「同じなんだよ。おれたちはチームなんだからな」

「チームねえ。今のところ、あんたはいてもいなくても同じような気がするけどなあ」

あおいが溜息をつく。

「糸居の言いたいことはわかるよ。でも、わたしたちだって一課の捜査員には違いないわけだから、手に入れた情報は共有するべきだと思う。手柄も大切だけど、事件解決が最優先だもの」

薬寺が言う。

「班長の判断は尊重しますけどね……」

だけど、村正はこっちに情報をくれるんですかね、と糸居が肩をすくめながらぼやく。

「糸居君、村正は情報なんかくれないわよ。頼んだところで、必要なことは捜査会議で話す、と突き放されるだけ。それが村正のやり方だもの」

田淵が言う。

「ひどいな。おれたちは、どうすればいいんですか？」

「慣れるしかないわね。警察ではトップダウンが基本だから、組織論としては間違ってないし」

「はあ、そういうもんですか」

「班長、移動する間に、これまでの流れを整理しておきませんか？」

田淵が提案する。

「なるほど、事実関係を整理して、そこに推理を付け加えていく、ということですね」

栄太がうなずく。

「何だよ、栄太、急にやる気を見せて」

「そういうわけではなく、警察大学校で教わった捜査の基本だったなあ、と思い出したので」

「よし、白峰、事件の流れを簡潔に整理して述べなさい」

薬寺が栄太に命ずる。

「わかりました。では……」

栄太が手帳を開いて話し始める。

(1)高島善弘が逮捕される。
(2)指と耳と被害者と思われる女性の写真が入ったリュックを所持。
(3)指と耳は行方不明の荒川真奈美のものと判明。
(3)高島の住所が判明。家宅捜索を行う。
(4)高島は中野駅前でリュックを受け取る。

「こんな感じですが」

「実に簡潔でいいが……つまり、それしかわかってないってことかよ」

糸居が大袈裟に驚く。

「だから、推理で肉付けしていくのよ」

薬寺が目を細めて糸居を睨む。

「高島を使っている個人、もしくは組織が存在するということですね。その何者かが高島にリュックを渡し、被害者を監禁している」

栄太が言う。

「糸居」

薬寺が発言を促す。

「いや、おれが言おうとしたことを先に言われちまって」

ははは、と頭をかく。

「高島が運び屋だったとすれば、当然、誰かに渡すつもりだったはずですよね？」

田淵が疑問を口にする。

「客……ってことかしらね？」

薬寺が首を捻る。

「どんな客ですか？　何のために女子大生の指と耳を買おうとするわけですか？」

あおいが気持ち悪そうに表情を歪める。

「柴山さんの嗜好は関係ない。世の中には人体のパーツをほしがる特殊な人間が存在するというだけの話だ」

佐藤が淡々と言う。

「気持ち悪い」

あおいが顔を顰める。

「これだけのリスクを冒してパーツを売るわけだから客単価はかなり高いと推定できる」

「言い方が難しくてわかりにくいんですが、要は、女子大生の指や耳に大金を払う変態がいると言いたいわけですか？」

糸居が佐藤に訊く。

「そういうことだ」

「ちなみに、どれくらい払うと、指や耳を買えると推測しますか、ホームズ先生？」

「七桁では無理だろう」

「七桁……」
一、一〇、一〇〇……と糸居が指を折って数え始める。
「七桁だと百万単位か。てことは、その上だから、千万単位で売買するってことですか？」

「そういうことだよ」

「びっくり仰天だ。自分の指が札束に見える」

「それは無理だ」

「何がですか？」

「リュックには被害者の写真も入っていた。人体パーツなら、誰のものでもいいわけではないということだ。客の趣味に合うような若い女性のパーツでないと駄目だろう。すなわち、糸居君のパーツでは千万単位の値はつかない」

「いくらなら売れるんですかね？」

「……」

「ホームズ先生？」

「あんたのパーツなんか誰も買わないってことだよ。気を遣ってくれてるんだよ。それくらい察しろよ」

あおいが舌打ちする。

「おまえなあ……」

「到着です！」

あおいが言う。平井に着いたのだ。

二

駅前のコインパーキングに停めたノアから、六人が降りる。駅に向かって歩きながら、

「被害者の姿が最後に確認されたのは先月の二八日、午後九時過ぎです。改札を通り抜ける姿が駅の防犯カメラに映っていたそうです」

栄太が手帳で確認しながら言う。捜索願と捜査メモの要点を書き抜いてあるのだ。

「それが最後か。その日って日曜日なんだよね？」

薬寺が訊く。

「テニスサークルのコンパの帰りだったようです」

「コンパにしては帰りが早いよな」

糸居がつぶやく。

「コンパ自体、テニスが終わってすぐ、五時半過ぎに始まったようですからね。被害者は一次会だけで帰ることにしたみたいです」

「二次会に参加してれば被害に遭わなかったかもしれないな。運命の分かれ道だなあ」

「たまたま運悪く被害に遭ったと言いたいわけ？」

あおいが訊く。

「そうなんだろ」

「どこかにきれいな子がいないかなあって犯人がぶらぶらしていたら、たまたま被害者みたいなかわいい子に出会した？　そんな偶然があるのかね。どう思います、佐藤さん」

「そんな偶然はない。犯人は下調べをして被害者に目を付けていたに違いない」

「ホームズ先生、その根拠は？」

糸居が訊く。

「わたしは偶然を信じない」

「それだけ？」

「車の中で話したように、誰のパーツでも高い値段で売れるわけではない。客の趣味に合うような若い女性のパーツでないと売れない。そんな女性に偶然会ったと考えるより、前々から目を付けて拉致（らち）する機会を窺（うかが）っていたと考える方が合理的だ」

「何だか説得力があるなあ」

糸居が感心する。

話をしているうちに駅に着く。

改札を眺めながら、

「平日の午後だからでしょうか。あまり人がいませんね」

田淵が言う。電車が着いても乗降客が少ないし、そもそも駅周辺に人の姿がまばらである。

「自宅は旧中川（きゅうなかがわ）沿いのマンションか。徒歩で一五分と捜索願に書いてあったよね？」

誰に問うという感じでもなく、薬寺が言う。

「マンションの近くには小学校と中学校がある。通学路や、大きな道路沿いには数は少ないものの防犯カメラが設置されている。しかし、何も出なかった、とある。つまり、被害者は防犯カメラが設置されている道路を通らずに帰宅しようとした、と考えられる」

佐藤が言う。

「そう簡単に決めつけていいんですかね？」

糸居が首を捻る。

「駅から自宅までの最短距離だ」

佐藤がパソコンの画面を皆に示す。付近の地図が表示されており、自宅に帰る最短距離の道筋が赤いラインで浮かび上がっている。

「この道筋に防犯カメラはない」

佐藤がすたすた歩き出す。

「どこに行くんですか、ホームズ先生？」

「被害者が歩いたであろう道を辿ってみる」

足を止めずに答える。その後ろ姿を眺めながら、

「何だか、あの人、仕切ってるなあ。まるで班長みたいじゃん。いいんですかね？」

糸居が薬寺に顔を向ける。

「何でもいいんだよ。やり方としては間違ってないんだから。さあ、行くよ」

薬寺が佐藤についていく。

「体もでかいが、心も広い」

「バカ」

あおいが糸居の尻を膝蹴りする。

「おれ、何か悪いことを言ったか、栄太？」

「いいえ、糸居さんらしいというだけです」

「ふうん……」

　納得できたような、そうでもないような顔で、糸居が皆についていく。

　駅前の小路を抜け、住宅街に入り、公園の脇を通ると、右手には何棟も並んで建つ団地が、左手には小学校が見えてくる。

「何だか、淋しいところだね」

「あまり人通りがありませんよね」

　薬寺の言葉にあおいがうなずく。

「昼間でこんな感じだと、夜はもっと淋しいでしょう。ましてや日曜日の夜です。会社や学校から帰ってくる人たちもいないわけですから」

　田淵が言う。

「確かに人気はないけど、このあたりは住宅街だし、夜に女性の悲鳴が聞こえれば、それに気付く人だっているんじゃないかな。聞こえても無視する？」

　薬寺が小首を傾げる。

「無視はしないでしょう。しかし、その夜、警察に通報があったという記録はないようです」

　田淵が答える。

「拉致したとすれば、当然、犯人は車を使ったわけよね？　被害者に騒がれることなく、どうやって車に乗せたのかな。もしかして顔見知り？」

薬寺が言う。

「それなら被害者が騒ぐこともありませんね」

栄太がうなずく。

「被害者の交友関係を洗い出し、友人・知人から話を聞いて、怪しい者がいたら、当日のアリバイを調べる……捜査の基本ですよね。当然、村正はやってるはずです。こっちに情報が流れてこないだけで」

田淵が言う。

「現実問題として、うちには無理だものね。人手が足りなすぎる」

薬寺が溜息をつく。

「そう決めつけるのは早い。人体のパーツを高額で売り捌こうとするような悪人が、たまたま身近にいたとは考えにくい」

周辺の様子を確認しながら、顔見知りの犯行説を佐藤が否定する。

「ふうん、佐藤さんは顔見知りが拉致したという説に反対なのか。じゃあ、どうやって騒がれずに拉致したわけ？」

薬寺が訊く。

「そんなことは、まだ、わからない」

佐藤がまたすたすた歩き出す。

住宅街を抜けると川沿いの土手に出る。荒川真奈美の自宅のあるマンションが正面に見える。

「ここからマンションまで、一五〇メートルくらいだな。被害者は、駅からここまでのどこか、恐らく、さっきの公園近辺で拉致されたに違いない」

佐藤がつぶやく。

「なぜ、わかるんですか？」

栄太が訊く。

「わざわざ、こんな見通しのいい場所で拉致するのは愚かだ。それに……」

佐藤がマンションを指差す。

「あのマンションだが、正面の入口に防犯カメラが設置されていて、そのひとつがこっちを向いているようだ。帰宅する居住者を見守るためだろう。しかし、調べても、何の成果も上がっていないようだ。それらの点を考慮すると、被害者が拉致されたのは駅から公園に至るどこかの地点だと考えられる」

「で、顔見知りの犯行ではない？」

糸居が訊く。

「そうだ。顔見知りではない。恐らく、何の面識もない人物の仕業だろう」

「人物たち、と言うべきじゃないんですか？」

「複数の仕業だと言いたいのか？」

「そう考えるのが普通でしょう？　若い女性を拉致して人体パーツを売り捌く組織があるとすれば人手はあるだろうし、拉致するときが最も難しいわけだから複数で一気に車に押し込むようなことをするんじゃないんですかね」

「ふうん、あんたにしては、まともな意見じゃないの」

あおいが感心する。

「だろ？」

糸居が得意げに鼻の穴を膨らませる。

「わたしは、そうは思わない」

佐藤が首を振る。

「人気のない夜道で複数の男が近付いてくれば誰だって警戒する。警戒していれば、車に押し込まれそうになったときに悲鳴を上げるだろうし、それを耳にする者もいる。住宅街なんだから」

「複数とは言ったけど、男とは言ってませんよ。女たちってことも考えられるでしょう？」

「女子プロレスラーのように腕力の強い女性たちなら可能性はある。しかし、そもそも、わたしは力尽くで拉致したとは考えていない。もっとソフトなやり方で、被害者を警戒させることなく車に乗せたのではないかと思う」

「顔見知りならそうかもしれませんが、見ず知らずの男が相手ならあり得ないでしょう」

「あり得ないことが起こったからこそ、被害者も油断したと考えたい」

「何としてでも、おれの意見を否定したいように聞こえる。おれの意見、役に立ちませんかね？」

「役に立たない」

佐藤があっさり言う。

「……」

糸居は言葉を失う。

三

最寄り駅には総武線の快速が停まる。東京駅まで三〇分ほどだ。通勤に便利な土地なので、駅近くのマンションはかなりの高値で分譲販売される。それでも駅から徒歩一〇分以内の立地なら販売開始直後に完売し、売れ残ることは滅多にない。

当然ながら地価も高い。こぢんまりした一戸建てでも五千万くらいするし、庭が広ければ軽く一億を超える。

その家は駅から徒歩で七、八分のところにある。近くにショッピングモールや図書館、公園、小学校がある。住環境はかなり良好だ。車があれば、もっと便利だ。国道には一分で出られるし、一〇分くらい走れば京葉道路に乗ることができる。空いていれば、三〇分以内で都内に着く。

周辺は静かな住宅街で、敷地面積の広い家が多い。

駅から、その住宅街までは緩やかな上りになっている。普通に歩くと気が付かない程度の緩やかな傾斜だが、それでもその住宅街から駅を眺めると、わずかに眼下に見える。

その家は住宅街の外れにあって崖に面している。崖といっても、高さは一〇メートルもない。

崖の下は茂みになっており、中には背の高い樹木もあるので西日を遮ってくれる。

敷地は鉄製の柵に囲まれているが、柵には蔦が絡まっているのでギスギスした感じはしない。柵だけでなく、家の外壁一面にも蔦が広がっているので、家全体が緑色に見えるほどだ。敷地面積は一〇〇坪くらいあるが、建坪は五〇坪ほどで、あとは庭である。よく手入れがされた庭で、季節によって、色とりどりの様々な花が咲き乱れる。

今の時期だと、アネモネやイキシアが赤い花を、スターチスやベルフラワーが青い花を、ニリンソウやイベリスが白い花を、プリムラやマリーゴールドが黄色い花を、アザレアが紫色の花を、アルストロメリアがピンク色の花を咲かせている。

カーポートにはBMWとワンボックスカーが停められている。

広い家で、車も二台あるが、この家に住んでいるのは宍戸浩介一人だけである。四一歳で独身。父親は一五年前に亡くなり、兄弟姉妹もいない。六年前に母親が亡くなってからは一人暮らしだ。

父親が亡くなったときにかなりの遺産を相続し、保険金も下りたが、それを使って古い家を壊し、自分の好みに合う新しい家を建てたので、財産はかなり減った。母親が亡くなったとき、保険金が二千万下り、一千万の預貯金も一人で相続したものの、家と土地を母親との共同名義にしていたので、それを引き継ぐためにかなりの額の相続税を納めなければならなかった。

大学を出て地方公務員になったが、人間関係が煩わしく、仕事に興味を持てなかったので、父親が亡くなったのを機に退職した。それ以来、どこにも勤めたことがない。

今の肩書きは「投資家」である。

株や投資信託を持っているのは本当だし、ＦＸもしているが、それだけで優雅な暮らしを維持できるほどの儲け（もう）はない。儲けどころか、マイナスで年を終えることが多い。自宅には小型金庫がふたつあり、銀行の貸金庫も契約している。小型金庫には、それぞれ現金が一千万ずつ入っているし、貸金庫には現金や宝石、高級時計などが三千万円分ほど入っている。

定期的に多額の現金収入があるのだ。

税務署に申告できる類い（たぐ）の金ではないので、銀行口座に入れたりせず、自宅や貸金庫に保管している。貸金庫に入れられる現金には限度があるので、一定額を超えると宝石や高級時計を買うことにしているのである。

四月の初めにしては暖かく日差しが強い。

宍戸浩介はブルーのポロシャツにジーンズ、長靴という格好で、麦藁帽子を被り、せっせと庭仕事にいそしんでいる。その周りを白いフレンチブルドッグのマリアが楽しそうに走り回っている。五歳の雌で、体重は十二キロある。

「暑いな」

ふーっと大きく息を吐きながら、浩介は立ち上がって腰を伸ばす。庭仕事をしていると、どうしても中腰の格好になることが多い。ずっと、その姿勢を続けていると腰が痛む。腰痛と肩凝りの原因は庭仕事だとわかっているが、土いじりは大好きな趣味のひとつなので、どうしてもやめることができない。首に巻いたタオルで顔の汗を拭っていると、マリアが浩介の足に体を寄せて甘えてくる。折り畳み椅子に腰を下ろし、

「Ｄｉｅ！」

浩介が短く鋭い声を発すると、マリアがぱったり倒れて動かなくなる。死んだ振りである。

「Ｓｉｃｋ！」

今度は、口から舌を出し、全身をぴくぴく痙攣させる。病気で苦しい振りをしているのだ。

「Ｇｅｔ　Ｈｕｒｔ！」

マリアは起き上がると、くんくん悲しげに鼻を鳴らしながら、後ろ脚を引きずってよ

ろよろ歩き出す。怪我をした振りである。

「よしよし、いい子だ。おいで」

マリアは嬉しそうに浩介の膝に前脚を乗せ、尻尾を激しく振りながら期待に満ちた眼差しで見つめる。ご褒美を期待しているのだ。浩介がポケットから犬用のジャーキーを取り出して与えると、嬉しそうに食べ始める。

「おまえは賢いな」

目を細め、マリアの頭を撫でてやる。

ペットショップで出会ったとき、マリアは生後三ヶ月の子犬だった。子供の頃に柴犬を飼っていたが、それ以来、何十年も犬を飼っていなかった。それなのに、なぜ、マリアに惹かれたのか、浩介自身にもよくわからない。

マリアを飼ってから、一から犬の飼育について学び直した。マリアが人間の言葉に異常なほど敏感で、しかも、浩介の指示に忠実なことがわかると、ネットや書籍で犬の調教方法を独学で勉強した。マリアは学習能力に優れており、海綿が水を吸うように次々と新しい芸を身に付け、浩介の指示に従って様々な演技ができるようになった。

幼い頃からの浩介の夢……夢というより恐るべき妄想といった方がいいかもしれないが、その夢や妄想が現実のものになったのは、マリアのおかげと言っていいかもしれない。夢や妄想の現実化を邪魔していた大きな障壁を、マリアのおかげで乗り越えることができたからだ。

「浩介君」

柵の向こうから老婦人が声をかける。

「あ……こんにちは」

浩介が腰を上げる。

隣家の畑中真知子だ。亡くなった母親と真知子は仲良しで、よくお互いの家を行き来していた。年金生活者だ。隣には七〇代の夫婦が暮らしている。二人とも元教師で、今は浩介が一人暮らしをするようになってからは何かと気を遣ってくれる。もっとも、浩介にとっては、ありがた迷惑である場合が多いのだが。

「これね、肉じゃがを作ったのよ。多めに作ったから、よかったら食べてもらおうかと思って。浩介君、好きでしょう」

真知子が手鍋を持ち上げてにっこりする。

「はい、大好きです。ありがとうございます」

柵に近寄り、頭を下げながら手鍋を受け取る。

「どう、うちの中を散らかしたりしてない？　お節介だと思うんだけど、気になってしまうのよ。亡くなる前に百合江さんからも頼まれているし」

「何とかやってますので」

「遠慮しなくていいのよ。お掃除してあげましょうか？」

「本当に大丈夫ですから」

「そう……」

真知子は残念そうだ。

「じゃあ、いいんだけどねえ……」

と言いながら、あれはどうした、これはどうした、ちゃんとやっているのか……と、あれこれ詮索する。次第に浩介は苛立ってくる。作り笑いを浮かべて、おとなしく真知子の話を聞いているものの、心の中では、

（クソばばあ、ぶっ殺すぞ）

と悪態を吐いている。

昔から、口やかましくてお節介な女で、浩介は、真知子が苦手だった。あまりにもうるさいので殺意を抱いたことさえある。

いや、顔を合わせるたびに心の中で血祭りに上げていたと言っていい。

目は笑っていないのに口角を上げて作り笑いをするのが腹立たしかったので、口の端をナイフで切り裂き、口許から覗いている金歯を金槌で叩き折る。鼻を削ぎ、眼球を抉って、耳を切り落とす。手足の爪をすべてはがし、それから手と足の二〇本の指を一本ずつ切断する。臍の上から腹を縦に割いて、内臓を素手で引きずり出す……そんな作業を頭の中で順を追ってこなしていった。数え切れないほど何度も真知子を生きたまま解体したので、次第に手際がよくなった。実際に、それを生身の人間に初めて行ったとき、さして戸惑うこともなくスムーズに作業が捗ったのは、このシミュレーションのおかげ

と言っていい。

「浩介君？」

「……」

「浩介君！」

「え」

浩介がハッと我に返る。真知子を切り刻む夢想に耽って(ふけって)いて、真知子の言葉が耳に入らなかったのだ。

「それでいい？」

「ええっと、そうですね。それでいいかな……」

何の話かわからず、曖昧(あいまい)な返事をする。

「じゃあ、来週、夫と二人で伺いますから。何も気を遣わないでね」

「え？ あの、それは……」

「百合江さんの七回忌だものねえ。法事は親戚(しんせき)の方たちと相談して、どこかのお寺でなさるんでしょうから、せめて、わたしたちは仏壇にお線香でも上げさせていただきたいわ」

「……」

「本当に気を遣わないでね。簡単なお料理くらいなら、わたしが用意しますから。あ、遠慮しなくていいのよ。暇な年寄りだもの。それくらい喜んでやらせていただくわ」

じゃあ、またね、と軽く会釈しながら真知子が微笑み、柵から離れていく。その押しつけがましい親切に腹が立ち、浩介はまた心の中で真知子を殺したくなってしまう。

（来週……あの夫婦がうちに来るのか……）

母親の七回忌など、まったく念頭になかった。

手鍋を持ち、溜息をつきながら浩介は家に入る。その足取りは重い。

四

西武池袋線の椎名町駅。

駅のすぐ近くにある古ぼけた雑居ビル。エレベーターはない。

昼間でも薄暗い階段を三階まで上ると、左右にそれぞれドアがある。左側は空室である。右側はドアに「株式会社　ＫＦＯ」というプレートが貼ってある。社長は、樺沢不二夫、四一歳。ＫＦＯというのは「樺沢不二夫オフィス」の略称である。樺沢の他に社員は一人しかいない。事務の牛島典子だ。

牛島典子は三二歳のシングルマザーである。

最初は派遣社員として働いていたが、樺沢に気に入られ、正社員として採用された。

なぜ、自分が気に入られたのか、典子にはわからなかった。短大を出てから結婚するまで六年ほど勤めた建設会社で総務と経理を三年ずつ担当したので、一通りの事務作業はできるが、何か特別な資格を持っているわけではない。見た目がいいわけでもない。小太りで平凡な顔立ちだ。あまり社交的でもなく、友達も少ない。

二六歳で結婚し、会社を辞めた。専業主婦になり、二年後に長男の春樹を産んだ。三つ年上の夫とは合コンで知り合った。保険会社の営業をしていた。愛想がよく、いつも典子を笑わせてくれた。ギャンブルと酒が好きなのは結婚前から知っていたが、まさか、給料のほとんどを注ぎ込むほどギャンブルが好きだとは知らなかった。溺れるほど酒を飲み、酔うと人が変わることも知らなかった。結婚前は、典子によそ行きの顔しか見せていなかったのだ。

生活費が足りないので、もう少し酒とギャンブルを控えてもらえないか……典子がそう訴えたことをきっかけに仮面を脱ぎ捨て、家庭で暴力を振るうようになった。しばらくは典子も我慢していたが、よちよち歩きの春樹が酔った夫にまとわりつき、腹を立てた夫が大声で怒鳴りながら春樹を突き飛ばすのを見て離婚を決意した。身の危険を感じたのである。

養育費や慰謝料を一切請求しない、という条件で夫が離婚に同意したのは、二年前、典子が三〇歳のときである。春樹は二歳だった。

フルタイムの仕事が見付かって収入が安定したら保育園に預けようと典子は考えた。それまでは実家の母親に協力してもらうことにした。母親はまだ五〇代半ばで元気だったから、仕事が見付かるまでなら、という条件で春樹の世話を引き受けてくれた。

しかし、現実は厳しかった。

何の資格もない三〇過ぎの女に好条件の仕事などなかった。たまによさそうな仕事があっても、履歴書の段階で落とされた。仕事を選り好みするつもりはなかったが、フルタイムで働いても手取りで月一〇万前後の給料しかもらえず、ボーナスを入れても年収が二〇〇万円に届かないというのでは、春樹を保育園に預けるどころか、親子二人で生活していくのも容易ではない。条件の悪い仕事を選ぶことにはためらいがあった。すぐにでも仕事を見付けたいのは山々だが、そんな悪条件では先々行き詰まることは目に見えているからだ。焦っても仕方がないとは思うものの、収入を得る方法も考えなければならないので、とりあえず、派遣会社に登録した。派遣で稼ぎながら、正社員として雇ってくれる会社を探すつもりだった。

派遣社員として、長いところで三ヶ月、短いところだと二週間くらいしか勤務しないような仕事を一年続けた。収入も安定せず、貯金を取り崩すような生活を強いられた。春樹の面倒を見てくれる母親も、さすがに育児に疲れてきたのか、

「こんなことをいつまで続けるつもりなの？」

と苛立ちを隠そうとしなくなってきた。

精神的に追い詰められ、途方に暮れているとき、派遣会社にＫＦＯを紹介された。三ヶ月と期限を切っての派遣だったが、その期限が切れる数日前、社長の樺沢から、

「よかったら、これからは社員として、うちで働きませんか？」

と誘われた。

「社員って……正社員という意味ですか？」

「はい。派遣会社は辞めていただくことになりますが、それなりの条件は整えるつもりです」

「……」

典子は驚いて声が出なかった。

ＫＦＯのオフィスは部屋がふたつしかない。

玄関ドアを開けると受付兼事務所で、そこに典子が一人でいる。奥が樺沢の部屋である。典子の勤務は九時から五時までで残業はほとんどない。

樺沢が出社するのは昼過ぎで、

「おはよう」

と、典子に挨拶し、典子が淹れた温かいブラックコーヒーを手にして部屋に閉じ籠もると、それきり夕方まで姿を見せない。たまに部屋から出て来るのは、事務所にあるトイレを使うときと、コーヒーのお代わりを取りに来るときくらいだ。たった二人しかいない小さな会社なのに、典子は樺沢と会話らしい会話をしたことがない。だから、樺沢がどんな人間なのか、典子にはまったくわからない。その樺沢から突然、派遣会社を辞めてうちで正社員にならないか、とスカウトされたのだから、

（なぜ、わたしなんかを誘うのか？）

と、典子が訝しんだのも無理はない。

しかも、提示された条件が法外だった。

厚生年金など社会保険に加入できるのは正社員採用ならば当然としても、手取り二五万以上を保証するという樺沢の言葉には驚いた。賞与は年二回、各三ヶ月分を出すという。八月のお盆前後と年末年始にはそれぞれ一〇日以上の休暇もくれるという。

（四五〇万……）

提示された条件を計算すると、それくらいの年収になる。それだけではない。毎年三月には五％の昇給を約束するという。つまり、ＫＦＯに三年勤めれば年収が五〇〇万を超えることになる。

これほどの好条件は滅多にあるものではない。いや、滅多にどころか見たこともない。求職でさんざん苦労した典子には、よくわかる。

当然、

（なぜ、こんないい話を、わたしに……？）

と、典子が疑問に思うのも無理はない。

何か特殊な技術を要する仕事であるとか、目が回るほど忙しい仕事で残業ばかりさせられるとか、何か普通ではない事情があるのならわからないでもないが、ＫＦＯで典子がやっているのは、そんな仕事ではない。ごく当たり前の事務仕事に過ぎないのだ。受付といっても来客はほとんどなく、電話もあまりかかってこない。訪ねてくるのは宅配ない。

業者ばかりだ。出勤時に部屋の掃除をしたり、樺沢のためにコーヒーを淹れたりするのは大した手間ではない。あとは経理総務関係の仕事になるが、それも大した量ではない。そもそも、このKFOという会社がどういう会社なのか、典子には今でもよくわからない。

樺沢は、かなりの資産家らしく、株をたくさん所有しているらしい。昨今、株主優待がちょっとしたブームになっており、所有する株数に応じて、様々な品物をもらうことができる。ファストフードやファミリーレストラン、居酒屋など外食関係の食事券や割引優待券、遊園地や映画、ホテルなどレジャーに関わる招待券や宿泊券、缶詰やジュース、乾麺（かんめん）やハムなど、その会社の自社商品、飛行機、バス、電車など旅行に関わる乗車券や割引券、それ以外にも定番のQUOカードや図書カード、ギフト券など株主優待品はバラエティに富んでいる。その会社の決算月によって株主優待品が送られてくる時期も変わってくるから、決算月の異なる株をたくさん所有していれば、毎月、株主優待品を受け取ることも可能なのである。

一日に何度か宅配業者がやって来て、株主優待品を置いていく。典子は梱包（こんぽう）を解き、中身を受付の隅にある棚に載せておく。樺沢がチェックし、価格を決めると、典子は、その品物の写真を撮り、ネットオークションに出品する。落札されれば、落札者とやり取りして、代金の振り込みを確認してから商品を発送する。それが典子の最も大きな仕事である。

QUOカードや図書カード、ギフト券などは樺沢がまとめてどこかに持っていく。恐らく、金券ショップに持ち込んで手っ取り早く換金しているのだろう、と典子は推察している。

牛肉や鮮魚が届くこともある。そういうものは出品せず、樺沢が持ち帰ることもあるし、気前よく典子にくれることもある。

オークションを通じて株主優待品を現金化しているわけだから、それも立派な仕事には違いない。出品する品数も多いし、落札金額も馬鹿にはならない。

とは言え、せいぜい、月に五〇万か六〇万程度の商売である。他に本業があり、自宅でサイドビジネスとして一人でやっているのならうまい商売だろうが、オフィスを構え、社員を雇ったりすれば間違いなく大赤字である。

なぜ、赤字になることがわかっているような商売を続け、しかも、典子を好条件で正社員として雇い入れようとするのか、それが典子には疑問だった。

何となく胡散臭さは感じたものの、だからといって断ることができる話ではない。喜んで樺沢の申し出を受け入れた。もっとも、そのとき、

「なぜ、わたしを正社員で採用して下さるんですか？　この条件なら、もっと優秀な人がいくらでも応募してくるのに」

と訊かずにはいられなかった。

「牛島さんは、よくやってくれてますよ。真面目だし、熱心だし……」

それに、口も堅そうだから、と樺沢は笑った。

正社員にしてもらって、かれこれ一年になる。単調な仕事の繰り返しで、なぜ、これほどの好待遇で自分が採用されたのかは謎のままだ。時々、ふと、

(口が堅そうだから、というのが社長の本音だったのかもしれない)

と思うことがある。

一年もいると、樺沢の行動や会社の業務にどことなく怪しい点を感じることもないではないが、典子は余計な詮索をせず、与えられた仕事を黙々とこなした。九時に出社し、夕方五時には退社する。残業もなく、待遇もいい。春樹を保育園に預ける余裕もできたので、母親に負担をかけることもなくなった。

今の典子の願いは、この仕事を少しでも長く続けたいということだけだ。

五

午後二時過ぎ、樺沢が部屋から顔を出し、

「牛島さん、今日はもう上がっていいよ」

「え」

ちらりと時計を見て、

(お昼休憩から戻って一時間しか経ってないのに)

と思ったが、

「じゃあ、そうさせていただきます」

典子は素直にうなずく。

たまに、こういうことがある。典子に会わせたくない来客があるのだな、と薄々察しているが、それを口に出すような愚かな真似はしない。一五分ほどで仕事の後片付けを済ませ、

「では、今日はこれで失礼します」

「お疲れさま」

樺沢がにこやかにうなずいて典子を送り出す。

オフィスを出て、階段を下り始めたとき、背後でドアの鍵が閉められる音がした。それを聞いて、どうやら来客があるのではなく、一人きりで何かしたいことがあるのだな、と気が付いた。株主優待品をオークションで販売するというのは表向きの業務に過ぎず、何か裏で別の仕事をしているのではないか、と典子は推測している。

だが、それを知りたいとは思わない。何も知らないのが一番だと肝に銘じている。

典子を送り出し、ドアに鍵をかけると、マグカップにコーヒーを注ぎ足して、樺沢不二夫は自分の部屋に戻る。部屋の広さは一二畳ほどで、窓際に大きな机があり、壁際に本棚とキャビネットがある。キャビネットの横に小型金庫が置いてあり、部屋の中央に

は応接セットがある。イタリアから直輸入した白革のソファと木目の美しい一枚板のテーブルで、樺沢のお気に入りである。二五〇万円の値打ちは十分にある。

ソファに坐って、コーヒーを飲む。半分ほど飲むと、マグカップをテーブルに置いて立ち上がる。本棚に近付く。本棚は七段で、樺沢のちょうど目の高さの位置、下から五段目には西洋哲学全集がずらりと並べられている。お飾りではなく、すべて目を通してあるし、ニーチェやキルケゴールは何度も読み返している。哲学書を一〇冊くらい取り出すと、その奥に隠し金庫の扉が現れる。三つのダイヤルを回して解錠する。中には携帯電話が五つ並んでいる。他には何も入っていない。一番右端の携帯電話を取り出し、ソファに戻る。

キャビネットの横に置いてある小型金庫はダミーである。ダミーといっても、中には現金、クルーガーランド金貨、高級時計、商品券や旅行券など、すべて合わせれば一〇〇〇万円近い貴重品が常に入れてある。万が一、このオフィスに空き巣が入っても、それだけ手に入れれば満足して引き揚げるだろう、という樺沢の読みである。金目のものが何もないとなると、部屋中を荒らされるかもしれないし、その揚げ句、隠し金庫を見付けられて五つの携帯電話を奪われるかもしれない。それだけは防がなければならない。今どき、携帯電話など高級品とは言えないから、売ったところで大した金にはならないだろうが、樺沢本人にとっては、そうではない。それらの携帯電話に一〇〇〇万円以上の価値を認めているのだ。それらの携帯電話は、いわゆる足のつかないもので、樺沢とは何の関係もないところで契約されており、契約者情報から樺沢に辿(たど)り着くことはできない。携帯電話は樺沢と特定の顧客の間だけ、つまり、一対一で使用されており、それ以外には一切使用しない。携帯電話が五つあるということは、今現在、樺沢には五人の顧客がいることを意味している。

リダイヤルボタンを押し、携帯電話を耳に当てる。

呼び出し音一回で相手が出た。

「三輪さんですか？」

その携帯電話は三輪吉信との専用電話なのだ。

「どうして、すぐに電話してくれなかった？」

押し殺した声で三輪が言う。声音に苛立(いらだ)ちと焦りが滲(にじ)んでいる。

「昨日から、ずっと待ってたんだぞ」

「ご自宅ですか？」

「この電話に出たということは自宅にいるってことだろ？　仕事は休んだ。今は仕事なんか手につかないから」

三輪が溜息(ためいき)をつく。

樺沢は、その携帯電話は自宅に置き、外には持ち出さないよう顧客に念押ししている。万が一、外に持ち出して紛失したら取り返しのつかないことになるからだ。

「信じましょう」

「信じる？　何を信じるっていうんだ？」

「すぐに連絡しなかったのは、何が起こったのか、調査する必要があったからです」

「まさか……」

三輪がハッとする。

「まさか、わたしが警察に密告したなんて疑ってるんじゃないだろうな？」

「今は疑っていません。しかし、こちらも昨日は何もわからなかったので、何を信じればいいか、誰を疑えばいいか、いろいろ調べる必要がありました」

「冗談じゃないよ。なぜ、わたしが密告なんてするんだ？　こっちだって大ショックなんだから。事故渋滞なんかに巻き込まれなければ……」

「渋滞したのなら、即座に他の交通手段を利用することを考えるべきでしたね。その判断が遅れたことが致命傷です。約束した時間に到着していただけていれば、職務質問されることもなかったはずですからね」

「わたしのせいだと言いたいのか？」

「逆に伺いたいですね。誰のせいなんですか？　他に原因や理由がありますか？」

「ああ、認めるさ。わたしのせいだ。わたしが悪い。損害は弁償する。それでいいだろう？」

「そう言っていただけると、こちらとしてもありがたいことです」

「その上で改めて言うが、わたしはモノがほしい」

「本気ですか？」

「当たり前じゃないか。値段は高くて構わない。損害分を上乗せして請求してくれていい。その代わり、モノはほしい」

「それは他のパーツがほしいという意味ですか、あの女性の？」

「違う。同じモノがほしい。左耳と左の薬指だよ。他のパーツには興味がないんだ。知ってるじゃないか」

「モノは警察に押収されてしまいましたよ。まさか取り戻せるとは思ってないでしょう？」

「以前、写真を見せてくれたじゃないか。二枚の写真のうち、どちらの女性が好みかって。実は、あのとき、かなり迷った。どちらも好みだったし、どちらも五月生まれだったからね。だから、今度は、あのとき選ばなかった方で頼む」

「どうやら本気のようですね」

「当然だろう」

「可能かどうか検討して、また連絡します」

樺沢が電話を切る。

六

「ああっ……」

三輪吉信はソファに深くもたれかかる。

優に三〇畳はありそうな広々としたリビングに、豪華な家具が並んでいる。家具やインテリアに関しては何の知識もないし、大して興味もないから、専門のインテリアコーディネーターを雇い、大金を投じて贅沢で優雅な部屋にしてもらった。

だが、正直に言えば、この部屋の何が洗練されているのか、三輪にはさっぱりわからないし、あまり好きにもなれない。何だか、ホテルに泊まっているような気がして、いつになっても心から寛ぐことができない。味気なく冷たく感じられるのだ。

せっかく金持ちになったのだから金持ちにふさわしい部屋に住まないとな、という程度の考えで高級マンションを買い、成金趣味の内装を施したに過ぎないのである。

このマンションで、三輪が心から安らぐことのできる場所はひとつしかない。

ソファから立ち上がり、リビングの奥まった角に進んでいく。壁には、これといって特徴のない油絵の風景画が飾ってある。将来への投資になるから、と税理士に勧められて買った絵である。画家の名前も覚えていない。一五〇〇万くらい払ったことだけはおぼろげに記憶に残っている。

その角には分譲当初、八畳のウォークインクローゼットに入るスライドドアがあった。それをリフォームし、スライドドアを外し、ウォークインクローゼットを隠し部屋にした。床の羽目板を一枚外すと、コントロールパネルが現れる。暗証番号を打ち込むと、壁がゆっくり動き、隠し部屋に入ることができるという仕組みだ。

スイッチを入れ、明かりをつける。薄暗い照明が部屋の中を照らす。

室温は常に二〇℃に保たれている。

壁際に三段の棚があり、それぞれの段が四つに区分けされている。つまり、全体として一二のスペースに区切られているわけだ。最上段の四つのスペース、上から二段目のひとつのスペース、それら五つのスペースには透明なガラスの瓶が並べられているが、それ以外の七つのスペースには、まだ何も置かれていない。

五つのスペースのそれぞれにふたつのガラス瓶があり、ひとつのスペース以外のその中には、ホルマリン漬けにされた左耳と左の薬指が入っている。瓶の横に写真立てが置かれている。中に入っているのは若くて美しい女性たちの写真だ。その女性たちの耳と指が陳列されているわけである。

最上段のいちばん左のスペースにはふたつのガラス瓶の他に、ガーネットの指輪やイヤリング、ピアスなどのアクセサリーが置かれている。その写真の女性は一月生まれなので、誕生石にちなんだ宝飾品が並べられているのだ。そのすぐ横には二月の誕生石であるアメジストにちなんだものが、その横には三月の誕生石であるアクアマリン、コーラル、ブラッドストーンにちなんだものが、その横には四月の誕生石であるダイヤモンドとクオーツにちなんだものが並べられている。

四月の次は、五月の誕生石であるエメラルドと翡翠にちなんだアクセサリーが並べられることになるはずだ。

しかし、そこに置かれたふたつの瓶は空っぽだ。

本当なら、そこには荒川真奈美の耳と指が入っているはずだった。

(事故渋滞にさえ巻き込まれなければ……)

三輪は悔しくてたまらない。時間通りに待ち合わせ場所に到着していれば、今頃は、この部屋でリクライニングチェアに横になり、シャンパンでも飲みながら、新たに手に入った耳と指をうっとりと眺めていたはずなのだ。その耳と指、それに荒川真奈美の写真を見ながら、この子にはどんなアクセサリーが似合うだろう、と思案するのが三輪の至福の喜びなのである。時間のあるときに宝飾店を訪ね、荒川真奈美に似合いそうなエメラルドや翡翠の指輪、イヤリングを物色する。あれこれ迷いながら、出し惜しみせずに宝飾品を買い求め、この棚に飾る。

結婚指輪は左の薬指にはめるものだ。その薬指を奪われた女性は、当然ながら、もう結婚指輪をはめることができない。結婚指輪をはめてやることができるのは三輪だけである。なぜなら、薬指は、ここにあるからだ。

左の薬指を独占することは、三輪にとって、その女性との「結婚」を意味する。ここに並んでいる四人の女性たちは三輪の妻なのだ。荒川真奈美は五人目の妻として迎えられるはずだった。

四人目までは順調だったのに五人目で初めてしくじった。こんなことでは、ここに一二人の妻が揃うのは、いつのことになるやらわからない。

いや、まだ諦めるのは早い。

あの男なら、きっと五月生まれの妻を手に入れてくれるに違いない。そう信じたい。

左の薬指には、そんな深い意味がある。

では、左耳には、どんな意味があるのか？

実は、薬指のような明確な意味はない。三輪の嗜好というしかない。耳が好きなのだ。昔から好きなのである。好きでたまらない。若い女性の耳を見つめていると、ふくよかな乳房を眺めているより興奮する。もし誰かに恋をして、その恋の記念に何かをもらうことができるとしたら、三輪はためらうことなく耳がほしい、と言うはずだ。

耳ならば、右の耳も左の耳も好きだが、左の薬指とセットにするのなら左の耳がいいだろうと考えたのである。棚に並べられたコレクションを目にするたびに、その選択は間違っていなかった、と三輪は思う。一月生まれから四月生まれまでの美しい四人の妻たち、その四人の妻たちの薬指と耳を眺めるだけでも、この上ない幸福感に浸ることができる。

いつの日か、この棚に一二人の妻たちの薬指と耳が並んだら、自分は幸せすぎて死んでしまうかもしれないとさえ思う。

もちろん、そうなっても悔いはない。それ以上、望ましい死に方は想像もできないからだ。そのためにも、まず五月生まれの妻の薬指と耳を何としても手に入れなければならない。どれほどの大金を投じても構わない、と三輪は決意する。

七

宍戸浩介がマリアの散歩から帰ってくると、リビングの電話が鳴っている。慌てるでもなく、玄関でマリアの脚をタオルできれいに拭いてやってからリビングに入る。マリアがとことこ後ろからついてきて、自分のマットの上にごろりと横になる。疲れたらしい。子機に手を伸ばしたところで電話が切れた。コーヒーでも淹れようかと台所に足を向けたら、また電話が鳴り出した。子機を取り上げ、

「はい？」

と声を出す。自分からは決して名乗らない。いつものことだ。何かのセールスだったりすると、黙って電話を切ってしまう。

「悪い話だ」

その声を聞いて、電話の相手が樺沢不二夫だとわかる。

「聞きたくないな、悪い話なんか」

浩介がわざとらしく溜息をつく。

「取引が失敗した」

「失敗？　どういう失敗だ？」

さすがに浩介の声に驚きの色が滲んでいる。

「それは……」

昨日の出来事を樺沢が淡々と説明する。できるだけ正確に伝えようとしているのだ。浩介は黙って聞いている。途中で質問を挟んだりはしない。時折、小さな溜息をつくだけだ。

樺沢が口を閉ざしたので、説明が一段落したのかと思い、

「それだけか？」

「いや、もうひとつある。実は、『店員』の名前と住所が警察に知られた」

「は？　捕まったのは、昨日の朝だろう？　それなのに、もうばれたのか？」

驚きを通り越して呆れている。なぜ、そんなに簡単に身元が割れてしまうのか理解できない。

「もしかして、こっちも危ないから、さっさと逃げろ、という電話なのか？」

「それはない。安心してくれ。こういうときのために、いつでも切り捨てることのできる男を『店員』として使っている。高島善弘は……それが『店員』の名前だが、組織についても何も知らない。何の情報も与えていないから、組織について知るどころか、自

分が何をしているのかもわかっていなかったはずだ。取引の日の朝に駅前で荷物を受け取り、待ち合わせ場所で荷物と交換で客から金を受け取る。リュックを待ち合わせ場所に運んで、別のリュックを受け取ってくるだけだから、警察の取り調べを受けても何も話すことがない。万が一、『店員』が警察に捕まった場合の手は打ってあったということだ」

「ふんっ、トカゲの尻尾切りだな」

「高島が客に会う前に捕まったのが不幸中の幸いだった。取引の後だったら客に危険が及ぶ可能性があった。それは、まずい」

「そうだろうな。客は、おまえとの連絡方法を知っているわけだから。おまえがやばい」

「念のために言うが、たとえ、そんなことになったとしても、そっちの身は安全だぞ。おまえの存在は、おれ以外の誰も知らないからな」

「逮捕されれば、おまえだって、しゃべるさ」

「しゃべらないよ」

「警察を甘く見るなよ。取り調べは厳しいぞ。おれは、そんな言葉を信じない。いざとなれば、自分の身は自分で守る。そのための手段を講じるという意味だ。わかってるだろう？」

「うむ、わかっている」

そうだ、樺沢にはよくわかっている。宍戸浩介との付き合いは長く、かれこれ二〇年以上になるし、ごく普通の当たり前の人間関係を築くことのできない浩介にとって、恐らく、友達と呼べる存在がいるとすれば、それは樺沢以外あり得ないはずだが、それでも浩介は眉ひとつ動かさずに平然と樺沢を殺すことができるに違いなかった。利用価値があるから付き合いが続いているだけで、利用価値がなくなり、自分にとって危険な存在だと浩介が判断すれば、間違いなく、そうするはずだ。樺沢を殺すことで浩介が良心の呵責に苦しむことなど絶対にない。なぜなら、そもそも浩介には良心がないからだ。

「ひとつ気になる」

「何だ？」

「運び屋は、どうなっている？」

「ん？」

「その高島という男は組織のことなど何も知らないと言ったな。客に会う前に捕まったから、客の筋から警察が組織に辿り着くこともない、と。だが、昨日の朝、運び屋に会って、リュックを受け取ったわけだろう？　つまり、高島は運び屋に関する情報を持っているわけだし、その情報を警察に洩らすかもしれないということじゃないか。もし運び屋が捕まるようなことになれば、おまえの尻尾がつかまれたも同然だぞ。自分の尻尾は切れないだろう？」

「心配するのはわかるが、それは大丈夫だ」

「なぜ、そう言い切れる？」

「そもそも情報と呼べるほどの情報を持っていない。素顔を晒して会うようなことはしていないし、底の厚いブーツを履いているから身長もはっきりしないはずだ」

「だからといって……」

「百歩譲って、高島が何らかの情報を持っているとしよう。たとえ、そうだとしても、高島が警察に話す心配はない」

「自信があるんだな」

「なぜなら、高島には他人とコミュニケーションを取る能力が欠如しているからだ」

「どういう意味だ？」

「自分が興味のあることにしか反応しないから、警察官の質問に答えることはできない」

「黙秘するということか？」

「意識的に黙り込むのではなく、自分の心の中に入り込んで外部からの呼びかけをシャットアウトしてしまうらしい。むしろ、そういう状態が普通だからこそ、他人と会話を交わすことなく何日でも黙っていられるんだろうな」

「病気なのか？」

「よく知らないが、心を病んでいるのは確からしい」

「そういう人間を『店員』にしてあるから安心しろと言いたいのか？　冗談じゃないぞ。取引が失敗したのは、おまえの責任だぞ。それこそが最も重要な問題だ。違うか？」

「その通りだ」

樺沢は素直に自分の非を認めた。浩介と言い争っても何もいいことなどないとわかっている。

「今回の失敗に関しては、おれも大いに反省している。今後、二度と同じ失敗を繰り返さない覚悟だ。許してもらえるか」

「……」

せっかく振り上げた拳だが、相手が平身低頭しているのでは、それを振り下ろすこともできない。それに冷静に考えれば、樺沢と浩介は持ちつ持たれつの関係で、これまでうまくやって来た。一度の失敗で縁を切るのも惜しい。というか、浩介も困ったことになる。唯一の収入源を失うことになるからだ。

もちろん、警察の手が自分の身にまで及びそうだというのなら話は別だが、トカゲの尻尾切りで収まりそうだというのであれば、とりあえず怒りを鎮めて樺沢との関係をこれからも維持するのが賢いやり方というものだ。

ふーっと大きく息を吐いて、

「事情は理解した。念のために、あの女は片付けよう。残念だな。もう少し楽しめると思っていたんだが……」

「それは待ってくれ。他の客とも交渉しているところだ。薬指と耳以外のパーツについてな」

「金になるということか？」

「そうだ」

「それなら、まだ生かしておくか。だけど、急いでくれ。おれは医者じゃないからな。応急処置しかできない。指と耳を切断しただけで、かなり弱っている。顔色も悪い。何もしなくても死ぬかもしれない」

「死なせてもらっては困る。死体のパーツなんか売れないよ。ちゃんと生きた人間から切断しなければダメだ」

「生体反応がないパーツはゴミと一緒ということか。一文の価値もない」

「客は注文にうるさい。その代わり、きちんと注文に応(こた)えれば、いくらでも金を払ってくれる。悪い取引じゃないさ」

「ああ、そうだな」

「昨日の客も、新たに左の薬指と左耳がどうしてもほしいそうだ。もちろん、昨日の取引失敗の原因は向こうにあるわけだから、いつもの倍以上の金額を請求するつもりだ」

「五月生まれの若い女じゃないとダメなんだよな。しかも、美人好み。すぐに見付かるもんか」

「客に写真を二枚見せただろう？　あのとき選ばなかった方でいいと言ってる」

「ふうん、あれでいいのか」

「わがままを言える立場でもないと自覚してるんだろう。どれくらいで用意できる？」

「急いでも一〇日くらいはかかるだろうな」

「もっと早くできないか？　せめて、一週間とか」

「一週間か……。まあ、やってみる。だけど、急かされて、ヘマをするのはごめんだ」

「もっともだ。客には一週間から一〇日くらいかかると伝えるよ」

「そうしてくれ」

電話を切ると、浩介はソファに深く坐り込み、ふーっと大きく息を吐く。

（樺沢不二夫……）

不思議な因縁で結ばれている気がする。

大学の同窓生で、二年の夏まで在籍した教養課程では同じクラスだった。二年の秋からは専門課程に移行することになっており、同じ経済学部でも、経済、経営、会計というように選択する学科によって学ぶ内容が違う。学科が違うと、受ける講義も違うから同じ学部にいても滅多に顔を合わせることはなくなる。樺沢も浩介も経営学科を選び、しかも、ゼミまで一緒だった。

だからといって、二人が親しかったわけではない。

浩介は人付き合いが苦手で、口も重く、周りからは根暗な奴だと思われていた。サークルにも所属せず、合コンなどとは無縁だった。友達など一人もいなかった。

一方の樺沢は誰とでもすぐに打ち解けることができる陽気で明るい若者だった。

二人は、まるで違っていた。

浩介は孤独が苦ではなく、講義やゼミのない時間には学生食堂か図書館で一人で過ごした。自分なりに充実した学生生活だった。

あるとき、浩介が図書館で勉強していると、たまたま樺沢が隣の席に座った。試験前は図書館も混み合っており、そこしか席が空いていなかったのだ。

二人が所属するゼミでは週に一度、所属する学生がレポートを発表し、その内容についてゼミ生同士で議論することになっていた。担当教授がいくつか示す課題の中からひとつテーマを選んでレポートにまとめることになっている。その週は樺沢がレポートを発表する番になっていた。

樺沢は熱心な学生ではなかったので、レポートの作成に四苦八苦した。ついに、

「なあ、相談に乗ってくれないか？」

と、浩介に救いを求めた。

さして難しい内容でもなかったので、浩介はレポート作成のポイントをいくつかアドバイスしてやった。誰かと長い時間一緒にいたり話したりすることが苦手だったので、少しでも早く解放してほしかったのだ。頼みを断ってもよかったが、断る理由を探すのが面倒だった。

それをきっかけに樺沢と親しくなったわけではないが、顔を見れば挨拶するし、たまに口を利いたりするくらいにはなった。友達という感じではなく、近所の顔見知りよりはましという程度の関係である。

二人の関係は大学を卒業するまで続き、卒業後は会うこともなかった。

樺沢と再会したのは五年前である。大学を出て、一三年も経っていた。今にして思えば、樺沢との再会も、浩介にとっては運命の歯車のひとつだったことがわかる。樺沢とは、ハローワークで会った。浩介は大学を出て地方公務員になったが、父親が亡くなったのを機に、わずか三年で退職した。それ以来、父の遺産や保険金で母親と二人暮らしを続けた。六年前に母親が亡くなったとき、浩介の金融資産は二〇〇〇万ほどに減っていた。その頃、マリアを飼い始めた。

マリアとの出会いも運命としか言いようがない。

マリアと出会い、母親が亡くなって一人暮らしを始めたことが、幼い頃からの夢を現実にするきっかけとなった。五〇〇万使って、自宅の地下室をリフォームした。映画を観たり、音楽を聴くためのオーディオルームとして使っていたが、ある目的のために大きく改造したのだ。

それから一年経ち、浩介は充実した日々を送っていた。ついに夢を、いや、妄想を実現することができたからだ。二人の若い女性を拉致して地下室に監禁したのである。最初の犠牲者は二ヶ月で死んだ。二番目の犠牲者は、前回の反省を生かして注意深く対応したので、ほぼ五ヶ月生かしておくことができた。何事であれ、経験を積むに従って上達するのだ。

毎日が楽しくて仕方なかった。

ただひとつ気になるのは預金残高が減り続けていることだった。何の収入もないのだから減るのは当然だが、公務員を辞めてからの一〇年というもの金の心配などしたことがなかったので、どうしていいかわからなかった。生活を切り詰めて節約しようという発想もなく、母親の死後も気儘に好き勝手な暮らしを続けたため、二〇〇〇万の金融資産は四〇〇万まで減っていた。一年後には、いや、もしかすると、もっと早い時期に預金残高がゼロになるだろうことは浩介にも簡単に予想できた。生まれて初めて、ハローワークに足を向けた。仕事などしたくないし、自分に合う仕事があるとも思えなかったが、何とか金を稼ぐ方法を見付けなければならなかった。楽に稼ぐことのできる仕事くらい、ひとつやふたつはあるだろうと期待したのである。

もちろん、そんなおいしい仕事はなかった。世の中、それほど甘くないのである。

仕事は見付からなかったが、樺沢と再会した。

「宍戸じゃないか？」

と声をかけられたとき、浩介は相手が誰なのかまったくわからなかった。

「おれだよ、大学で一緒だった樺沢不二夫」

名乗られて、

（ああ、あいつか……）

と思い出しはしたものの、どうもピンとこなかった。一三年振りなのだから見かけが変わっているのは当然だが、それにしても樺沢の変貌振りが尋常ではなかったせいだ。頬骨が浮いて見えるほど、げっそりと痩せこけ、何か重い病気でも患っているのではないか、と疑いたくなるほど顔色が悪い。言うなれば、死人のような顔色なのである。

ハローワークの近くにある公園のベンチに坐り、二人で缶コーヒーを飲んだ。

「悪いな。喫茶店に行く金も惜しい」

樺沢は自嘲気味に笑った。

浩介は金を持っていたが、久し振りに樺沢に会っても別に懐かしいとも思わなかったし、正直に言えば、さっさと別れたかったので、公園で構わなかった。

樺沢の方も、浩介に会ったのを懐かしがるというより、誰でもいいから自分の苦境を聞いてもらいたいという気持ちだったらしく、肩を落とし、足元に視線を落としながら勝手に近況を語り始めた。インターネット関連の小さな会社を経営していたものの、事業に失敗して多額の借金を抱え込んだのだという。

「最初にしくじったときに見切りを付けて会社を畳めば莫大な借金を背負わずに済んだ。でも、一から育てた会社に愛着もあったし、数人とはいえ、おれを信じてついてきてくれた社員たちへの責任も感じていたから、何とか会社を生き延びさせようと足掻いた。自宅を抵当に入れて銀行から金を借りて、会社の運転資金に充てた。車も売ったし、株も売った。女房の宝石や時計も処分した。死に物狂いで金を作った。それでもダメで、親や兄弟、親類や友達にまで金を借りまくった。今にして思えば、頭がどうかしてたんだな。女房は、もう諦めましょう、これ以上、借金を大きくしてどうするの、と泣いて頼んだけど、そんな言葉も耳に入らなかった。それどころか、しつこく頼むことに苛立って暴力を振るった。それからすぐに会社が潰れて、自宅は銀行に取られ、女房は子供を連れて実家に帰った。今は離婚して一人になり、借金だけが残っている。喫茶店に行く金もないのに、億を超える借金があるんだぜ。信じられないよな。本当は、ハローワークで仕事を探しても仕方ないんだ。何十万か給料をもらったところで利息も返せない。焼け石に水さ。こうしている間にも利息が増えて、どんどん借金は膨らみ続けてるんだからな。おれが死んで保険金でも入ればいいんだが、生憎、生命保険はとっくに解約してしまった。外に出ると、どこかの金持ちが車で轢いてくれないかと思ったりもするし、売れるものなら腎臓でも何でも売りたいよ。臓器売買ってのがあって、高く売れるらしいからな。おれが若くて美人なら、体のパーツを高額で買ってくれる物好きもいるんだけどなあ……」

「何だって？」

浩介は樺沢の話など何も聞いていなかった。缶コーヒーを飲んだら、さっさと腰を上げようと思っていた。だが、樺沢の最後の言葉が引っ掛かった。

「何って、何が？」

「今言ったじゃないか。若くて美人のパーツなら高く売れるって……。本当に高く売れるのか？」

「ああ、そうらしい。おれ、インターネット関係の仕事をしてたから詳しいんだ。変態が集まって、こっそり人体のパーツの売買をしてるようなサイトがいくらでもある」

「それ、犯罪だろう？　警察に捕まらないのか」

「警察が動くのは売春や薬物売買の温床になっているようなサイトを摘発するときくらいだな。人体パーツの売買といっても、どこまで本当か確かめようがないじゃないか。たちの悪いおふざけかもしれないわけだしな。実際、ほとんどは、おふざけだよ。だけど、マジで売買してるサイトがあるのは事実だ」

「どれくらいで売れるんだ？」

「どの部分かによるな。若くて美人だと、指一本が二〇〇万とか三〇〇万という噂だ。実際は、もっと高いかもしれない。デパートに行って買えるようなものじゃないから」

「そのパーツが若くて美人のものだってことを、どうやって確認するんだ？」

「さあ、何か方法があるんだろう。何で、そんなに熱心なんだよ？」

「樺沢、さっき死にたいようなことを言ったよな？」

「ああ」

「命と引き換えにしても、金がほしいということだろう？」

「そうだよ。おれの人生、もう終わったようなものだが、金さえあれば、また、やり直すことができる。金といっても、生半可な金額じゃないが」

「金のためなら何でもやるか？」

「何でもやる。どんなことでもいい。金になるのなら何でもやる。おれの命を買いたいという人間がいれば、喜んで売る」

「おれも金に困っている。おまえほどじゃないけどな。幸い、売り物がある。それをおまえに売ってほしい。儲けは折半でいい」

「おれが何を売るんだ？」

「人体のパーツだよ。決まってるだろう。今話したじゃないか。高く売れるんだろう？」

「そりゃあ……。だけど、人体のパーツなんて、どこで手に入れるんだ？」

「それは心配しなくていい。おれが調達する。言うまでもないが、若くて美人のパーツだぞ」

浩介がにやりと笑う。

二人が手を組んだことで、浩介も樺沢も苦境を脱した。

樺沢は借金を完済し、今は椎名町にオフィスを構えて贅沢な暮らしを楽しんでいる。

浩介も金の心配をしなくて済むようになった。何よりありがたいのは、収入を得るために嫌な仕事をすることなく、今までと同じように好きなことだけをしていればいいということだった。自分の喜びのためにやっていたことで大金を手にすることができるのだから、こんなに幸せなことはない。

浩介はソファから腰を上げると、リビングを出る。

廊下にはスライド式の本棚がふたつ置かれている。

スライド部分はロックされていて、それを解除しないと本棚はスライドしない仕組みになっている。本棚の横には段ボール箱がいくつか置かれ、スライドレールを隠している。だから、注意して見なければ、それがスライド式の本棚だとは気が付かないはずだ。浩介はロックを解除して、ひとつの本棚を動かす。

本棚の後ろにドアがある。ドアノブが外されているのは、それがあると本棚にぶつかってしまい、本棚とドアの間に隙間ができてしまうからだ。

ドアノブが付いていたところには穴が開いており、そこに手を入れて引っ張れば、ドアは簡単に開く。

階段がある。明かりをつけて、浩介が地下に下りていく。踊り場まで下りると、そこにもドアがある。ドアの横に長靴が置いてある。それを履く。

鍵を開ける前に、浩介は小さな覗き窓から部屋の中を覗く。部屋の照明は常につけてある。何も不審な点はない、と納得すると、鍵を開けてドアを引く。

部屋の広さは、ざっと四〇平方メートルほどである。

異様なのは、部屋の中にふたつの大きな檻があって、それが部屋の大半を占めていることである。そもそも、オーディオルームとして使っていた地下室をリフォームするとき、業者には、

「ここで大型の肉食動物を飼育予定だから」

と説明し、大型の肉食動物を清潔な環境で飼育できると同時に、万が一にも逃げ出したりしないように安全面に配慮してほしい、と注文を付けた。

だから、頑丈な檻が設置してある。床をむき出しのコンクリートにし、排水設備を整えたので床の汚れを水で流すことができる。オーディオルームだったので防音対策も完璧だ。

最初、業者が怪訝な顔をしたのは、地下室で大型の肉食動物を飼育する、という説明に何となく腑に落ちないものを感じたせいだった。

しかし、業者の出した見積もりを、まったく値切ろうとせず、そのまま浩介が受け入れたので、業者の疑問はどこかに消えた。

檻の中には、ベッド、椅子、テーブル、テレビ、小型冷蔵庫、簡易トイレ、下着や衣服、タオル類を入れるカラーボックスなどが置いてある。

ひとつの檻は空だが、もうひとつの檻には人がいる。若い女性がぴくりとも動かずにベッドに横たわっている。荒川真奈美だ。左耳と左の薬指を切断した後、痛み止めと抗生物質を大量に与えているので眠ってばかりいる。そういう薬は樺沢が調達してくれる。

「……」

檻に近寄り、荒川真奈美の寝顔を見つめる。

死人のように青ざめている。あまり食べないので、かなり痩せてしまった。それでも、やはり、美しい顔をしている。いや、むしろ、美しさが増したように浩介には思われる。

地下室にはシャワールームがあるので、二日に一度は檻から出てシャワーを浴びることができるように配慮しているが、指と耳を切断してからはシャワーを浴びていないので、いくらか臭う。

だが、そんな悪臭など浩介は少しも気にならない。いつまでも飽きもせず、真奈美の美しい顔をうっとり眺める。まったく退屈しない。頭の中では様々な場面が思い描かれている。真奈美の顔をずたずたに切り刻むことを想像して、思わず浩介の頬が緩む。

八

警視庁。捜査一課特殊捜査班。

名称は立派だが、部屋は狭くて汚い。それも当然で、元々は物品の保管庫だったのである。部屋の中央に机が五つ並べられている。そのひとつに佐藤美知太郎が坐り、脇目も振らず、ひたすらパソコンの操作に熱中している。「マザー」へのアクセスは一二時間限りと命じられているので時間がないのだ。佐藤の背後で白峰栄太と柴山あおいが忙しげに動き回っている。

糸居秀秋は机の上に足を投げ出して鼻をほじっており、田渕ゆたかは難しい顔で手帳に記したメモを読み耽っている。壁際にある大きな机では、班長の薬寺松夫が机に頬杖をつきながら、どこかに電話をかけている。

佐藤は、高島善弘が逮捕された公園の近くに設置されている路上防犯カメラ映像を虱潰しに調べ、ちょっとでも気になる映像に行き当たると、次々にプリントアウトする。

それらを栄太とあおいが、せっせと整理している。すでにかなりの量になっている。

「精が出るなあ。まるで働き蜂だぜ」

大欠伸をしながら、糸居が両手を伸ばす。

「で、あんたは怠け者のキリギリス」

あおいが横目で睨む。

「適材適所って言葉を知ってるか？　佐藤さんには佐藤さんの役割がある。班長には班長の役割がある。田淵さんには田淵さんの役割がある。それぞれが自分にふさわしい仕事をしている。おまえたち二人は佐藤さんの補助をするのがぴったり似合う。しかし、おれにはプリントアウトされた写真を整理するのは似合わない。だから、ここで力を溜めている」

「力を溜める？」

「そうだ。そのうち、おれにふさわしい仕事が出てくるはずだ」

糸居がうなずく。

「口は達者だよねえ。男のくせにおしゃべり。感じ悪い」

あおいが舌打ちする。

「大部屋もばたばたしてるみたいだし、ここも佐藤さんの仕事が終わる気配がないし、こりゃあ、初日から泊まり込みだな」

「帰ればいいじゃん。何の役にも立ってないんだし」

あおいが冷たく言い放つ。

「ふんっ」

不愉快そうに顔を顰めると糸居が椅子から立ち上がり、飯でも食ってくるか、と部屋から出て行こうとする。しかし、ドアの前で立ち止まると、

「いや、飯を買ってこよう。みんなの分もな。おれだって、少しは役に立つさ」

「買い出し係ね」

あおいが肩をすくめる。

「栄太、着替えとか用意してあるのか？」

「あ……いいえ、まさか、初日から泊まり込むとは思ってなかったので何も……」

栄太が首を振る。

「じゃあ、一緒に買い物に行くか。おまえは？」

糸居があおいに顔を向ける。

「わたしは三日くらいなら平気」

ちらりと自分のリュックを見遣る。

「ふうん、泊まり込みに必要なものは常に携帯してるってか。さすが特殊部隊だぜ。用意周到。ジャングルで野宿すると言われても顔色ひとつ変えないんだろうな。もっとも、おれだって平気だけどな」

「それって、一日や二日くらい着替えなんかしなくても平気だっていう意味だよね？」

「よくわかったな」

がはははっ、と糸居が豪快に笑う。

「ああ、マジでキモい」

あおいが顔を顰める。

「ホームズ先生、何か食べたいものはありますか？」

糸居が佐藤に訊く。

「特にない」

パソコンの画面を凝視したまま、佐藤が答える。

「好き嫌いとかは？」

「ない」

「わかりやすくていいなあ。ブチさん、どうですか？」

糸居が田淵に訊く。

「ありがとう。わたしも何でも結構よ」

「それなら、おれなんかどうですか？　新鮮で引き締まったタンパク質ですが」

力瘤を作って誇示する。

「遠慮しておくわ」

ふふふっ、と田淵が笑う。

「で、大食漢に違いない班長は、と……」

糸居が薬寺を見る。

薬寺は冴えない表情で電話を切ったところだ。

「班長、買い出しに行きますけど、何か、リクエストはありますか？」

「任せる。ちょっと部長室に行ってくるから」

薬寺が部屋を出て行く。

九

刑事部長室。

阿部部長、前島課長、火野理事官、薬寺の四人がいる。

「いくら捜査のためとはいえ、こんな勝手なことが許されていいはずがない。こんなやり方を認めたら、組織は成り立ちませんよ」

火野が口から白い泡を吹き出しながらまくし立てる。

「うむ、確かに、その通りだな」

阿部部長が神妙にうなずく。火野の言うことが正論だから、うなずくしかないのだ。

薬寺が直接の上司である火野や前島課長の頭越しに阿部部長に「マザー」の使用許可を願い出たことを問題視している。組織論からすれば、当然、薬寺は手順を踏むべきだったのだ。

だが、悠長に手順を踏んでいる状況でなかったことも確かなのである。だからこそ、阿部部長は薬寺に許可を与えた。

「それがわかっているのなら、なぜ……？」

「おかげで高島の足取りをつかむことができたし、共犯者がいることもはっきりした。リュックの受け渡し場所がわかったことも大きな収穫だ」

「結果が出れば、何をしてもいいというものではありませんよ」

火野が口を尖らせる。

「もういいだろう」

前島課長が制する。

「薬寺も反省しているようだし。なあ？」

「はい、深く反省しております。ですが……あのう……」

薬寺が言いにくそうに体をもじもじさせる。

「その『マザー』なんですが、とりあえず、一二時間の使用許可をいただいていますが、できればもう少し延長してもらえないかと思いまして……」

「おい、ふざけるなよ。どこが反省してるんだよ。おまえ、おれの話を聞いてなかったのか？」

火野が目尻を吊り上げて薬寺を睨む。

「理事官のおっしゃることは十分に理解しているつもりですが、今現在、うちの佐藤が

『マザー』を使って防犯カメラ映像の分析を進めておりまして、中途半端な状況で作業を打ち切れば捜査に支障を来すかもしれませんし……」

「防犯カメラ映像の分析だったら、ＳＳＢＣにやらせてるよ」

「結果が出そうなのか？」

阿部部長が薬寺に訊く。

「何を考えているかよくわからない人ですけど、情報を分析する能力はかなりのものですし、このまま本人の好きなようにやらせておけば……」

「わかった。引き続き、『マザー』を使用して構わない。佐藤にやらせろ」

「部長……」

火野が唖然とする。

「ＳＭにはＳＭのやり方でがんばってもらえばいい。大部屋の方は、どうなんだ？」

阿部部長が訊く。

「聞き込みと防犯カメラ映像の分析が中心ですね。今言ったように、防犯カメラに関しては、ＳＳＢＣにやってもらってます。向こうは専門家集団だし、数も多い。一人でちまちま調べるより、ずっと効率がいいはずですよ。高島の自宅から押収した証拠品も調べていますが、今のところ、これといった収穫はありません」

「被害者に繋がる手がかりは何もないってことか？」

「残念ながらありません」

火野が首を振る。

「高島は黙秘か？」

「最初は、そう思ってたんですが、どうも意識的に黙秘しているのではなく、何を話せばいいのかわかっていないという感じです。だから、テレビ番組の話とか、アニメとか、自分が興味のあることはいくらでも話します」

「ふうむ、テレビ番組にアニメか……」

阿部部長が顔を顰める。

「そもそも、話すべき情報を何も持っていないのかもしれません」

前島課長が言う。

「下っ端の受け渡し役に過ぎないってことか？」

阿部部長が訊く。

「いつでも切り捨てられるように最初から何も知らされていないのではないか、自分が何を運んでいるのかも知らなかったのではないか……そう疑いたくなりますね」

「高島がただのトカゲの尻尾に過ぎないとなると、こっちとしては困るな。手がかりが何もなくなってしまうじゃないか」

「そうなんです」

前島課長がうなずく。

「参ったな……」

「リュックの受け渡し場所周辺の防犯カメラ映像を徹底的に分析すれば、共犯者を割り出すことができるかもしれません。いや、きっとできます」

　火野が楽観的な見通しを口にするが、何の根拠もない発言に過ぎないから、阿部部長も反応しない。薬寺の携帯が鳴る。

「失礼します……緊急の連絡かもしれませんので」

　申し訳なさそうに電話に出る。

「はい、はい、はい……わかったわ」

　電話を切ると、

「田淵からの電話なんですけど、高島にリュックを渡した人間を特定できるかもしれないそうです。部屋に戻って、よろしいでしょうか？」

「どうやって絞り込んだ？」

　火野が目をぎらぎらさせる。

（この親父、また手柄を横取りするつもりなんだわ……）

　胸の底から不快感が湧いてくる。

「さあ、それは佐藤に訊かないとわかりませんわ」

　薬寺が肩をすくめる。

「いいだろう。戻れ。何とか、共犯者を割り出せ」

　阿部部長がうなずく。

一〇

　コンビニで栄太と糸居が買い物をしている。

　栄太が両手にカゴを持ち、そのカゴに糸居が次々と商品を放り込んでいく。おにぎりやサンドイッチ、真空パックされた総菜類、カルパスやさきいか、ナッツ類……店内を移動しながら無造作に商品を手に取る。そのうち、ビールやチューハイにまで手を伸ばそうとする。

「糸居さん、アルコールはまずいですよ」

　栄太が慌てて止める。

「まずい？　何で？」

　糸居が不思議そうな顔をする。

「勤務時間外とはいえ、まだ仕事をしているわけですし……」

「でも、残業手当は付かないぜ、たぶん」

　時間外勤務が多いにもかかわらず、残業申請がほとんど認められないのは警察社会では、ある意味、常識と言っていい。

「それは、そうですが……」

「ボランティアで残業してるんだから、ちょっとくらい酒を飲んでも罰は当たらないぜ」

「せめて、ノンアルコールビールにして下さい」

「おまえ、頭固いなあ。本当にユーミンの弟か？」

「姉だって、仕事中は飲みませんよ」

「わかるの？」

「い、いいえ、たぶん、そうではないか、と……」

栄太にも、そう言い切る自信はない。

「わかったよ。酒は戻してくれ。お、ポテチも買っていかないとな。煎餅もいいな。ガラスケースに入ってるチキンもうまそうだ。それに春巻き……」

糸居が楽しそうに買い物を続ける。栄太が持っているふたつのカゴがもう溢れそうだ。

一一

特殊捜査班。

薬寺が疲れた顔で戻って来る。

どかっと自分の椅子に坐ると、

「何だか、静かかねえ」

ふ〜っと息を洩らす。

「ターミネーターがいませんからね」

あおいが言う。

「そうか。糸居がいないのか。だから、こんなに静かなんだ。いいわあ、この静けさ」

「さっさと異動させた方がいいですよ」

「マジで、そうしたいわ。あ、そうだ、佐藤さん」

薬寺が呼びかけるが、佐藤はパソコンの画面を凝視したまま返事もしない。

「その『マザー』の件なんだけど……」

薬寺が言うと、佐藤がびくっと体を震わせる。

「部長が使用許可をくれたわ。とりあえずは延長よ。事件の解決が長引けば、どうなるかわからないけどね」

「……」

佐藤の表情に変化が表れる。微(かす)かに口許(くちもと)が歪(ゆが)む。笑ったのだ。しかも、机の下で小さくガッツポーズまでする。ほんのわずかな変化に過ぎないが、普段、あまりにも表情に変化がないだけに、その程度の変化でも、

「佐藤さんでも感情を表に出すことがあるのねえ」

と、薬寺が驚く。

「ところで、さっきの電話だけど……」

「あおいちゃんが面白いことに気が付いたんです」

田淵が言う。

「柴山が？」

　薬寺があおいに顔を向ける。

「ちーすっ！　ただいま戻りました〜」

　糸居が部屋に入ってくる。両手に買い物袋を提げた栄太が後に続く。

「ほんのひとときの静寂だったなあ。一人のバカのせいで、ここまで雰囲気が変わるかなあ」

　薬寺が深い溜息をつく。

「あれ、班長、もう戻ってたんすか？」

「まあね」

「これ、お願いします」

　糸居がレシートを差し出す。

「ん？　何だ、これ！　コンビニで晩ご飯を買うだけで一万五〇〇〇円か。いったい、何を買ったのよ、あんたたち？」

「大したものは買ってませんけどね。晩飯に、夜食、おやつ、明日の朝飯ってところですか」

　糸居がにこやかに答える。

「申請書を書いてちょうだい。このレシートを添付してね。会計課に拒否されそうな嫌な予感がする、急に気分が悪くなってきたわ」

指先で額を押さえる。

「面倒臭えなあ。申請書とか、おれ、そういう事務的な仕事が苦手なんですよねえ」

「どこの世界に書類もなしに買い物代を払ってくれる役所や会社があるんだよ」

「自分がやります」

栄太が薬寺からレシートを受け取る。

「悪いな、栄太。ついでに、それを立て替えてくれると、もっとありがたい。たまたま手持ちの現金が少なくてな。精算されるまで待てない」

あははは、と笑う。

「ふんっ、たまたま、とか言って、どうせ銀行口座だって空なんでしょうよ」

あおいが横目で睨む。

「余計なお世話だ。さ、食いますかね」

机の上に買ってきたものを並べ始める。糸居の机だけでは載り切らず、あおいや栄太の机まで使う。

「柴山、さっきの話、詳しく聞かせてちょうだい。あ……みんな、食べながらでいいからね」

それぞれが自分の椅子を押して、ホワイトボードの前に集まる。但し、佐藤だけはパソコンの前から動こうとせず、我関せずとばかりにパソコンを操作している。

プリントアウトされた大量の写真の中から、栄太やあおい、田淵が何らかの引っ掛かりを覚えたものがホワイトボードに貼られている。それ以外の写真は壁一面に所狭しと貼られている。

「この二枚の写真を見比べてほしいんです」

あおいが二枚の写真をホワイトボードの中央に並べて貼る。大きさは、Ａ４サイズだ。

一枚は中野駅のロータリーを写したもの。

もう一枚は、高島善弘が逮捕された児童公園付近を写したものだ。

「どうですか、何か気が付きませんか？」

あおいが薬寺に訊く。

「ふうむ……」

薬寺が目を細めて二枚の写真を凝視する。

コンビニに買い物に出かけていた栄太と糸居も写真を見つめる。

「人が多いわねえ……」

薬寺がつぶやく。

中野駅のロータリーの写真には、通勤・通学のために駅に向かう歩行者やバスを待つ人々、車やバイク、自転車に乗った人など、様々な人々が数多く写っている。もう一枚の写真にも、中野駅のロータリーほどではないが、野次馬がかなりたくさん写っている。

「降参よ、どこに注目すればいいの？」

薬寺があおいに訊く。

「自転車です」

「自転車？」

「おいおい、自転車が何台写ってると思う？」

糸居が呆れたように中野駅のロータリーの写真を指差す。

「そっちを先に見るとわかりにくいかな。こっちから見た方がいいと思う」

あおいが言う。

「こっちねえ……」

糸居が写真に顔を近付ける。

「それじゃないですか？」

栄太が写真の隅の方を指差す。

「何て言うんだっけ、そういう自転車？」

薬寺が首を捻る。

「ロードバイクじゃないですか？」

栄太があおいに問うような眼差しを向ける。

「そう、ロードバイクです」

「お……こっちにも写ってるじゃん」

中野駅のロータリーの写真に写っているロードバイクを糸居が見付ける。

「似てると言えば、似てる気もするけど、こういう自転車に乗ってる人って、みんな同じに見えるのよねえ……」

　薬寺は今ひとつピンとこないらしく、

「ブチさん、どう思う？」

　と、田淵に水を向ける。

「わたしも自転車には全然詳しくないんですけど、ヘルメットを被って、サングラスをかけているから顔もよくわからないし、半袖のシャツにもこれといった特徴はなさそうですよね。わかる人には違いがわかるということなのかしら。どうなの、あおいちゃん？」

　田淵があおいに訊く。

「あれ？　こっちには二人写ってるじゃん」

　児童公園の写真にはロードバイクが二台写っている。野次馬の背後にいるので姿全体が見えないし、防犯カメラから遠いせいなのか、画像が粗い。

「中野の方は一人で、こっちは二人……違うんじゃねえの」

　糸居が首を振る。

「田淵さんがおっしゃったように身に着けているものは割とありふれたものばかりです。調光レンズのサングラス、ヘルメット、半袖ジャージ、黒っぽいビブショーツ……これといった特徴がなく、よく見かけるタイプのものばかりですから、これだけだと二枚の写真に写っているのが同一人物だとは判断できません。中野のロータリーには一人だけなのに、児童公園には二人写っているわけですし」

「それ以外に気になることがあるのね？」

薬寺が訊く。

「はい」

あおいがうなずく。

「ロードバイクそのものが気になります」

「この自転車？　これもヘルメットやウェアと同じように街でよく見かけるものじゃないの？」

薬寺が首を捻る。

「これは違うと思います。車体が黒で、たぶん、カーボン製です。フレームに何箇所か黄色のラインが入ってますよね。ここです。ステム、フロントフォーク、シートポスト、フロントディレイラーの上部……。それに、このあたり、ボトルケージがついている、この太いフレームをダウンチューブというんですが、ちょっと陰になっているので見えませんが、もしあれば間違いありません。残念ながら、ここにブルーの星形のマークがあれば、星形のマークがあれば、世界的に有名なイタリアの自転車メーカーの製品です。ミラノに本社がある小さなメーカーですが、世界中のサイクリストの憧れなんです。それだけに模造品紛いの似たようなロードバイクも多く出回っています。画像が不鮮明だし、ロードバイク全体が写っているわけではないので間違いなくそのメーカーの製品だとは言い切れないんですが……」

「高級品ということなの？」

薬寺が訊く。

「模造品だと一〇万くらいですが、これが本物で、わたしが想像しているタイプだとすると、本体だけで二五〇万くらいします」

「は？」

糸居がぽかんと口を開ける。

「たかが自転車だろ？　二万五〇〇〇円でも高いのに、その百倍か？　偽物でも一〇万？」

「だから、普通のロードバイクとは格が違うんだよ。しかも、お金を出せば買えるというわけではなく、ハンドメイド製品で、注文者の体格に合わせてフレームの長さも調節してくれるから、注文してから完成品が手許に届くまで三年くらいかかるらしい」

「まるでポルシェかランボルギーニだな」

「そう、自転車界のフェラーリと呼ばれているよ」

あおいがうなずく。

「ところで、何で、そんなに詳しいの？」

「趣味がトライアスロンだから。走るのも泳ぐのも自転車に乗るのも好きだけど、一番好きなのが自転車なの」

「まさか、わたしもこれを持ってます、なんて言わないだろうな？」

「さすがに、本物は買えないよ。わたしが乗ってるのは、この一〇分の一くらいの値段」

「ふうん、それでも二五万か。あり得ないなあ」

糸居が、あり得ない、あり得ない、とつぶやく。

「しかし、誰にでも取り柄があるもんだなあ」

「あんたに言われたくないわよ」

あおいが口を尖らせる。

「そんなにたくさん出回っている製品ではありません。偶然見かけるなんて滅多にありません。わたしも一年に一度か二度見かける程度です。それなのに、同じ日に、ふたつの場所で同じ自転車が目撃されるとしたら……」

「もはや偶然とは言えない……そういうことね」

薬寺がうなずく。

「はい」

「かぼそい糸という感じだけど、他に手がかりもないものねえ。高島は何もしゃべらないらしいけど、黙秘しているというより、何も知らない、知らされていない、そもそも自分が何をしているのかも理解していないのではないか……そう課長が言ってたわ」

「何もわからない子供みたいなもんですかね。アニメが大好きだっていうし。あ……別にホームズ先生に対する嫌みではありませんから」

糸居が言うが、佐藤は無視して相手にしない。

「とすると、やはり高島はただの運び屋でしょうね。このサイクリストが一味だとすると、その役割は何なんでしょう？　中野駅にいたサイクリストと児童公園にいたそれとが同一人物だとして」

田淵が首を捻る。

「荷物と金の引き換えは高島の役割ですから……高島の見張り、ということですか？」

栄太が言う。

「何で、わざわざ仲間を見張るんだ？」

糸居が訊く。

「高島がちゃんと荷物の受け渡しをするか確認したかったんじゃないかしら。高島って、何となく頼りない感じだから」

田淵が言う。

「それなら高島を使わずに、このサイクリストが受け渡しをすればよさそうなもんですけどね」

糸居が言う。

「客と直に接触するのを避けたんじゃないかしら。何かあったとき、つまり、今回のように何らかのアクシデントが起こって警察に捕まったようなとき、高島なら簡単に切り捨てることができるでしょう」

「ということは、その組織の中で高島は一番下っ端、サイクリストはもう少しランクが上ということになるのかしらねえ」

薬寺が首を捻る。

「高島よりは情報を持っていそうですよね。リュックを高島に渡したのがサイクリストだとすれば、そのリュックをどこかで、誰かから受け取ったわけでしょうが、その誰かが黒幕かもしれないし、もしかすると、このサイクリスト自身が被害者を拉致監禁した犯人かもしれないし」

田淵がうなずく。

「このサイクリストを見付けることが、被害者を見付ける近道ということね」

薬寺が顎を撫でながらつぶやく。

「児童公園の写真にはサイクリストが二人写ってますよね？　二人が話しているような映像もあったし、二人とも組織の一員なのかもしれません。どうして中野駅には一人しかいなかったのに児童公園には二人いるんでしょう？　中野にも二人いたけど、防犯カメラには映らなかった……そういうことでしょうか？」

あおいが疑問を呈する。

「もちろん、その可能性もあると思いますが、こんな推測も成り立つのではないでしょうか？　一人は中野で高島にリュックを渡し、児童公園に先回りしていた。もう一人は人体パーツの買い手を見張っていた、というような」

栄太が自分の思いつきを興奮気味に口にする。

「あり得るわね」

薬寺がうなずく。

「それにしても、この組織の上にいるのは、よほど用心深い人間に違いないわね」

「あ……」

栄太がハッとする。

「二人目のサイクリストが買い手を見張っていたのだとしたら、児童公園付近の防犯カメラに買い手が映っているかもしれませんね。野次馬の映像は、たくさんプリントアウトしてありますから、それを念入りに分析すれば買い手が見付かるかもしれませんよ」

「おいおい、どれだけ写ってると思うんだよ？」

糸居が呆れたように言う。

「確かに数は多いけど、よく見ると、中野と違って、子連れの主婦が多いじゃない？　まさか主婦が人体パーツを買うとは思えないから、それを除外すれば、かなり絞り込むことができるんじゃないかしら」

田淵が言う。

「買い手が直に現れるとは限らないわよ。高島を使ったように、買い手の代理として主婦を使っているかもしれないもの。考えすぎかもしれないけど」

薬寺が言うと、なるほど、そう言われてみると、そうですよね、と田淵がうなずく。

「でも、野次馬を分類するのは悪くないかもしれませんね。主婦、サラリーマン、学生、お年寄り、宅配業者……」

あおいが言う。

「子連れの主婦だったら、いつも公園にいる常連かもしれませんから、そういう人たちに話を聞くことができれば、いつも見かける人とそうでない人を分類できるかもしれませんね」

栄太が言う。

ああだこうだと意見を述べ合いながら、皆、机の上に並べられた食べ物に手を伸ばす。午前中から現場に出向いたりして、昼も夜もまともに食べていないから空腹なのであろう。大量に買ってきた食料が、すでにかなり減っている。特に薬寺の食べ方が半端ではなく、他の者たちの三倍くらいは食べている。糸居もかなりの大食いだ。

佐藤もパソコン操作の手を止めて、皆の意見に耳を傾けているが、あまりお腹が空(す)いていないのかパック入りの野菜ジュースを飲んでいるだけだ。うつむいて黙りこくり、誰とも目を合わせようとしない。

「ああ、長い夜になりそうだ。泊まり込みは久し振りだなあ」

糸居が両手を大きく広げて伸びをする。

「あら、あんた、泊まりなの？」

薬寺が不思議そうな顔をする。

「えっ、違うんすか？」

「忙しいのは佐藤さんだけだし、夜中に聞き込みに出るわけにもいかないし、わたしたちは暇じゃないの。そりゃあ、帰るわよ。ペットにごはんをあげないといけないしね」

「好奇心から訊くんですが、班長の飼っているペットとは何ですか？」

「ふんっ、どうせ、ライオンとか象とか言いたいんだろう？」

「ライオンや象は普通の家では飼えないでしょう？　ワニなら飼えるのかな……」

「勝手に想像してろ」

糸居を睨みながら、薬寺は食べ続ける。その健啖振りに皆が呆然とする。

食料がなくなると、

「じゃあ、今日はこのあたりで解散ね。自主的な居残りは構わないけど、初日からがんばりすぎない方がいいわよ。明日も明後日も仕事はあるんだから休むことも必要よ」

薬寺が腰を上げ、帰り支度を始める。

「わたしも帰ろうかしら」

田淵も薬寺に倣う。

二人が帰った後も、残った四人は作業を続ける。

佐藤はパソコンを使って執拗に防犯カメラ映像のチェックを続けている。気になる映像があれば、それをプリントアウトする。それをあおいが整理する。

糸居と栄太は児童公園付近の野次馬の写真を調べている。人体パーツの買い手が写っているかもしれないからだ。とは言え、買い手に関する情報は皆無だから、とりあえず、野次馬を主婦、サラリーマン、学生、高齢者という感じで、大雑把に分類する。

二時間ほど経った頃、突然、佐藤がパソコンの電源を落とし、

「帰る」

と椅子から立ち上がる。

「あれ、ホームズ先生は徹夜じゃないんですか？」

糸居が驚き顔で佐藤を見る。

「そう考えたのは『マザー』の使用に時間制限がされていたからだ。制限がなくなったのなら徹夜をする必要はない。休息を取らなければ効率的な仕事ができないという班長の考えは正しい。わたしの肉体は休息を必要としている。じゃあ、さようなら」

佐藤が、さっさと部屋から出て行く。

「……」

取り残された糸居、あおい、栄太の三人が呆然とする。三人は佐藤をサポートするつもりで、徹夜も覚悟していたのだ。にもかかわらず、あっさり佐藤は帰ってしまった。肝心の佐藤がいないのでは、三人が居残りする意味はない。

「何だか、あの人、やっぱり、変じゃないか？　おれがおかしいのか？」

糸居が首を捻る。

「確かに変人だね。あんたの無神経さとは違ったタイプの無神経さだな。気配りゼロだ

もん。まあ、仕事ができるだけましだけどさ」

あおいが横目で糸居を睨む。

「ぼくたちも帰りましょうか」

栄太が言うと、

「ああ、そうだな。おれたちだけが残っても仕方ないからな……」

帰ろうぜ、と糸居が立ち上がる。

二

非常階段に佐藤が坐り込んでいる。呼吸が荒く、小さく体を震わせている。顔が汗で濡れ、顔色も悪い。ハアハアいいながらネクタイを緩める。深呼吸して何とか落ち着こうとするが、うまくいかない。心臓の鼓動が速まっているのが自分でもわかる。

「ああっ……」

両手で顔を覆い、歯を食い縛る。

原因は自分でもわかっている。がんばりすぎたのだ。

佐藤は一種の対人恐怖症だ。今日は何人もの人たちと、しかも、初対面の人たちと挨拶し、言葉を交わした。佐藤が最も苦手なことばかりしたということだ。そのせいで精神のバランスが崩れ、肉体のバイオリズムにも変調をきたしている。仕事に夢中になっているときは気持ちが高揚していたので平気だったが、仕事を離れて高揚が収まるにつれて、心と体が苦痛を訴え始めた。

「まずい、まずいぞ……」

佐藤がつぶやく。汗が額からたらたら流れ落ちる。

嫌な予感がする。今まで何度も経験しているから、がんばりすぎると、その後に必ず大きな反動が来るとわかっているのだ。

だから、警察庁の情報分析室にいるときは、決してがんばらないように心懸けてきた。その心懸けを破ってしまった。

しかも、異動してきた初日に、だ。

なぜ、そんなことをしてしまったのか、佐藤自身にもよくわからなかった。

一三

ガチャッ、と鍵を開け、薬寺は、静かに玄関のドアを開ける。感知センサーが反応して、自動的に玄関の明かりがつく。

ドアを閉めると、薬寺は、

「ほ～っ、ほ～っ」

と声を発する。すぐに廊下の奥の方から、

「ほ〜っ、ほ〜っ」

という声が戻ってくる。薬寺の声とは微妙に違っている。その声を聞くと、薬寺の表情が一気に緩む。目尻が下がり、でれ〜っとした顔だ。職場で見せるきつい顔とは大違いである。

「ポンちゃん、ただいま」

フローリングの廊下をどたどたと音を立てて真っ直ぐ進む。ガラスのはめ込まれた木製のドアを開けるとリビングである。真っ暗だ。

「ほ〜っ、ほ〜っ」

薬寺が声を発すると、

「ほ〜っ、ほ〜っ」

と返事が返ってくる。声が近い。

薬寺が明かりのスイッチを入れる。

部屋が明るくなる。優に一五畳以上ありそうな広いリビングだ。広い割に家具は少ない。一枚板の大きなテーブル、大きなリクライニングチェア、白革の大きなソファ、大きな液晶テレビ、あとは大きな本棚があるくらいだ。共通しているのは、どれもサイズが大きいということだ。

本棚の横の壁にフクロウがいる。止まり木にちょこんとつかまって、大きな目でじっと薬寺を見つめている。

このフクロウは、アメリカワシミミズクという種類で、体長はおよそ五〇センチ、体重はおよそ二キロある。翼を広げると一メートルくらいになる。オレンジ色と黄色を混ぜ合わせたような眼球の真ん中に黒目がある。目の大きさは人間の目とほとんど同じである。目の上にある白っぽい眉斑が逆八の字形なので、怒っているような顔に見えるのが特徴だ。

「遅くなっちゃって、ごめんね～」

薬寺が猫撫で声を出す。

ジャケットを脱ぎ、シャツの腕まくりをする。

お風呂の給湯スイッチを入れてから台所に向かう。リビングと台所は繋がっていて、キッチンカウンター越しにリビングを見渡すことができる。

薬寺が冷蔵庫を開けると、ポンちゃんが止まり木から飛び立ち、キッチンカウンターにやって来る。

「すぐに用意するからね～」

微笑みながら明るい声をかける。

冷蔵庫の中からラップをかけた皿を取り出す。ラップをはがす。二羽のウズラである。冷凍して保存してあったものを、出かけるときに冷凍庫から冷蔵室に移動させておいたのだ。まだ氷の破片がいくらか付着しているものの、肉そのものは軟らかくなっている。ウズラといっても、すでに頭や足、羽はない。内臓も取り除かれている。毛の生えた胴体だけだ。何も知らずに見れば、それがウズラだとはわからないであろう。内臓を除去したときの切れ目に親指を差し込んで皮をはがす。腹部を切り広げて、できるだけ平べったくする。骨がついたままなので、歪な形をしている。それをラップに包み、俎板の上に置いて小型の金槌でドンドン叩く。骨を砕くためだ。

ポンちゃんの大きさならば、そのままウズラを与えても食べられないことはないが、大きな骨を飲み込んで喉に刺さったりすると命に関わるので、雛の頃から必ず骨を砕いて与えるようにしている。食べやすいように最初から骨を除去すればよさそうなものだが、骨を食べることでカルシウムを補給しているので、ある程度は食べさせる必要がある。適度な大きさに骨が砕けると、肉と骨をピンセットでつまんで与える。ポンちゃんは嬉しそうにパクパク食べる。あっという間に一羽を食べ終わり、二羽目に取りかかる。

野生のフクロウは、あまり選り好みせずに昆虫や爬虫類、鳥類、ネズミやウサギのような小型哺乳類など何でも食べるが、家庭で飼育するフクロウには餌としてウズラかマウスを与えるのが一般的だ。入手しやすいからである。ウズラとマウスは冷凍保存しておき、必要に応じて解凍して食べさせる。それ以外にコオロギを与えることもあるが、コオロギは生きたまま食べさせる。

ウズラを食べて満足したのか、ポンちゃんは止まり木に戻る。目がとろんとして、居眠りを始める。それを見て、薬寺はバスルームに向かう。天然水のペットボトルを手にしている。入浴しながら飲むのだ。一時間以上、ゆったり湯船に浸かるので、かなり汗をかく。脱水症状を起こさないように、こまめに水分補給することを心懸けている。

入浴が済むと、頭にタオルを巻き、白いバスローブを着て、薬寺がリビングに戻ってくる。アロマオイルを焚き、ハーブティーを淹れる。心と体をリラックスさせてからテーブルに向かい、タロットカードを手に取る。ふーっと大きく息を吐くと、

「糸居秀秋……」

と、つぶやいて目を瞑る。心の中で、今日一日の糸居の行動を振り返る。

やがて、目を開けると、タロットカードを一枚引く。

「ふうん、戦車か」

この「戦車」というカードは、強い意志、勇気、勝利を象徴しており、どのような困難に直面しても決して怯まず、万難を排して目標を達成しようとする力があることを示す。反面、計画性に欠け、思いつきで行動しがちであり、明確な目標がないと、すぐにやる気をなくしてしまう。自分の信念を頑なに貫こうとするので、周囲の者と衝突することも多い。概して、独善的でわがままな傾向がある。

「怖いくらいに、そのまんまじゃないの。組織に馴染めるタイプではないのね。できるだけ早い時期に異動させるのが正解だわ」

同じやり方で、SM班のメンバーたちのことを思い浮かべながらタロットカードを引いていく。

「柴山あおい、と……」

今度は「太陽」というカードが出た。

底なしのエネルギーに満ち溢れ、どんなことにも前向きに取り組む姿勢がある。文字通り、太陽の如く、陽気で明るい。それは無邪気な子供の天真爛漫さにも通じる。

「確かに前向きな感じがするわよね。きっと負けず嫌いなんだろうな。そうでなければ、男社会の警察の中でも、とびきり男臭いSATに志願しないわよね。まあ、志願したのか、スカウトされたのかわからないんだけど……。とは言え、そのSATから飛ばされて来たわけだから、欠点もあるんだろうな。子供っぽさがあるというのは、子供特有の無知や愚かさも併せ持っているということだから。でも、あの子、悪くないわ。さて、次は白峰栄太……」

薬寺が引いたのは「月」というカードである。

そのカードを見て、薬寺は眉を顰めた。

「ふうん、あの子、裏表があるのか。何となく隠し事でもしている感じがしたけど、やっぱり、そうなのかしらねえ……」

この「月」というカードは、満ち欠けによって月が形を変えるが如く、不安定で曖昧な状況を示唆しており、月の裏側が見えないように、隠し事を暗示するカードでもある。

「何を隠しているのか知らないけど、まあ、そのうちにわかるでしょうよ。エリート君だけど素直だし、根は悪い子ではないと思うのよね」

「田淵ゆたか、と」

引いたカードを見て、

「あらあ……」

と、薬寺がぽかんと口を開ける。あまりにも田淵に似つかわしいカードだったからだ。

「隠者」である。周囲の雑音に惑わされたり、俗世間の汚濁に穢されることなく、己の信念を貫き、地道に我が道を行く……それが「隠者」の意味である。

中年になってから性転換手術を受け、肉体的にも戸籍の上でも男性から女性になるというのは並大抵の覚悟でできることではない。それが警視庁捜査一課の腕利き刑事となれば、より一層、風当たりは強かったであろう。そのプレッシャーと白眼視に耐え、尚かつ、警察官としても優秀さを維持しているのだから、よほど強靭な精神力を持っているに違いない。

「ブチさんにぴったりのカードよ」

にやりと笑う。

次は佐藤美知太郎の番だ。

引いたカードを見て、薬寺が絶句する。

何と「死神」である。

「あいつ、死神なのか……」

溜息をつく。

「いや、決めつけはダメよ。前向きに考えなければね。だって、新しい部署の初日なんだもの。解釈次第で『死神』だって、いいカードになるはずよ」

タロットカードの中でも「死神」は不吉なカードである。悪いことが起こる予兆や恐怖を暗示している。ストレートに「死」も意味する。

ただ、「死」も前向きに解釈すれば、それまでの自分を捨て去ることで、新しい自分に生まれ変わるとも取れる。つまり、「死」によって「再生」がもたらされると考えるのだ。

「あんなに優秀なのに情報分析室から飛ばされて来たわけだから、何かしら問題を抱えているのは間違いないわね。以前の自分にバイバイして、ＳＭ班で生まれ変わってほしいわ」

そのカードを前向きに解釈してみたものの、薬寺の表情は冴えない。なぜなら、たとえ「死神」が「死」ではなく「再生」を意味するとしても、「再生」には時間がかかり、「再生」の過程で気力を失ったり、何の役にも立たなくなってしまうということが往々にして起こりがちだからだ。最後に薬寺は自分自身のカードを引いた。出たのは「女帝」のカードである。

「嫌だもう、わたしもそのまんまかよ……」

このカードは「母性」を象徴している。母のような気持ちで、すべてを温かく包み込みなさい……そう暗示している。

「あんな面倒臭そうな連中を母親のように愛せるかしらねえ……」

テーブルに頬杖をついて、薬寺が溜息をつく。

一四

「ただいま」

仏壇の前で、田淵が遺影に声をかける。水を替え、線香を立てると、しばらく目を瞑って手を合わせる。立ち上がって台所に行き、椅子に坐って、ふーっと溜息をつく。糸居と栄太がコンビニで買ってきたものを食べたから、お腹は空いていない。すぐに入浴する気にもならないし、着替えるのも億劫だ。床から日本酒の一升瓶を持ち上げ、コップに注ぐ。田淵の好みは辛口だ。性別が変わっても酒の好みは昔と変わらない。

（疲れたわ……）

久し振りに、捜査でくたくただ。頭も使い、体も使った。その疲労感が心地よい。

その心地よさとは裏腹に、仕事で充実感を得たときには、よりいっそう孤独を強く感じる。

もちろん、それは誰のせいでもない。自業自得なのだとわかっている。

四年前、翔太が死んだとき、何もかも変わったのだ。まだ九歳だった。

本当の自分を押し殺した偽りの家庭だったが、それでも十分すぎるほど幸せだった。一生、そのまま偽りの姿を演じても構わないと思うほど翔太が愛おしかった。

だが、翔太の死がきっかけとなり、心の奥深いところに閉じ込めていた別の自分、いや、本当の自分が叫び始めた。もう嫌だ、ここから出してくれ、いつまで隠し通すつもりだ、と。

田淵自身、もう我慢することに耐えられなくなっていた。翔太がいたから我慢していたのだ。もう自分に嘘をつきたくなかった。自分の気持ちに正直に生きたかった。

（こんな夜だったわね……）

翔太を喪った後、その悲しみを仕事で紛らわそうとして、それまで以上に猛烈に仕事に励んだ。毎晩、くたくたになって帰宅した。何時に帰宅しても、妻の聡子は愚痴ひとつこぼさず、田淵を笑顔で迎えてくれた。悲しいのは聡子も同じだったはずなのに。

着替えや入浴の前に、台所でコップ一杯の日本酒を飲むのが田淵の習慣だった。そうすることで体の中に澱んでいる疲労が溶ける気がした。

その夜は日本酒をお代わりしたので、聡子が怪訝な顔をした。三杯目の日本酒をコップに注いでから、

「話がある。坐ってくれないか」

と、田淵は切り出した。

聡子が向かい側の椅子に坐ると、上着の内ポケットから封筒を取り出して聡子の前に置いた。

「何？」

「見てくれ」

「……」

封筒の中に入っているものを見て、聡子の顔色が変わった。離婚届だった。

しばらく聡子は口を利かなかった。五分くらいは黙っていたはずだ。

「翔太のことなら、あなただけでなく、わたしだって辛いのは同じだし……」

「そうじゃない。違うんだ」

「じゃあ、なぜ？　理由は何？」

「女……」

「外に女がいるの？　浮気してるの？」

「そうじゃない。おれの中に女がいる」

「あなたの中に……どういう意味？」

「つまり、おれは男ではなく女だということだ。それが本当のおれなんだ。だから、これ以上、おまえと暮らすことはできない」

「おかしなことを言わないで。何を言ってるの？　そんなこと今まで一度だって……」

「そうだ。言えなかった。おまえにだけ隠していたわけじゃない。おふくろは気付いていたが、気付かない振りをしていた。親父は何も知らなかった。子供に何の関心もない人だったし、ほとんど会話らしい会話もない親子関係だったからな」

「あなた……」

「ずっと苦しんできた。自分はおかしいんじゃないか、と悩み続けてきた。体は男だが、心は女だ。女として生きたいと願い続けてきたが、そんなのはおかしい、と無理に自分を納得させて男として生きてきた。自分を偽ってきた。でも、もう無理だ。翔太のために仮面を被(かぶ)り続けて生きるつもりだったが、これ以上、そんなことを続けることはできない。このままでは、おれはおかしくなってしまう。正直に言うが、おれは、今、死ぬよりも辛くて苦しい思いを味わっている」

「離婚して、どうするつもりなの？」

「女になる」

「え？」

「心だけでなく、肉体的にも女になるつもりだ」

「手術するということ？」

「そのつもりだ」

「……」

今でも田淵は、あの夜の聡子の表情をはっきり覚えている。怒りでも悲しみでもない不思議な感情が顔に表れていた。あまりにも想像を絶した事実を突きつけられて、驚き呆(あき)れ返ってしまい、発するべき言葉を失った、という感じだった。

次の夜、田淵が帰宅すると聡子はいなかった。

台所のテーブルの上に署名捺印(なついん)された離婚届が置いてあった。

一五

電車のドアのそばにあおいが立っている。ぼんやり夜の景色に目を向けている。

(かわいい子だったなあ……)

今朝の女子高校生を思い出している。

(結城つばさという名前だったな。何だか、芸能人みたいな名前だけど本名なのかな……。まさか、マジで芸能人で、芸名だったりして)

そんなはずはないよな、きっと本名なんだろうな、顔もかわいいけど、名前もかわいいんだ……そんなことを考えていると何だか気分がよくなってきて疲れが消えてしまう気がする。

一六

新宿。歌舞伎町。バー「シグナル」。

糸居がドアを押し開けて店に入ると、カウンターの客たちに向かって下品な冗談を飛ばしていたブルーが、きゃ～っと悲鳴のような歓声を上げる。

このバーは中年の三兄弟が共同経営している。長男がブルー、次男がレッド、三男がイエローである。年齢不詳ということになっているし、営業時間中は厚化粧していて、決して客に素顔をさらさないが、首や腕のたるみを見れば、とても四〇歳以下とは思えない。

「糸居ちゃん！」

ボックス席で客の相手をしていたレッドとイエローが跳ねるように立ち上がり、糸居に突進する。

「大丈夫なの？　どこか怪我をしてるんじゃないの？」

「いや、別に」

「本当？　無傷？」

「うるせえなあ。他の店に行こうかな」

踵を返そうとすると、

「ダメ！」

「帰さない！」

レッドとイエローが両脇から糸居の腕をがしっとつかむ。

「ここに坐りなさいよ」

ブルーがカウンターの隅の席を勧める。糸居の定位置だ。

糸居が坐ると、

「はい、おしぼり」

ブルーがおしぼりを差し出しながら、正面からじっと糸居を見つめる。

「何だよ?」

「……」

ブルーの目に涙が溢れ、つーっと頰を伝い落ちる。

「おいおい、湿っぽいのは勘弁しろよな」

「だって……今朝、あんなことがあったから糸居ちゃんのことが心配で心配で……何も連絡してくれないし」

「そんな騒ぎになったのか? 手加減したつもりだけどな。警察が来たのか?」

「まさか……あいつらだって面子があるでしょうからね。だけど、こういう噂が広まるのは早いのよ。本当によかった、糸居ちゃんが無事で」

ブルーがにこっと笑う。

「あんた、お化粧が流れて染みが丸見えだわよ」

「素顔を糸居ちゃんにさらすつもり?」

レッドとイエローがにやにやする。

「嫌だわ、意地悪な人たち!」

ブルーが両手で顔を隠してトイレに駆け込む。化粧直しをするのであろう。

「糸居ちゃん、何にする? ビールでいいの?」

「そうだな、最初は、ビールにするか。喉が渇いちまった。それに……」

「どうかした？」

「さすがに今日は疲れたぜ。真面目に仕事をすると疲れるもんだな」

カウンターに頰杖をついて、ふーっと大きく息を吐く。

一七

「遅かったじゃない。初日からがんばるね」

パジャマ姿で、缶ビールを手にした姉の優美子が台所から出てくる。

「新宿署から糸居さんという人が異動してきたよ。面白い人だね」

「げ」

優美子の顔が引き攣る。

「糸居が本庁に異動するとは聞いてたけど、あんたと同じ部署なの？」

「うん」

「あんた、ひょっとして窓際？　そんなはずないよね。キャリアだし、お父さん、まだ現役だもん。エリート街道から転落するには早すぎる。しかし、理解に苦しむなあ。糸居が窓際なら納得できる。絶対に栄転のはずはないから。それなのに、どうして、あんたと同じ部署なのかなあ」

優美子が首を捻る。

「本庁に異動なのに窓際ってことはないだろ？」

「青いね」

ふんっ、と優美子が鼻で笑う。

「新宿署としては糸居を出したい。しかし、都内の所轄には引き取り手がない。仕方なく本庁に呼んで、しばらく倉庫番でもさせておいて、ほとぼりが冷めた頃、どこかの島にでも飛ばす……そう珍しいことじゃないわよ」

「まさか倉庫番ってことはないよ。もっとも、新しい部署の部屋がなくて、二日くらい前までは倉庫だった汚い部屋を割り当てられたけどさ。姉さん、親しいの？　バイオレンス・ユーミンと呼ばれていたらしいね」

「は？　あいつに言われたくないっての」

どっちがバイオレンスだよ、まったく……優美子が口をへの字に曲げる。

リビングから、母の紀子が顔を出し、

「栄太、お父さんが呼んでますよ」

と声をかける。

「お説教かしらね、退散、退散」

肩をすくめ、栄太に背を向けると優美子が階段を上っていく。

リビングに入ると、白いバスローブを着た政夫がくつろいだ様子でソファに深く坐っている。顔が赤い。

「どうだ、少し付き合え」

右手に持ったブランデーグラスを持ち上げる。

「シャワーを浴びてからでいいかな。汗臭いんだ」

「そう言うな。おれは、もう寝る。そのままでいいから、一杯だけ付き合え」

有無を言わさぬ口調で、正面のソファを顎でしゃくる。栄太が腰を下ろすと、政夫が別のブランデーグラスに酒を注ぐ。

「お疲れさま」

「いただきます」

軽くグラスを打ち合わせる。

「初日から大変だったようだな」

「知ってるの？」

「警視庁にも知り合いが多いからな。こちらから頼まなくても、ご親切にいろいろ教えてくれる。そうそう、阿部からも連絡があった」

「部長からも？」

「そう驚くことはないだろう。阿部には、息子をよろしく頼む、と前もって挨拶しておいたからな。気を遣ってくれてるんだろう」

「何か言ってた？」

「新しい部署が発足した初日に、いきなり難しい事件に投入することになって申し訳ない、と謝っていたよ。ざっと聞かされただけだが、ひどい事件のようだな。人手が足りないようだし、一刻も早く解決しなければならない事情もわかるから、気にしないでくれと言っておいた。しかし、今日は荷物を片付ける時間もなかったんじゃないのか？　帰りも遅かったしな」

「うん、外に出ている時間が長かったし、本庁に戻ってからも何かと忙しかったから」

「で、どうだ、やっていけそうか？」

「どういう意味？　配属された以上、やっていくしかないよ」

「阿部の話だと、癖のありそうな連中が集まっているみたいじゃないか。警察官としては優秀だが、協調性に欠けて、周りとうまくやっていけない……そう言ってたぞ」

「みんな個性的すぎるから誤解されやすいんだろうけど、優秀な人たちだと思うよ。今日一日だけでも、ものすごく勉強になったからね」

「そう肩に力を入れるな」

「え？」

「中野署から警察庁に戻してもよかったが、どうせなら本庁の捜査一課で箔を付けてからの方がいいかと思ってな。一年くらいでいいだろう。来年の四月には警察庁に戻す」

「ちょっと待ってよ。勝手に何でも決めないでほしいな」

「不満なのか？」

政夫が睨む。

「おれの人生なのに、どうしてお父さんが何でも決めるんだよ」

「おいおい、青臭いことを言うな。確かに、おまえは東大出のキャリアだ。エリートだよ。しかしな、そんなエリートは上にも下にもいる。毎年、入庁してくるんだからな。ある程度の出世は約束されているが、ごく一部のトップとして生き残るには、それだけでは足りない。もちろん、実力も必要だが、それでも、まだダメだ。あとふたつ必要な要素がある。わかるか？」

「わかるさ。警察官になると決めたとき、お父さんが話してくれたじゃないか」

「言ってみろ」

「運がいいこと。強いコネがあること」

「その通りだ」

政夫が大きくうなずく。

「おれが定年退職するまでに、おまえがトップに上り詰めることができるようなレールを敷いてやるつもりだ。少しは感謝したらどうだ」

「……」

昔から政夫の独善的で押しつけがましいところが、栄太は好きになれなかった。何の相談もなく自分で勝手にあれこれ決めて、これが一番いいやり方なんだ、おれの指示に従え、と一方的に命令する。栄太の意見になど、まったく耳を傾けようとしない。気に入らないのであれば反論すればよさそうなものだが、栄太は黙っている。

なぜなら、政夫の言うことが間違っていないとわかるからだ。

キャリアという勲章をぶら下げ、とんでもなく大きな失態を演じるようなことがなければ、間違いなく中堅規模の警察署の署長くらいにはなることができる。

しかし、もっと出世し、警察庁や警視庁で一握りの大幹部として生き残るためには運とコネが必要である。それもありふれたコネではなく、強いコネが必要なのである。それがわかっているから栄太は黙っている。出世欲があるからだ。とはいえ、それを素直に認めるのも癪に障るから、政夫が注ぎ足してくれるブランデーを、顔を顰めつつ苦そうに嘗める。

一八

四月七日（水曜日）

朝礼が行われている。薬寺が事務的な指示を出している。それを田淵、佐藤、栄太、あおいの四人が聞いている。

「すいましぇ～ん！」

糸居が遅刻して来る。

「うわっ、酒臭え」

あおいが鼻を押さえて顔を顰める。

「酒の臭いをぷんぷんさせて、しかも、昨日とまるっきり同じ格好で出勤か」

薬寺がじろりと睨む。

「そう見えるでしょうが、一応、パンツと靴下だけは替えました。自分で言うのも何ですが、おれ、足の臭いが強烈で自分でも耐えられないんですよ」

「そんなこと自分で言うなよ」

あおいが溜息をつく。

「どうせなら休んでもよかったんだぞ。おまえには何も期待してないから」

「おっ、いきなりの戦力外通告ですか」

糸居がにやりと笑う。

「まあ、見てて下さい。おれ、やるときはやるんで。今はまだ、おれの出番じゃないってことですよ。犯人を見付けたら、ぼこぼこにしてやります。犯人を見付けるのは得意じゃないから、それはホームズ先生に任せますが」

「能天気と言うべきか、超ポジティブシンキングと言うべきか……。どっちでもいいけど、とりあえず、おとなしくして、みんなの邪魔をするな。その臭いを何とかしろ。朝礼が終わったら、どこかで体を洗って来い」

「了解っす」

糸居が薬寺に向かって敬礼する。

「いちいち疲れるわ。はい、朝礼終わり」

薬寺が自分の席に着く。

「佐藤さん、何から始めますか？」

あおいが佐藤の机に歩み寄る。

「……」

佐藤はうつむいたまま石のように固まっている。口も利かず、身じろぎもしない。

「佐藤さん？」

あおいが首を捻（ひね）る。

「どうしたのよ？」

薬寺が訊（き）く。

「何だか変ですよ」

「どこか具合でも悪いの？」

田淵が声をかけるが、佐藤は返事をしない。

「腹が痛いのなら、さっさとウンコをしてきた方がいいですよ」

糸居がふざけた言い方をするが、やはり、佐藤は無反応だ。

「どうしちゃったのかしら？」

薬寺が首を捻る。

「そう言えば、佐藤さん、今日は出勤してからひと言も口を利いてませんね」

栄太が言う。

「ひと言も？」

「はい」

「口数の少ない人なのは昨日わかったけど、さすがにひと言もしゃべらないのは普通じゃない」

「もしかして……」

糸居がぽんと両手を打ち合わせる。

「ホームズ先生が窓際に追いやられたのは、これが原因じゃないんですかね？」

「これって？」

あおいが糸居に顔を向ける。

「つまり、使えるときと使えないときのギャップが大きすぎるってことだよ。昨日は名探偵ホームズ先生、今日は、ただのお地蔵さん」

佐藤の目の前で糸居が激しく手を動かすが、佐藤は何の反応もしない。

「しばらく佐藤さんのことは放っておいて、わたしたちにできることをしましょう。何から始めればいいかしら？」

薬寺が言うと、

「やるべきことは、はっきりしてますよ。ロードバイクについて調べること。公園にいた野次馬をチェックすること。佐藤さんのことだから独自に調査を進めたかもしれませんが」

田淵が答える。

「本人がこれでは、どこまで調査が進んだか、確かめようがないものねえ。まあ、わたしたちが調べたことが佐藤さんの調査内容とだぶったとしても、それはそれで仕方ないでしょうね」

「とりあえず資料や情報をじゃんじゃん集めておけば、ホームズ先生が正気に戻ったときに、すぐに答えを見つけ出してくれるぜ。こっちは楽でいいな」

あははは っ、と糸居が笑う。

「役割分担は、どうしたらいいかしら?」

「ロードバイクについては、専門知識のあるあおいちゃんに調べてもらえばいいと思います。わたしと糸居君と白峰君は野次馬のチェックをすればいいんじゃないでしょうか」

「うん、そうね。そうしましょう」

薬寺が田淵の提案を丸呑(まるの)みする。

それぞれが作業を始めようとしたとき、

「おうっ」

と声をかけて、理事官の火野新之助が部屋に入ってきた。

「どうだ、順調か?」

「はあ、何とかやっています」

薬寺が無表情に答える。

「忙しそうじゃないか。何をしてるんだ？」

「いやあ、別に何も……」

「白峰！」

「はい」

栄太が椅子から立ち上がり、直立不動の姿勢を取る。

「どんな仕事をしてる？」

「は、はい……」

中野駅と児童公園の防犯カメラに映っていたサイクリスト及び児童公園にいた野次馬……彼らが組織のメンバーであり、人体パーツの買い手である可能性があると推測し、その分析を進めているところだ、と正直に話す。

「なるほどなあ、なかなか着眼点が鋭いじゃないか。まあ、がんばれ」

口許に笑みを浮かべ、栄太の肩をぽんぽんと叩いて、火野が部屋から出て行く。

「また手柄の横取りだぜ。ここまでセコい真似をしなければならないんですかね？」

糸居が田淵に顔を向ける。

「警察本来の立場からすれば、誰が犯人を逮捕してもいいわけよね。だけど、捜査一課は違う。自分たちの手で逮捕することに意味があるの。犯人を逮捕するためには手段を選ばないのよ。ここでは何でもあり……そう思った方がいいわね」

田淵が答える。

「おまえも馬鹿丁寧に何でも正直にしゃべるんじゃねえよ」

糸居が栄太の頭を手で叩く。

「すいません」

栄太ががくっと肩を落とす。

一九

電話が鳴る。

「はい」

宍戸浩介が出る。

「おれだ」

「何だ？」

相手が樺沢不二夫だとわかった。無駄口は叩かない。

「交渉がまとまりそうだ。まだ生きてるだろうな？」

「生きてる。だが、急いだ方がいい。弱っているからな。どのパーツが必要だ？」

「目だ」

「目？　眼球ということか」

「そうだ。それに足がほしいそうだ。膝(ひざ)から下。右足でも左足でもいいが、痣(あざ)や黒子(ほくろ)、傷なんかができるだけ少ない方を希望している」

「変わった趣味だな」

「人それぞれだろう。おれには関係ない。大丈夫だよな？」

「眼球を傷つけずに取り出すのは難しい。ふたつ必要なのか？」

「ひとつでいいと言っている」

「ひとつ失敗しても、もう一度、チャンスがあるってことだな。それなら何とかなるだろう」

「足は？」

「問題ない。右と左、きれいな方を切る。今日中にやるよ」

「それは待ってくれ」

「なぜ？」

「価格交渉がまとまってからにしてほしい」

「ケチってるのか？」

「そんなところだ」

「その交渉は、いつまとまる？」

「できるだけ急ぐ。まとまるまで女は生かしておいてくれ」

「で、余計な手出しもするな、ということか？」

「そういうことだ」

「面倒だな」

「そのおかげで大金が手に入る」

「眼球を取り出して、足を切断したら、女は死ぬぞ。もう売り物にはならないぜ」

「すぐには死なない。何時間かは生きている。死ぬ前に、おまえが好きにすればいいさ」

「ああ、そうだな。もちろん、そうするつもりだ」

「新たな注文の件なんだが……」

「そろそろ始めるよ」

「悪いが、もう少し急いでほしい」

「一週間くらいかかる……そう話したはずだぞ」

「わかっているが、客が焦れている。催促されてるんだ」

「せっかちな客だな。そもそも自分がヘマをしたせいで取引が失敗したのに」

「その代わり、大金を払ってくれる。この客は気前がいいんだ」

「約束はしないが、やれるだけのことはやろう。報酬は、いつもの二倍だぞ。二回分の手間暇がかかってるんだからな」

「その点は問題ない。こちらの言い値を払ってくれるはずだ」

二〇

あおいがパソコンの画面から目を逸らし、ちらりと佐藤の顔を見る。相変わらず、お地蔵さんのように固まって身じろぎもしない。これでは頼りにならないな、と諦める。

「班長」

椅子から腰を上げる。

「ロードバイクの専門家に話を聞いてこようと思うんですが、外出しても構いませんか？」

「いいわよ。糸居、白峰、それにブチさん、柴山に同行して」

「四人で行くんですか？　多すぎるでしょう」

糸居が机に置いた写真から顔を上げる。

「ここにいても暇だろ。場合によっては、手分けして自転車屋巡りをすることになるかもしれないし」

「野次馬の写真分析は、どうするんですか？　まだ途中ですよ」

「さっきから居眠りしてるくせに。全然仕事をしてないだろ」

薬寺が舌打ちする。

あおいが言う。

「じゃあ、あんた、残りなよ」

「いやあ、遠慮するわ。こういう地味な作業、おれに向いてないんだよな。栄太、おまえは向いてるよな。楽しそうにやってるし」

「別に楽しいわけでは……」

「おまえが残れよ」

「ぼくは構いませんけど」

糸居の背後に視線を走らせる。

「ん？」

不穏な空気を察知して、糸居が振り返る。

すぐ後ろに薬寺が立っている。額に青筋が浮いて、ひくひく動いている。

「おまえなあ、行けと言ってるんだから、黙って行けばいいんだよ。もちろん、嫌ならいいんだぞ。この部屋から出て行って、どこにでも好きなところに行け。二度と戻ってくるな」

「ははは、冗談きついっす」

糸居は笑うが、他の者たちは誰も笑っていない。

その冷たい空気を肌で感じたのか、

「了解っす。指示に従います」

すっと立ち上がると、背筋を伸ばして薬寺に敬礼する。

四人が出かけると、急に部屋ががらんとした感じになる。

薬寺はコーヒーメーカーに近付き、

「うるさいのがいなくなったし、休憩しようかしらね。佐藤さん、コーヒーを飲まない？」

「……」

まったくの無反応である。

「これじゃあ、本当にお地蔵さんだよ。いや、違うな。死神か。よくわかんない人だよ」

首を振りながら、コーヒー豆の缶を手に取る。

二

四人が乗った車が首都高を走っている。

あおいが運転し、助手席に糸居が坐っている。田淵と栄太は後部座席だ。

「どうしても理解できないんだけど、なぜ、あんたがそこに坐ってるわけ？　田淵さんが坐るべきでしょう」

「田淵さんはいいと言ったぜ」

糸居は平然としている。

「そう言われても遠慮しなさいよ。それが昔ながらの日本人の美徳なんだよ」

「あおいちゃん、いいのよ。わたしは後ろの方が落ち着くの」

田淵が口を挟む。

「ほ〜ら」

糸居がにやりと笑う。

「こいつ、臭いんですよ。朝っぱらから酒と汗の臭いなんて冗談じゃない」

「つい最近まで、そんな世界にいたんだから慣れてるだろ？　ＳＡＴなんて、酒と汗とタバコの臭いが充満した世界なんじゃねえの？」

「……」

「お、いきなり、だんまりか。何か言え」

「ノーコメント」

「感じの悪い女だ」

「感じの悪い男だ」

「ふふっ……」

田淵が笑う。

「何すか、田淵さん？」

「糸居君とあおいちゃん、喧嘩ばかりしてるけど、意外と呼吸が合ってるのよね。お二人には悪いけど、傍から見てると、掛け合い漫才みたいよ。そう思わない、白峰君？」

「確かに」

栄太がくすくす笑う。

「やめて下さいよ、気持ち悪い」

あおいが顔を顰める。

「おまえが難癖ばかりつけるからだろ。ところで、おれたち、どこに向かってるの？」

「浅草」

「浅草の自転車屋に行くのか？」

「うん、わたしがよく行く店」

「あの写真に写ってたロードバイクがあるのか？」

「それは、ないよ。どこにでもあるロードバイクじゃないから。いくら写真を見ても、あれが本物かどうか、わたしには判断できないから専門家に確かめてもらいたいんだ。本物だったら、どこで手に入るか教えてもらえるかもしれない。そんなにたくさんは出回ってないはずだから。しかも、それが二台一緒に同じ場所で目撃されるなんて、かなり珍しいはずだし」

「本物だったらだろ？　偽物だったら二台同時に目撃されても、どうってことはないわけだよな？」

「それは、そうだよ」

「心細い話になってきたなあ。まるっきりの無駄足になるかもしれないってことじゃないかよ」

「気に入らないなら、ここで降りる？　こっちとしては、そうしてもらえると、ありがたいんだけど」

「おれ、しばらく黙ってようかな」

口にチャックをする仕草をする。

高速を降りて、しばらく言問通りを走る。国際通りを過ぎてすぐに小路に入る。

「ここ、花やしきの近くじゃねえの？」

「そうだよ。すぐそば。遊びに行けばいいじゃん」

「どうせなら、ロック座だろ。なあ、栄太？」

がはははっ、と糸居が笑う。

誰も相手にしない。

あおいが車を路肩に停める。

間口の狭い、古ぼけた店の前である。その店構えを見ただけでは、何を扱っている店なのかわからない。少なくとも自転車屋には見えない。どこにも自転車が見当たらないからだ。曇りガラスがはめ込まれた引き戸の横に「時田サイクル」という、俎板ほどの大きさの木製の看板がぶら下がっているものの、長い年月、風雨にさらされたせいか、看板が黒ずんでしまい、よほど顔を近付けないと字を読むことができない。

四人が車から降りる。

「冴えない店だな。ロードバイクを扱ってるって感じじゃない。人力車ならわかるが」

「口の減らない男だよ」

あおいが溜息をつく。

「今はインターネットの時代だから、店先に自転車を並べておく必要なんかないんだよ。ネットに写真を載せておけばいいだけ。一万や二万で買えるママチャリと違って、ここが扱っているのは最低でも二〇万から三〇万、モノによっては一〇〇万以上する自転車だから、通りすがりにふらりと買っていくような客はいない。商品を保管する倉庫が近くにあるから、頼めば、すぐに実物を見せてもらえるし」

「ふうん、詳しいんだな」

糸居が感心する。

「こんにちは」

挨拶しながら、あおいが引き戸を開ける。

壁一面に棚があり、自転車の部品や手入れ道具などがびっしり並べられている。床はむき出しのコンクリートで、中央に作業台がある。その上に分解されたロードバイクが置かれている。作業台の左右に、ブルーの繋ぎの作業服を着た二人の男が立っている。手に修理道具を持ち、手や顔はグリースがついて真っ黒だ。

あおいの声に反応して、二人が顔を向ける。

「おおっ、あおいか。久し振りだな」

年配の男がにこりと笑う。この店の主・時田慎一郎、五四歳である。黙ったまま会釈したのが、時田の甥の佐伯琢磨、二七歳だ。

「今日は、遊びに来たって感じじゃないな」

あおいの後ろから店に入ってきた三人を見て、時田が怪訝な顔になる。

「うん、仕事だよ。助けてほしいの」

「おれたちが警察の役に立てるのか？　自転車のことしか知らないぞ」

「自転車のことだもん。これを見てくれないかな」

防犯カメラ映像をプリントアウトした写真を何枚か差し出す。

「ちょっと待ってくれ。手が真っ黒だから」

時田と琢磨は手を洗いに奥に引っ込む。

すぐに戻ってきて、

「どれどれ」

時田が写真を手に取る。

「ロレンツォじゃないかと思うんだけど」

ミラノに本社がある世界的に有名な自転車メーカーの最上級モデルである。すべての工程が熟練の職人による手作業なので、月に一台程度しか製作されない幻のロードバイクと言われている。

「ふうむ、ロレンツォなあ……」

時田は、かなり長い間、写真を凝視していたが、やがて、

「わからん。おれの口からは何とも言えない」

と匙を投げ、琢磨、どう思う、と写真を琢磨に渡す。

琢磨は写真を受け取ると、一枚ずつ丁寧に目を凝らす。見終わると、

「ロレンツォだろ」

あっさりと言う。

「やっぱり」

あおいの目が輝く。

「よく似た偽物という可能性はないんですかね？」

糸居が訊く。

「ちょっと、あんた……」

あおいがムッとして糸居を睨む。

「糸居君にしては珍しいけど、これは嫌みじゃないわ。わたしも確かめたかったことよ。ものすごく重要な手がかりかもしれないから慎重に対応するべきよ。本物か偽物かで捜査の方向性が変わるかもしれないんだから」

田淵が諭すように言う。

「本物だよ。何なら、倉庫で見るか？」

「え、ロレンツォがあるの？」

「まあ、ロレンツォには違いないんだけど……」

二年前、事故で使い物にならなくなったロレンツォをたまたま手に入れ、こつこつ修理を続けているが、損傷がひどい上に、必要な部品がなかなか手に入らないので、いつ

になったら修理が終わるか見当もつかない、と琢磨は言う。

「そんな話、聞いたことないよ」

あおいが口を尖らせる。

「おれもだ」

時田が目を丸くする。

「何だ、社長が知らないなら、わたしが知るはずないじゃん」

「こいつ、夜中に一人で倉庫でこそこそやってるからな。何をしてるのか、おれもよくわからん。まさか、うちにロレンツォがあるとは……。おれも見たい。倉庫に行ってみよう」

早速、六人は店の近くにある倉庫に行くことにした。狭い小路を抜けていくと、ほんの数分で倉庫に着いた。倉庫は二階建てで、コンクリート製の頑丈な造りである。正面がシャッターで、その横に鉄製のドアがある。ドアの窓には鉄格子がはめ込まれており、ドアには警備会社と契約していることがわかるステッカーが貼られている。ドアの上には防犯カメラまで設置されている。その厳重な警戒ぶりから、ここには、よほど大切なものがあるのだろうと察せられる。

「どうぞ」

時田がドアを開け、皆が倉庫に入る。

明かりがつくと、糸居と栄太の口から、

「おおっ」

という声が上がる。素人が見ても、思わず目を瞠（みは）るような高級そうなロードバイクが

ずらりと並んでいたからだ。

「持ってきます」

琢磨が奥に消える。

「近くで見ると、ロードバイクって、カッコいいなあ。スリムでしなやかな感じがいいよな。おれも買おうかな。これ、よさそうですね」

手近にあるロードバイクを糸居が指差す。

「トレックのエモンダですか。軽くて乗りやすいですよ。いいロードバイクです。そのクラスのものとしては値段も手頃ですしね」

「ふうん、いくらですか？　ここで買って、警視庁まで乗って帰ろうかな」

「あおいの同僚の方なら、一五〇万でいいですよ」

冗談ではなさそうな口振りである。

時田がにこにこ笑いながら答える。

「あ……」

一瞬、糸居の顔が引き攣（つ）る。

「ああっ……、そうか、一五〇万か。買えないことはないけど、もう少し他のモデルも見てからにしようかな」

顔を引き攣らせながら、糸居が笑う。

そこに琢磨が戻ってきた。カバーで覆われたロードバイクを抱えている。それを倉庫の中央に置き、カバーを取り外す。

「ロレンツォ……」

あおいがロードバイクに近付く。

タイヤは前輪も後輪も外されており、車体だけである。車体は黒で、カーボン製だ。ダウンチューブにはブルーの星形のマークがある。

「これで、まだ修理中なの？」

あおいが琢磨に訊く。タイヤを付ければ、すぐにでも走ることができそうな気がしたからだ。

「ようやく自転車らしく見えるようになった。二年前だったら、パッと見ただけでは自転車だとはわからなかったはずだ。それくらい、ひどい状態だった。今だって、そうなんだ。ちゃんとしてるように見えるだろうけど、細かいところが全然ダメだ。これにタイヤを付けて外を走れば、五キロくらい走ったところで壊れる。壊れたら、また二年前に逆戻りだな。いや、もう修理不能になるかもしれない」

「なるほど……」

田淵が目の前のロードバイクと写真のロードバイクを見比べる。

「確かに、似ているわね。とは言え、写真には不鮮明なところが多いから細かいところまではわからない。専門家の目から見ると、同じものだと判断できるわけですか？」

「ええ、たぶん、間違いないと思いますよ」

琢磨がうなずく。

「その言葉を信じて、これが本物だという前提で考えてみましょうか。本物であれば、どこで手に入るのでしょうか？　日本国内にも、それほど多くは出回っていないんですよね？」

田淵は琢磨に訊くが、先に口を開いたのは時田である。

「大した数は出回ってないでしょうが、どこにあるのかを調べるのは難しいですよ」

「なぜですか？」

「輸入代理店がないんですよ。ロレンツォがほしければ、個人でミラノに注文するしかないんです。注文が来てから作り始めるという昔ながらの完全受注生産で、しかも、ひとつひとつが職人の手作りですから、一台のロレンツォを完成させるのに、とても時間がかかる。今は四年待ちくらいだよな？」

時田が琢磨に顔を向ける。

「四年か五年で手に入ればラッキーだろうね」

琢磨がうなずく。

「そんなに……」

田淵が驚く。

「持ち主を調べるには、ミラノにあるメーカーに直に問い合わせなければならないということでしょうか？」

「そういうことです」

「お手上げだな。イタリア人だって、そう簡単に個人情報なんか教えてくれないだろうからな。イタリア語もできないし」

糸居が首を振る。

「イタリアの警察に捜査協力を要請するとしても、煩雑な手続きが必要になりますね」

栄太がうなずく。

「せっかく手がかりをつかんだのに何もできないなんて……」

あおいが悔しそうに唇を噛む。

「調べられるかも」

琢磨がぼそっとつぶやく。

「マジ？　どうやって？」

あおいが身を乗り出す。

「うん……」

ロードバイクを取り扱うプロが集まるサイトを、琢磨は利用しているという。そのサイトにロレンツォの写真を載せ、最近、都内で目撃した人がいないか、目撃情報があれば教えてほしいと呼びかければ、何らかの反応があるはずだというのである。ロレンツォのような珍しいロードバイクが走っていれば、自転車好きであれば、必ずや注目するはずだから、と琢磨は言う。

「この写真、勝手にネットに載せてもいいんでしょうか？」

あおいが首を捻る。

「犯罪に関係しているかもしれないことは伏せて、単に珍しいロードバイクを見て、もっと詳しく知りたいと思ったので情報提供して下さい、という感じで呼びかければいいんじゃないかしら？　万が一、ロードバイクの持ち主から苦情が出たら、すぐに写真を削除すればいい。苦情が出た段階で相手を特定できるでしょうし」

田淵が答える。

「ブチさん、意外と腹黒いんですね……」

糸居が驚いたように田淵を見る。

「あら、これくらい捜査一課では普通のやり方よ」

田淵がにこっと微笑む。

「じゃあ、頼みますか？」

「ええ」

田淵がうなずくと、あおいが琢磨に写真を使って、そのサイトで呼びかけてくれるように依頼する。

「わかった。何か反応があったら、すぐに連絡するよ」

琢磨が承知する。

二二

特殊捜査班。

「ああ～、全然わかんない。こんなものをいくら見ても何もわかるはずないわよ」

薬寺が写真の束を机の上に放り出す。野次馬の中にいるかもしれない人体パーツの買い手を捜そうと、虫眼鏡を片手にいろいろ調べてみたが、何の手がかりもつかめない。

「糸居じゃないけど、こういう仕事、わたしには向いてないわあ。根気が足りないのかしら。でも、面倒臭いんだもの……」

薬寺がハッとする。一人でいるつもりで、うっかり本音を洩らしてしまったが、この部屋にはもう一人、佐藤美知太郎がいるのだ。それを忘れていた。物音ひとつ立てず、うつむいたまま、じっとおとなしく坐っているだけなので、存在感すら稀薄なのだ。

「佐藤さん、何も聞いてなかったよね？」

うふふっ、と薬寺が笑ったとき、いきなり佐藤が椅子から立ち上がる。驚いて薬寺が仰け反る。佐藤が部屋から出て行く。

「嫌だ、もう。発作的に窓から飛び降りたりしないでしょうね」

心配なので、後を追う。

佐藤は足早に廊下を歩いて行く。

「待ってよ」

小走りに追いかける。

「あら……」

佐藤がトイレに入るのを見て、薬寺が足を止める。

「ふうん、お地蔵さんにも生理現象はあるわけね。当たり前か……」

まあ、垂れ流しじゃなくてよかったわよ、心配して損したじゃないの……ぶつくさ言いながら薬寺が部屋に戻る。

二三

宍戸浩介がくつろいだ様子でソファに坐り、コーヒーを飲みながらファイルに目を通している。

足元では、小さないびきをかいて、マリアがうたた寝している。

そのファイルは松岡花梨という専門学校生の調査記録である。住所、家族構成、生年月日、血液型、実家の固定電話の番号、携帯電話の番号といった基本的な情報はもちろん、バイト先も調べてある。父親は二年前に勤務先が倒産し、今も失業中である。母親がパートに出て家計を支えている状況だ。

松岡花梨は、専門学校に入学するに当たって返済義務のある有利子の奨学金を借りた。携帯代、通学定期代、昼食代、教科書代、実習に必要な費用など、親からは何の援助も期待できないので、昼と夜にバイトをしている。昼は週に一回ファミレスで、夜は週に三回から四回、スナックでバイトしている。奨学金とバイト代を合わせると月に一五万くらいになるが、生活にはまったく余裕がなく、金銭的には常に苦しい状況だ。

自宅から学校まで、学校からバイト先まで、どういう交通手段を使っているか、浩介は把握している。学科のカリキュラム表も入手したので、曜日によって学校に行く時間や学校を出る時間が違うこともわかっている。スナックでのバイトが終わって帰宅する時間や経路もわかっている。時間と金を惜しまず、手間暇かけて調べ上げたのである。

ただ、問題がひとつある。三月中旬に調査を打ち切った、ということだ。荒川真奈美と松岡花梨の写真を客に見せ、客が荒川真奈美を選んだからだ。それ以降、荒川真奈美を拉致する計画の立案に神経を集中し、松岡花梨のファイルは棚に置かれたままだった。

もう四月である。松岡花梨は進級し、カリキュラムも変わったはずである。カリキュラムが変われば、当然、日々の行動パターンに変化が出るはずだ。

樺沢から依頼されたとき、調査をやり直すのに一週間くらいはかかりそうだ、と答えたのは、そういう事情を念頭に置いていたからだ。行動パターンを洗い直すのに時間がかかるのである。

その後、樺沢から、もっと急ぐことはできないか、と催促された。客が焦れているというのだ。その代わり、客はいつもの二倍の金額を支払うという。

金は必要だが、金のためにいつものやり方を変えるのは気が進まなかったので、急ぐという約束はしなかった。やれるだけのことはやろう、と言っただけだ。

（取引をしくじって、樺沢も慌てているのか？）

高島善弘はトカゲの尻尾に過ぎない。高島が警察に捕まっても、そこから上部組織へと辿っていくことはできない。なぜなら、組織についても取引についても何も知らないから、高島は自白しようがない。どれほど厳しく取り調べたとしても、警察は高島から情報を手に入れることができない……そういう仕組みになっているはずだ。

樺沢からは、そう聞いている。

人体パーツを販売する組織をつくり上げたのは樺沢で、浩介は何も関わっていないから、実際にどういう組織になっているのか具体的なことは知らない。それ故、樺沢の言葉を信じるしかない。取引現場には客もいたはずだが、幸い、客は逃げおおせた。高島だけでなく、客まで逮捕されていたら、状況はかなり深刻だったはずだという想像はつく。荒川真奈美の人体パーツを警察に押収されたのは惜しいが、そんなものは、また手に入れれば済む話である。そういう事実を考えていくと、樺沢の言うように、大して心配することはないような気がする。たった一度の取引の失敗など、些細で取るに足らない出来事のはずだ。

が……。

何とも言えぬ違和感を覚える。その違和感の原因が何なのか、浩介にはよくわからない。明確な根拠はないが、何かすっきりしないもやもやが胸の中に渦巻いている。ふと、

（もしかすると、おれが思っているより、事態は深刻なのか？　樺沢は、おれに情報を隠しているのか？）

と思い至る。

人体パーツの販売は、もちろん、金のためにやっていることだが、金のためだからといって決して無理をしないのが暗黙のルールだ。客筋を慎重に吟味し、裕福で秘密を守ることのできる者しか相手にしない。無茶な注文は断る。一度の仕事で一〇〇〇万単位の金が手に入るのだから、無理する必要などないのだ。欲をかきすぎると、必ず、ヘマをする。それが宍戸浩介と樺沢不二夫の共通認識だったはずだ。

今、樺沢は無理をしているように見える。

荒川真奈美のパーツを手に入れることに失敗した客に、今度は松岡花梨のパーツを倍の値段で売りつけようとして、浩介を急かしている。たとえ客の要求だとしても、普段の樺沢であれば、ルールに従って決して無理をしないのではないか、という気がする。

それだけではない。

荒川真奈美の他のパーツを別の客に売る交渉までしている。同時に二人の客と取引するというのは、これまであまりなかったことである。

（なぜ、そんなにがつがつ稼ごうとする？）

その理由を想像すると、

(つまり、金が必要だということか？　だが、これまでにかなりの金を稼いでいるはずだ。急にがつがつするのは、おかしくないか？　もしや……)

これを最後の仕事にするつもりで、だから、少しでも多くの金を稼ごうとしているのではないか、という疑いが心に浮かぶ。

樺沢は馬鹿ではない。何事にも「絶対」などないことを承知しているから、何かしらの原因で組織が破綻する可能性を想定しているはずだ。万が一、警察の手が身辺に伸びてきても、おとなしく逮捕されるような男ではない。必ずや安全に逃げ延びる計画を用意しているはずである。間違いない。

なぜ、そう確信できるのかといえば、浩介自身、万が一のときのプランニングをしているからである。この家を捨て、車を捨て、名前を捨て、何もかも捨てて、ただマリアだけは連れて、他の土地でまったく違う人間として生きていくことができるような段取りをつけてあるのだ。逮捕されれば、長い裁判を経て、最後には絞首刑に処されるのは確実なのだから、逃走手段を確保するくらいのことは当然である。

電話が鳴る。

(樺沢だな)

と直感する。

テーブルの上に置いてある子機を手に取る。

「はい」

「おれだ」

やはり、樺沢である。

「交渉がまとまったのか？」

荒川真奈美の眼球と足がほしいという客がおり、金額を交渉している、と今朝電話があったばかりである。

「いや、まだだ。生きてるだろうな？」

「ああ。生かしておけ、手を出すな……そう言われたのは、ほんの何時間か前だぞ」

「それならよかった。死んだら売り物にならないからな」

「なあ、おれが口を出すことではないとわかってるんだけどな……」

「何だ？」

「ケチるような客との交渉なんか、やめたらどうだ？」

「譲歩はしない。あくまでも交渉だ。折り合いのつく金額を探っているところだ」

「足元を見られてるってことじゃないのか？」

「そんなことはない」

珍しく樺沢が語気を強める。

「客との交渉は任せてくれ」

「それは、わかってるが……」

「今週中には何とかするつもりだから、女を死なせないでくれよ」

「うむ」

「頼んだぞ」

電話が切れる。

子機をテーブルに戻すと、浩介はソファにもたれかかる。

やはり、何となく樺沢は、いつもと違う気がする。

直に顔を見て話したわけではなく、電話で話すだけだから、はっきりこれがおかしい、と言えるわけではないが、声の調子や話し方、話の内容などから、どことなく違和感を覚える。

深刻な問題が発生しているのに何か隠しているのではないか、だから焦っているのではないか、その焦りが声に表れているのではないか、一日に二度も電話してくるというのも今までになかったことだ……疑い出すとキリがない。

学生時代からの知り合いとはいえ、別に友達というわけではない。二人の間に友情は存在しない。あるのは利害関係だけだ。自分の身を守るためであれば、相手を利用し、平気で切り捨てるであろう。お互い様だから、そんなことで樺沢を憎んだりはしないが、自分が貧乏クジを引くのはごめんである。

(やはり、怪しい。どうも引っ掛かる)

松岡花梨を拉致する準備を進めながら、不測の事態が発生したとき、すぐに身を隠すことができるように計画も練り直しておこう、と浩介は決めた。

二四

樺沢不二夫のオフィス。

電話を切ると、樺沢は疲れ切った様子でソファにもたれる。

他の誰と話すときより、宍戸浩介と話すときは緊張する。何しろ、相手は表情も変えずに人殺しができる男なのである。単に殺すだけではなく、死に至らしめるまでに被害者を拷問していたぶることを喜ぶ変態でもある。

ほんの数年前、樺沢は仕事もなく、金もなく、ホームレスに転落する瀬戸際に立たされていた。自分のオフィスを持ったり、高級家具に惜しげもなく大金を使うなどという生活は想像もできなかった。仕事を探しに行ったハローワークで浩介と出会ったことで人生が変わった。その頃が人生における最悪の時期だった。そこから這い上がり、生活を立て直すことができたのは浩介のおかげである。

だが、今となってみると、その出会いに感謝すべきかどうか判断ができない。

なぜなら、浩介は悪魔だからである。樺沢は悪魔と手を結んだ。金のために悪魔に魂を売り渡したのだ。後悔はしていない。他に選択肢はなかった。とうに地獄に堕ちる覚悟はできている。

もっとも、それは自分が死んだ後の話である。

生きているうちから苦しみたいとは思わない。

安穏に幸せに生きたい。贅沢をしたい。豪華な旅を楽しみ、おいしいものに舌鼓を打ち、美しい女たちと戯れたい。

樺沢にも人並みの欲望はあるのだ。

浩介と手を組んだことで、面白いように大金が入ってくるようになり、ほとんどの欲望をかなえることができるようになった。

だからといって、この仕事をいつまでも続けたいとは思っていない。引き際が肝心だと常に自分に言い聞かせている。どれほど大金を稼いだとしても、警察に捕まったら終わりである。捕まらないうちに足を洗って逃げなければならない。

株式会社ＫＦＯの社長というのが樺沢の表の顔で、株や投資信託、不動産、銀行預金など、会社名義と本人名義の財産を合わせると三億円近いはずである。きちんと税金を払っているし、何ら後ろめたいところのない財産である。それだけに足を洗って逃げるときには、それらの財産のほとんどを捨てざるを得ないと覚悟している。別人として生きようとすれば、樺沢不二夫に関わりのあるものは、すべて捨て去る必要があるからだ。

とはいえ、また無一文になるつもりはないから、こつこつ隠し財産も蓄えてある。現金が二億円以上、宝石や高級時計、金やプラチナのインゴットなど、全部合わせると優に四億円以上はあるはずだ。

(何とか高島の段階で止まってくれればいいが……)

高島の身柄を警察に押さえられたとはいえ、高島は組織について何も知らないから、さして心配することはない。

問題は人体パーツである。耳と薬指からDNA鑑定すれば、それが荒川真奈美のものだということはすぐにわかる。いかにして荒川真奈美がさらわれたのか、警察が本腰を入れて調べ出せば、拉致の状況が明らかになるのは時間の問題であろう。今はどこにでも防犯カメラがある時代である。どこの防犯カメラに決定的な場面が映っていないとも限らないのだ。

但し、警察が荒川真奈美の線を辿った場合、行き着く先は浩介である。樺沢は拉致には一切関わっていないからだ。

(そうなったら、アウトだな)

浩介が逮捕されたら、組織は終わりである。たとえ逮捕されたとしても、そう簡単に浩介が自白するとは思えないが、油断はできない。浩介を足掛かりとして、いずれ樺沢に捜査の手が伸びてくるのは間違いない。そうなったら即座に逃げる。迷っている時間が命取りになりかねない。

もちろん、そんなことにならないことを願っているが、いざというときの準備と心構えは必要だと思っている。

「ふんっ、あいつが警察なんかに捕まるはずはないだろうけどな」

樺沢と同じように、浩介も何らかの逃走手段を用意しているだろうという気がする。なぜなら、自分たちは似た者同士だからだ。慎重で用心深く猜疑心が強いという点が特に似ていると思う。

「まだ大丈夫だろう。警察は高島のところで立ち往生しているはずだ。何があろうと、どんな事態になろうと、きちんと対応できるようにしておけばいいだけのことだ。今のうちに少しでも稼いでおかなくては……」

組織の先行きに見切りをつけ、浩介と手を切り、別人として生きる道を選ぶことになれば、もう二度と犯罪に手を染めるつもりはない。隠し財産を頼りに、地味に、しかし、贅沢に暮らしていくつもりでいる。だからこそ、隠し財産は多いに越したことはないのである。

二五

「ちょっと、これを見てよ」

瀬川光輝がパソコン画面から顔を逸らし、ソファに寝転がって台本を音読している瀬川光俊に声をかける。

「何？」

光俊の顔は光輝にそっくりだ。それも当然で、二人は一卵性双生児なのである。光俊が兄で、光輝が弟だ。共に二九歳である。

「せっかく覚えた台詞が抜けるだろ。後にしてくれよ」

「わかってるけど……。これ、やばそう」

「やばい？」

光俊が台本を放り出して、起き上がる。光輝のそばに行き、顔を近付けてパソコンを覗き込む。

「……」

しばらくパソコンの画面を見つめていたが、やがて顔を離し、

「これ、おれたちだよな？」

「うん、そうだよ」

光輝がうなずく。パソコンの画面上には、野次馬たちと、その後方にいる二人のサイクリストの姿が映し出されている。その二人が光輝と光俊である。

「どういうこと？　これ、ロードバイクのサイトだろ？　何で、あの公園の写真がアップされてるわけ？」

「もしかして、本物のロレンツォかもしれないから、情報提供をよろしく、だってさ」

「何だよ、情報提供って？」

「滅多に目にすることのできない珍しいロードバイクが二台揃っているなんて奇跡のようだから、ぜひ自分も見てみたい、どこに行けば見ることができるのでしょうか……そ

んな内容だね。まあ、確かに珍しいだろうな。おれだって、日本国内で、自分たち以外にロレンツォが二台揃ってるところなんか見たことがないよ」

「まずいな」

光俊が険しい表情でつぶやく。

「何がまずいの？」

「わからないのか」

「どういうこと？　教えてよ」

「この写真、誰が撮ったと思う？」

「誰って……ロードバイクが好きな奴だろ？」

「違う」

「なぜ、わかるのさ？」

「これは防犯カメラの映像だよ。普通の人間は、こんな高い位置から写真なんか撮れない。あの公園の周りには、そんな高い建物はなかっただろ？」

「そう言えば、そうだね。木に登って写真を撮ったとか……まさか、そんなはずはないよね」

「ないさ」

光俊が首を振る。

「ということは……」

「防犯カメラの映像を、一般の人間が勝手に取り出してネットに載せることなんてできない。それができるのは警察だけだよ」

「警察……」

光輝の顔色が変わる。

「いかにも自転車マニアが興味津々で情報提供を呼びかけているという感じを装っているけど、実際には、バックに警察がいるんじゃないかな？」

「考えすぎじゃない？　そこまで疑う必要がある？」

「それくらい疑って、ちょうどいいんだよ。『店員』が捕まった直後なんだぞ」

「光俊の言う通りなら、警察は、おれたちを捜してるってことになるよね？」

「そうだな」

「なぜ、おれたちに目を付けたのかな？　『店員』が警察にしゃべったのかな？」

「それはない。『店員』は、おれたちのことなんか何も知らないから」

「ということは……」

「警察が独自に調べ上げたってことなんだろうな。なあ、写真は、これだけか？」

「うん、これ、一枚だよ」

「他にも写真があるのかもしれないな」

「どんな写真？」

「あの時間帯の駅の防犯カメラを虱潰し（しらみつぶ）に調べていけば、『店員』が中野から電車に乗ったことくらい警察は突き止めるさ。おまえ、中野のロータリーにいただろう？」

「だって、それは……」

光輝の顔色が変わる。

「責めてるわけじゃない。警察が中野駅前の防犯カメラをチェックしたら珍しいロードバイクが目に付いた。それと同じようなロードバイクが公園のそばでも目撃された。同じロードバイクだとすれば、犯行に関わっている可能性がある……そんな流れじゃないのかな？」

「考えすぎだろ。『店員』が捕まったのは一昨日だよ。たった二、三日で、そこまでわかるのかな？」

「日本の警察は優秀なんだよ。おれたちが想像しているより、ずっと捜査が進んでいると考えた方がいいな。油断していると、手が後ろに回るよ。そんなの嫌だろ？」

「嫌に決まってるよ。どうすればいいの？」

「うむ……」

光俊が難しい顔をして考え込む。

「とりあえず、樺沢さんに知らせた方がいいんじゃないかな？」

「樺沢さんになあ……」

「何か、まずい？」

「遠いとはいえ親戚だし、赤の他人とは違うさ。だからといって、あの人が、いざというときに、おれたちを守ってくれるかな？」

「おれたちを切り捨てるっていうこと？　あり得ないよ」

「本当に、そう思うか？」

「だって、おれたち、『店員』とは違うんだよ。『店員』は何も知らないから簡単に切り捨てられるだろうけど、おれたちは何も知らないわけじゃない。警察に捕まれば、樺沢さんだって困ったことになる。力になってくれるさ。いや、力にならざるを得ないはずだよ」

「そう単純に考えられればいいんだけどな……」

光俊が腕組みする。

学生時代、光俊と光輝は演劇にのめり込んだ。

商業主義的なわかりやすい演劇とは一線を画す、前衛的で難解な学生演劇である。

大学の講義にはほとんど出席せず、井の頭線の池ノ上駅近くにある劇団事務所に入り浸った。事務所といっても、劇団を主宰する石塚利夫の借りているアパートである。その部屋で、演劇論を戦わせ、その理論に基づいて台本を共同で執筆し、酒を飲んだ。首までどっぷり演劇に浸かった生活だった。

息抜きは、月に何度かツーリングに出かけることだった。ロードバイクが趣味なのだ。

もちろん、その頃、乗っていたのはロレンツォではない。中古のロードバイクである。五万くらいで買った安物だったが、二人にとっては、それが限界だった。

年に三回、下北沢の場末にある劇場を借りて公演を行った。八〇人くらいしか収容できない小さな劇場だったが、それでもチケットを売り捌くのが大変だった。公演の間近になると、空席よりはましだからというので、知り合いにただでチケットを配った。そんなやり方をしていたから、公演のたびに大赤字で、劇団員たちがアルバイトをして穴埋めしなければならなかったが、文句を言う者などいなかった。

石塚利夫はフリーターだった。大学を除籍になってからは定職に就かず、必要に応じてアルバイトをして食いつないでいた。当然ながら貧しく、いつも金欠だったが、そんな生き方に光俊も光輝も憧れていた。年齢はふたつしか違わなかったが、二人は石塚利夫を尊敬していた。学歴や金や地位や名誉などという世俗的なものと絶縁し、ひたすら演劇にすべてを捧げる、命懸けで芝居をする……そうでなくては芸術を究めることなどできないのだ、と石塚利夫から学んだ。

だから、石塚利夫が劇団を解散したいと言い出したとき、二人は腰が抜けるほど驚いた。しかも、その理由というのが、北海道の実家に戻り、結婚して家業を継ぐという、ありきたりすぎるものだったから、尚更、開いた口が塞がらなかった。

劇団員たちは動揺し、ある者は怒り狂って石塚利夫を罵り、ある者は泣きじゃくって、考え直してほしいと石塚利夫に懇願した。

光俊と光輝も落ち込んで自宅に引き籠もり、演劇から足を洗おうかとまで思い詰めた。しかし、何日か経つと、無性に芝居をやりたくなってきた。他の仲間たちに連絡を取ると、劇団を存続させたい、という者がほとんどだった。

二人は石塚利夫に会いに行き、劇団を続けさせてほしいと懇願した。

「そうしてもいいが、条件がある」

石塚利夫の示した条件というのは、劇団が抱えている借金を引き継ぐことだった。借金の総額は二五〇万ほどあり、純粋な劇団の借金は半分くらいで、あとの半分は石塚利夫個人の借金だった。

二人は条件を吞んだ。借金を背負い込む代わりに、劇団主宰者の地位を得たのである。それを仲間たちに告げると、皆、大喜びし、早速、次の公演の準備を始めた。

主宰者になって二人が最初に学んだのは、劇団を続けるには金がいる、ということだった。金がなければ何もできないのだ。

二人は、それまで以上にバイトに励んだ。大学にはまったく行かず、当然の如く、留年を余儀なくされた。

最初の公演を無事に終えた後、借金がまったく減っておらず、むしろ、増えてしまったことに二人は愕然とした。その額は三〇〇万を超えていた。

ただのバイトではどうにもならないので、少しでも金になる仕事はないかとハローワークにも足を運ぶようになった。

樺沢とは、そこで知り合った。

知り合った、というのは正確ではない。

再会した、と言うべきであろう。

しかしながら、光俊と光輝は樺沢のことをまったく覚えていなかった。樺沢は母方の遠い親類で、二人が中学生のとき、つまり、一〇年以上前に祖母の葬式で会ったきりである。二人に声をかけたのは樺沢である。特徴のある双子だったから、記憶に残っていたのだ。

最初は当たり障りのない会話をしただけだった。

そのうちに樺沢が踏み込んだ質問もしてきた。

「大学生がハローワークに来るなんて、何か困ったことでもあるのか？」

というような質問だ。

別に隠すことでもないので、二人は金に困っている事情を率直に打ち明けた。

恐らく、大学をまともに卒業することはできない。何年かしたら除籍されるに違いない。それは構わない。普通に卒業して、普通に就職するという道は、とうに捨てている。両親もとうに匙を投げている。それでも自分たちは演劇を続けたい。何とか劇団を存続させたいと願っている。それには金がいる。それも大金が必要だ。劇団としてやっていく以上、定期公演だけは何としても続けなければならないが、公演をするたびに借金が増える。借金問題さえクリアできれば、今の生活に何の不満もない……樺沢に食事をごちそうになりながら、二人はそんな話をした。話を聞き終わった樺沢は、

「金になる仕事がある。手伝う気はあるか？」

とストレートに切り出した。大金を稼ぐことができるし、危険もないが、法に触れる仕事だから秘密厳守が鉄則だ。

「何をするの？　まさか人殺しっていうことはないよね？　オレオレ詐欺は嫌だよ。薬物関係もごめんだな」

「そんなことはしない。わたしは客に品物を売る。その品物が、ちょっと普通じゃない。それが何か知る必要はないし、知らない方がいい。万が一、警察に捕まったとき、品物が何かを知らなければ罪が軽くなる」

「警察に捕まったときって……やっぱり、犯罪じゃないか」

「怖じ気づいたか？　気が進まないのなら、もう帰っていい。ハローワークで仕事を探せよ。だが、今の世の中、そう簡単に大金を稼ぐことなんかできないぞ」

「その品物を客に渡せばいいんですか？」

「そうじゃない。品物を渡すのは別の人間だ。仮に『店員』と呼ぼうか。君たちにやってもらいたいのは『運び屋』だ。わたしが君たちに品物を渡す。君たちは、その品物を『店員』に運ぶ」

「それだけ？」

「まだ、ある。『店員』がちゃんと品物を客に渡すかどうか見張ってもらう。無事に取引が成立したら、『店員』から金を回収して、わたしに運んでもらう」

「他には？」

「基本的には、それだけだ。仕事は月に一度くらいだな。多くても月に二度ってところだろう。仕事そのものは半日で終わる。いや、そんなにかからないな。朝から昼までで終わるかな」

「拘束時間が短いのはありがたいけど……。それでいくらもらえるんですか？」

「一〇〇万でどうかな」

「え」

「マジか」

「もちろん、一人あたり一〇〇万ということだ」

「すげえ……」

光輝が溜息（ためいき）をつく。月に一度の仕事で一〇〇万、二人で二〇〇万だ。月に二回仕事があれば、収入は倍になる。もう金に追われる生活とは、おさらばだ。借金も返済できるし、劇団の運営も安定する。

だが、光輝と違って光俊は渋い顔だ。

「確かに、すごい話だ。こんなうまい話を聞いたのは初めてですよ。つまり、裏を返せば、それくらいやばい仕事だっていうことですよね？」

「そう思ってくれていい」

「なぜ、おれたちを誘ったんですか？」

「やばい仕事だから、金のためなら何でもやる、という者がいい。だから、わたしはハローワークに足を運んで品定めをしていた」

「品定め？」

「仕事がないから、金がないから、ハローワークに来る。中には、その日の食事代を持っていない者もいる。寝る場所がない者もいる。やばい仕事でも何でもやる、という者も少なくないだろう。しかし、こっちを平気で裏切るほど欲の深い者では困る。金に困っていて何でもやるが、わたしを裏切らない者、秘密を守ることのできる者、そういう信用できる仲間を探していた」

「で、おれたちに声をかけた？」

「君たちの話を聞いて、死に物狂いで劇団を守ろうとしていることがわかったし、劇団を運営するには大金が必要なこともわかった。真っ当なアルバイトでは、とても追いつかないよな？　定職に就いたとしても、給料は、月に二〇万くらいのものだろう？　しかも、毎日仕事だから芝居の稽古なんかできない。君たちが切羽詰まっていることがよく理解できたから仲間にしてもいいと考えた」

「楽な仕事に大金を払うのは、口止め料込みだからですよね？」

「そうだ」

「たった何時間かで終わる仕事に一〇〇万だなんて普通じゃない。五万でも高すぎるくらいなのに一〇〇万……つまり、報酬のほとんどは口止め料ってことでしょう」

「その通りだよ。君たちの身に危害が加えられるとか、そういう心配はないが、警察に捕まるリスクはある。もちろん、わたしだって捕まるのは嫌だから、できる限り、リスクを小さくするつもりでいる。だが、リスクをゼロにはできない」

「リスクがゼロなら、一〇〇万も払ってくれないでしょうしね」

「その品物が何か知ろうとしてはならないし、その品物をどうやって調達しているのかも詮索してはならない……そういうことですよね？」

「そうだ。余計な詮索をせず、与えられた仕事だけをきちんとこなしてくれればいい」

「警察に捕まったら、どうなるんですか？　助けてくれるんですか？」

「できるだけのことはする。しかし、君たちに比べれば、わたしの罪はずっと重い。どうしようもなくなったら自分の身は自分で守ることを考えてほしい。言うまでもないが、君たち自身が何らかのミスを犯した場合は、その責任を取ってもらう」

「どういう風にですか？」

「それは、どんなミスを犯したかによって違ってくるだろうな」

「まさか消すなんて言わないでしょうね？　映画やテレビじゃないんだから」

「……」

「信じられない。ミスをしたら消されるのか……」

「無理強いはしないよ。決めるのは、君たちだ。ここから立ち去って、今の話を忘れるのも自由だ。わたしの提案は単純だろ？　ギブアンドテイクだよ。君たちには法に触れる仕事をしてもらう。警察に捕まるリスクもある。だから、見返りに大金を支払う」

「いつまでに返事をすればいいですか？」

「明日だ。明日中に決心がつかなければ、この話は忘れてくれ」

樺沢は電話番号を記したメモを二人の前に置いた。

翌朝、二人は樺沢に連絡した。

「やらせて下さい」

と。

樺沢の仕事を手伝うようになって、劇団の運営に苦労することはなくなり、劇団員たちにチケット販売のノルマを課すこともなくなった。公演するたびに大きな赤字が出たが、その程度の赤字を補塡するのは大して難しいことではなかった。

二人の生活は少しずつ贅沢になった。それまでは一日に一度か二度はカップ麺かインスタントラーメン、もしくは安い牛丼かハンバーガーという食生活だったが、インスタント食品やファストフードを食べることはなくなり、きちんとしたレストランで外食することが多くなった。洋服にも金をかけるようになった。

そして、ついに念願のロレンツォを発注するまでになった。発注と同時に代金の半額を前払いすることになっている。しかも、二台分である。三〇〇万近くの金をイタリアに送金したが、二人にとっては痛くも痒くもなかった。それほど樺沢の仕事は、おいしい仕事だったのだ。ロレンツォが届く日を心待ちにしながら、二人は樺沢の依頼を忠実にこなした。

二六

四月八日（木曜日）

「ち〜すっ」

勢いよくドアを開けて、糸居が部屋に入る。

特殊捜査班の部屋は静まり返っている。

糸居以外の五人は、すでに顔を揃えている。

「あれ？　みんな、どうしたんすか？　朝礼、まだだよな？」

糸居が栄太に顔を向ける。

「はい、あと五分あります」

「だよな〜。一応、おれも気を遣って、今日は早めに家を出たからな。班長に嫌な顔をされないようにシャワーも浴びてきたんですよ。どうですか、酒の臭い、しないでしょう？」

「当たり前だろ」

薬寺が面白くもなさそうに言う。

「朝っぱらから、このどんよりと重苦しい空気は何ですか、いったい？」

「……」

誰も返事をしない。

静寂。

が、パソコンのキーボードを休みなく叩く小さな音がする。佐藤美知太郎が一心不乱にパソコンを操作しているのだ。

「あれ？　お地蔵さんじゃないんですか」

「もう違う。今日は、ホームズ先生だよ」

あおいが言う。

「一日毎に豹変するのかよ。面倒臭い人だなあ」

「たとえ一日毎でも仕事ができるんだからいいじゃん。ポンコツのターミネーターとは違うよ」

「はい、スルーだ、スルー。おまえの相手なんかしてやらねえぞ。バカの相手をすると、こっちまでバカになっちまうからな。バカは伝染するんだ。栄太、ホームズ先生は何をしてるんだ？」

「よくわからないんですが、たぶん、昨日一日でどれくらい捜査が進んだかを確認しているのではないか、と思われます」

栄太が首を捻る。

「何が、『たぶん』だよ。本人に訊けばいいだろう。目の前にいるんだからよ」

「何も話してくれません」

「返事をしないってことか？」

「ええ」

「あり得ないだろう。ちょっと、すいません、ホームズ先生……いや、佐藤さん、そんなに熱心に何をしてらっしゃるのでしょうか？」

「……」

佐藤は糸居の顔を見ようともしない。

まるっきり無視である。

「いいんですか、班長、勝手なことをさせて。チームワークが乱れますよ」

「朝礼前だからね」

薬寺がちらりと壁の時計を見遣る。

「そろそろ時間か……。じゃあ、皆さん、さささっと朝礼を済ませましょうか。あ……坐ったままでいいわよ。わたしからは、特に連絡はないわ。仮払いが必要な人は早めに伝票を回してちょうだい。それくらいかしら……」

「大部屋の方、捜査は進んでるんですかね？」

糸居が訊く。

「向こうはこっちに、な～んにも教えてくれないからね。ブチさん、どうなのかしらね？」

薬寺が田淵に顔を向ける。

「これといった手がかりは何もつかんでないようです。向こうもロードバイクの線を洗っているみたいですね」

「うちから持っていった情報じゃん」

糸居が憤る。

「それから、高島ですが、精神鑑定を受けさせるらしいです」

田淵が言う。

「精神鑑定？」

「はい。頑固に黙秘しているというより、何もわからないのではないか、このまま通常の取り調べを続けても仕方ないのではないか……そんな見方をしているようです」

「高島の家族は見付かったのかしら？」

薬寺が首を捻る。

「奥多摩（おくたま）に実家があるようですが、母親は高島が小学生の頃、男を作って行方をくらましたらしく、今は父親と祖母が実家にいます。二人とも高島が何をしているのか知らないようですね」

「どうやって生活してたの？」

「ここ一年くらいは生活保護を受けていたようです」

「高島からは何も引き出せない、か」

「ブチさん、すごいパイプを持ってるんですね。大部屋の動き、完璧に把握してるんじゃないんですか？」

糸居が感心する。

「そんなことはないのよ。親切な後輩が何人かいるだけ」

田淵がにこっと笑う。

「柴山、自転車の線は、どうなのよ？」

薬寺があおいに訊く。

「情報待ちです」

「ふうん、情報待ちか。自転車は大部屋が先に何かつかむかもしれないわね。野次馬の分析は、どうなってるかしら？」

薬寺が糸居と栄太を順繰りに見る。一応、訊いてはみたものの、さして期待はしていないという顔である。

「あれ、無理でしょう。高島が逮捕された現場に集まった野次馬の中に人体パーツを買いに来た客がいるかもしれない……その推理は正しいかもしれませんが、何十人もいる中から、何の手がかりもなく、どうやって買い手を見付ければいいんですか？」

糸居がお手上げだという風に肩をすくめる。

「まあ、それもわからなくはないわね。わたしも昨日、写真を眺めてみたけど、取っかかりが何もないんだもの」

薬寺がうなずく。

「五人」

それまで黙りこくっていた佐藤がいきなり口を開く。

「あら、お地蔵さんがしゃべったわ。昨日は佐藤さんの声をひと言も聞けなかったもの。何だか、すごく新鮮。ところで、何が五人なの？」

「野次馬の中から、人体パーツの買い手である可能性のある者を五人選んだ」

「本当ですか。どうやってピックアップしたんですか？」

栄太が訊く。

「大部屋の捜査員たちの聞き込みによれば、逮捕された日以外に、あの公園で高島を見かけた者はいない。つまり、取引を常にあの公園で行っていたわけではなく、一回限りの取引に使っただけだ、と推測できる」

「ふむふむ、それなら、おれにもわかる」

糸居がうなずく。

「あの公園の防犯カメラの映像を二週間分取り出して、事件当日に現場付近にいた野次馬とだぶりがないか、顔認識ソフトを使って照合した」

「あ、やばい。わかんなくなってきた。栄太、わかりやすく解説してくれ」

糸居が顔を顰(しか)める。

「一回だけの取引だから、高島はあの公園に初めて行ったわけですよね？　そうすると、客も初めて行っただろうから、あの公園に何度も来ているような野次馬は客とは考えられない……そういう理屈だと思います」

「なるほど、わかりやすいな。そういうことですか、ホームズ先生？」

糸居が佐藤に訊く。

「あの日以外にも防犯カメラに映っている者を野次馬から除外したら五人残った」

「どうせなら、一ヶ月分くらい照合したらどうですか？　いや、二ヶ月分でも三ヶ月分でも。もっと絞り込むことができるかもしれませんよ、一人か二人に」

「残念ながら、公園の防犯カメラ映像は二週間分しか保存されていない」

佐藤が首を振る。

「その五人、どういう人たちなのかしら？」

「……」

佐藤は椅子から立ち上がるとホワイトボードに近付く。防犯カメラ映像をプリントアウトした写真がたくさん貼られている。何枚かの写真を選び、赤のマジックを手に取ると、五人の顔を丸で囲む。

「男三人、女二人、年齢はまちまち、か……」

田淵がつぶやく。

「この五人の中に買い手がいるかもしれないわけね？」

「空振りってこともあり得ますよね」

「だから、何？　刑事の仕事って、ほとんどが空振りじゃないの」

薬寺が睨む。

「おっしゃる通りです」

糸居が神妙にうなずく。

「佐藤さんのおかげで今日の捜査方針が決まったわね。ブチさん、糸居、白峰、柴山は、その五人の身元を突き止める。自転車に関して何か進展があれば、柴山と糸居は、そっちを調べる」

「え〜っ、もしかして、ターミネーターが相方ってことですか？」

あおいが露骨に嫌な顔をする。

「文句を言わない！」

薬寺がぴしゃりと言う。

「野次馬を絞り込んだ件、大部屋に教えるんですか？」

糸居が薬寺に訊く。

「別に隠すつもりはないけど、わざわざ、こっちから出向く必要もないよね。捜査が行き詰まったら、理事官が顔を出すでしょうから」

「いいっすね、大部屋を出し抜いてやりましょう」

糸居が、にっと笑う。

二七

「どうしたの、そんな顔をして？　台本が気に入らないって？」

光輝が訊く。光俊が電話していたのは、同じ劇団に所属する勝村という大学生だと承知している。勝村は熱心でやる気のある仲間だが、台本に口うるさく、しばしば修正を提案してくる。特に自分の台詞に関しては異常なほど敏感だし、出番が少ないと、もっと増やしてくれ、と露骨に要求してくる。

「それもあるけど、いつものことだから、どうってことはない。台本の話が終わってから、勝村が話したことが気になる」

「何さ？」

「あいつ、ロレンツォのことを口にした」

「え、勝村が？」

光輝が驚く。

「あいつ、ロードバイクに何の関心もないのに」

「そうさ、だから、おれもびっくりした。たぶん、ロレンツォなんて聞いたこともないはずだ。そんな男がいきなり、ネットで見たけど、瀬川さんたち、似たような自転車に乗ってるよね、なんて言い出した」

「ネットで見た？　あのサイトで？」

「いや、そうじゃないらしい。どうやら、あのサイト以外でも、あちこちで情報提供を呼びかけている者がいるらしい。たぶん、警察だろうけどな」

「そんなに大掛かりに捜してるなんて……」

「情報提供者に謝礼を提示しているところもあるらしい」

「警察がそんなことしていいのか？　おれたちを犯人だと決めつけてるみたいじゃん」

「もちろん、事件については何も触れていない。あくまでロレンツォに関する情報提供を呼びかけているだけだ。やり方が巧妙だよ」

「同じことだろ。ロレンツォの持ち主がわかれば、警察がここに来るよ。捕まったら、やばくね？」

「やばいさ」

「逃げる？」

「確かに、ここでじっとしているのも間が抜けてるよな。びくびくして暮らすのは嫌だ」

「ハワイにでも行く？」

「は？　真面目に言ってるのか」

「ネットなら、ハワイでもチェックできるじゃん。日本のニュースも見られるし」

「マジでやばくなったら諦めるしかないけどな」

「ハワイにいれば、すぐに逮捕はされないだろう？　のんびりする時間はあるじゃん。金髪美人もナンパできるし」

「おまえ、意外とのんきだな」

「捕まりたくはないけど、たとえ捕まったとしても、大して重い罪にはならないんじゃないかな？　人殺しなんかしてないし」

「主犯じゃないしな」

「手先だよ、下っ端。やばいのは樺沢さんだろ。樺沢さんと、やばいことをしてる奴」

「おれたちには執行猶予がつくかもな」

「ついたら楽勝だね」

「やっぱり、ハワイか？」

「そうそう、ハワイ、ハワイ」

「となると、先立つものは金だな」

「貯金、どれくらいある？」

「一五〇万くらいかな。今回の分は、まだもらってないから、それを除いて」

「もらえるんだよね？」

「くれると言ったよ。取引の失敗は、おれたちのせいじゃないからな」

「もらおうよ。貯金と合わせれば三五〇万、それだけあれば、そこそこ贅沢な旅行ができるんじゃないかな」

「悪くないな」

「交渉してよ」

「よし、樺沢さんに連絡する」

光俊がうなずく。

第三部　SECRET　MISSION

一

四月九日（金曜日）

特殊捜査班。

まだ朝礼の一〇分前だが、メンバー六人は顔を揃えている。薬寺、田淵、糸居、栄太、あおいの五人は、じっと佐藤を見つめている。

佐藤は出勤してきてから、ひと言も口を利いていない。自分の席に坐ると、肩を落としてうつむき、身じろぎもしない。誰とも目を合わせない。

「どうなのかしら……？」

薬寺がつぶやく。

「何とも言えませんねえ」

田淵が首を捻る。

「お」

　糸居が声を発する。

　佐藤が顔を上げ、パソコンの電源スイッチを押したからだ。

「動いたわ」

「お地蔵さんではないようですね」

「ということは、ホームズ先生か。よかったじゃないですか」

　糸居が薬寺に顔を向ける。

「一日毎に豹変するわけではないのね。とりあえず、ひと安心だわ」

　薬寺が安堵の吐息を洩らす。

「不規則に豹変するというのは、何日も続けてお地蔵さんになることもあり得るということかもしれませんね。あるいは、天気や気圧によって変わるとか」

「嫌なことを言うわね」

　薬寺が糸居を睨む。

「できれば、この事件が解決するまではホームズ先生でいてほしいですね」

　栄太が言う。

「そう願いたいわ。じゃあ、さっさと朝礼をしましょうか……」

　事務的な報告を手早く済ませると、薬寺が捜査方針の確認を行う。

「ロードバイクに関する情報提供をネットで呼びかけたところ、何件か有力な情報が寄せられているらしいので、朝礼が終わったら、早速、その確認に行こうと思います」

あおいが言うと、

「了解、糸居と二人で行って」

「え？　マジですか」

あおいが露骨に嫌な顔をする。

「田淵さんか白峰さんで……」

「文句を言わな〜い。はい、次」

「昨日、佐藤さんが人体パーツの買い手を五人に絞り込んでくれました」

「え〜っと……」

「男三人、女二人です」

田淵が答える。

「そうだったわね」

「高島が逮捕された公園に出向いて、その近辺の聞き込みをしようかと思います」

「じゃあ、ブチさんと白峰。あとは……」

薬寺が佐藤に視線を投げかける。

佐藤の目はパソコンの画面に向けられたまま動かない。

「何か付け加えることがあれば教えてほしいんだけど、何かないかなあ、佐藤さん？」

「……」

「ない、か」

薬寺が溜息をついたとき、突然、佐藤が顔を上げて話し始める。

「ロードバイクと人体パーツの買い手については、ここから先は足を使って調べることが必要になる。もちろん、情報分析は続けるが、それだけでは不十分だ」

「うんうん、その通りだわ」

薬寺がうなずく。

「この犯人……いや、犯罪グループといった方がいいだろうが、このグループは今までにも似たようなやり方で女性を拉致している可能性が高い。というか、ほぼ確実だ。なぜなら、人体パーツを商品として販売するには継続的な供給が必要になるからだ。今回の被害者、荒川真奈美さんも、当初、ただの家出人扱いで事件性はないと判断された。だから、捜査もされなかった」

「捜索願は出されているものの、荒川さんのように一般的な家出人扱いとして処理されたまま埋もれている被害者が他にもいる、と言いたいわけね？」

「そうだ」

「で、佐藤さんは、その掘り起こしをする？」

「……」

佐藤は返事をせず、またパソコンの操作を始める。

「というわけです。わたしは、ここに残って佐藤さんをサポートするわ。一人にするのは、ちょっと心配だしね。じゃあ……」

「おお、やってるじゃないか。どんな塩梅だ？」

にこにこしながら、火野理事官が部屋に入ってくる。

「おはようございます、理事官。何か、ご用ですか？」

薬寺が訊く。

「そんな改まった言い方をするな。おまえらの顔を見に来ただけだよ」

わははははっ、と火野が笑う。

「コーヒーでもいかがですか？」

「悪いな、もらおうか」

「すぐに」

コーヒーメーカーに近付きながら、薬寺が佐藤以外の四人に目で合図する。さっさと出かけろ、というのだ。

二

糸居とあおいは車で移動している。

あおいが運転し、糸居が助手席に坐っている。

「浅草に行くだけなら車でもいいけど、たぶん、そこからロードバイクの目撃場所に移動だよ。車より電車の方がフットワークが軽いのに」

「おれ、電車嫌いだから」

「だから、来なくていいって言ったじゃん」

あおいが口を尖らせる。

「スルー、スルー」

糸居は軽く聞き流す。

それきり二人は浅草の時田サイクルに着くまで口を利かなかった。


「これなんだけどね……」

時田サイクルに着くと、待ち構えていた佐伯琢磨が用紙の束をあおいに差し出す。琢磨の呼びかけに反応して、琢磨の元に寄せられたコメントをパソコンからプリントアウトしたものである。全部で二〇枚くらいはありそうだ。

「へえ、こんなに集まったんだ」

あおいが束を受け取りながら驚く。

「マニアックな自転車ファンの多いサイトだから、すぐに反応があった。一度でもロレンツォを見れば、なかなか忘れられないからね」

「ありがとう。助かる」

「役に立つかどうかわからないんだけど……」

琢磨がもう一枚の紙を差し出す。

「何？」

あおいが受け取る。世田谷区の地図である。赤い印がいくつもマーキングしてある。

「ロレンツォが目撃された場所に印をつけてみた。横に日付も書いておいた。中には日付を覚えていないという人もいたけど」

「ふうん……」

あおいが地図を見る。横から糸居も覗き込む。

「山手通りと環七の間が多い感じね」

「井の頭線の沿線もね」

「てことは、ロードバイク野郎たちのねぐらは、北沢、代田、代沢あたりってことだな。よし、下北に行くか」

糸居が言う。

「そうね。下北あたりから聞き込みを始めるのがいいかもしれない」

あおいがうなずく。

琢磨に礼を述べ、薬寺に連絡を入れると、早速、二人は下北沢に向かう。

道路が混んでいて、何度も渋滞に引っ掛かったせいで、一時間二〇分くらいかかった。

コインパーキングに駐車しながら、

「だから、電車の方がいいと言ったのに」

あおいが口を尖らせる。

電車なら、浅草から下北沢まで四五分くらいだ。

「乗り換えが面倒だろ。下北から他の場所に移動するときだって車の方が便利なんだよ」

あおいの苦情を右の耳から左の耳に聞き流して、糸居が車から降りる。

駅に向かって歩いて行く。

しばらくすると糸居が足を止め、

「気が付いてるか？」

「うん」

あおいがうなずく。

さっきから、やたらと制服警官の姿が目に付く。

それだけではない。私服刑事も多い。服装や雰囲気でわかるのだ。地味なスーツ姿の二人組が鋭い目つきで周囲に視線を走らせていれば、ほぼ確実に刑事である。素人でもわかる。

「下北で何か大きな事件が起こったなんて聞いてるか？」

「知らない」

「あ……」

「何？」

「あのパチンコ屋の前で電話してるおっさん、あいつ、大部屋にいたぜ」

「本庁の捜査一課が出てきてるってこと？」

「嫌な感じだな。あの理事官、おれたちの電話を盗聴してるんじゃねえか？」

「班長に訊いてみる」

あおいが携帯を取り出す。

「あ……班長、柴山です。今、下北沢なんですけど……」

やたらに制服警官や私服刑事が多いような気がするのですが、何か大きな事件でもあったのでしょうか、と質問する。

「え」

と一声発して、あおいの表情が強張る。わかりました、と沈んだ声で言うと、携帯を切る。

「どうした、やっぱり、何かあったのか？」

糸居が訊く。

「うん……」

特殊捜査班が独自に入手した捜査情報を、薬寺が火野理事官にすべてしゃべってしまった。だから、大量の捜査員と制服警官が下北沢周辺に送り込まれた、とあおいが言う。

「は？　何だ、それ、おかしいだろ。班長、何を考えてるんだ」

「わたしに怒らないでよ。わたしだって腹が立ってるんだから」

「珍しくおまえと気が合ったな。で、これから、どうする？　帰るか」

「わたしはロレンツォを捜すよ」

「あっちは人海戦術だぜ」

「嫌なら帰りなよ。一人で調べるから」

糸居を置き去りにして、あおいが歩き出す。

「おいおい、待てって」

慌てて後を追う。

三

田淵と栄太は高島が逮捕された現場に電車で向かった。霞ケ関から日比谷線に乗り、日比谷で都営三田線に乗り換えれば、乗り継ぎが悪くても芝公園まで一五分くらいしかからない。車を使うより、ずっと早い。

電車に揺られながら、

「白峰君」

「はい」

「遠慮しなくていいんだからね」

「え……何のことですか？」

「わたしと組むのが嫌なら、はっきり言ってくれていいのよ。それで傷つくほど初じゃないんだから」

「とんでもないです。大先輩にいろいろ教えていただきたいです。それに……」

「何？」

「は、はい」

栄太がごくりと生唾を飲み込む。

「ここに異動するまで中野署の刑事課にいましたが、実は殺人事件を扱ったことがありません」

「まあ、そうだったの」

「田淵さんの足を引っ張らないように努力するので、どうかよろしくお願いします」

頭を下げる。

「謙虚でよろしい」

田淵がにこっと笑う。

駅の周辺で聞き込みをしてから、田淵と栄太は高島が逮捕された公園に向かった。警視庁を出てから、すでに二時間近く経っている。ここでも、下北沢と同じように制服警官と私服刑事が聞き込みをしている。田淵と顔馴染みの大部屋の捜査員たちもうろうろしている。

「どうやら、わたしたちがやろうとしていることを先にやっているようね」

捜査員たちが写真を手にしているのを見て、田淵がつぶやく。携帯を取り出して薬寺に電話をかける。

「田淵です。はい、例の公園にいるのですが……」

しばらく薬寺と話して携帯を切る。ふっと小さな溜息をつくと、

「佐藤さんの分析結果を、班長が理事官に話してしまったらしいわ」

「だから、あんなに捜査員が……。なぜ、話したんでしょうか？」

「こちらの情報を探ろうとして、理事官がしつこかったらしいわ。大部屋の方も手詰まりなんでしょうね。仕方ないわよ。あの人、本当にしつこいから」

田淵が顔を顰める。

「どうします？」

「与えられた仕事をするだけよ。あ……ちょっと待って」

着信音がしたので携帯を取り出し、メールをチェックする。

「ふうん、さすが大部屋の捜査員は仕事が早いわね」

「どうしたんですか？」

「五人のうち二人の身元がわかったみたいよ。これからきっちり裏付けを取るらしいけど、今のところ事件と関係はなさそうだって。これで、男一人、女一人を除外できる。残りは三人ね」

「大部屋にいる後輩からのメールですか？」

「そうよ。こっちが流した情報が、こういう形で戻ってくるとありがたいわね。おかげで仕事が楽になったわ。さあ、わたしたちも始めましょうか」

四

「はい」

樺沢が電話に出る。

「おれです」

「……」

「聞いてますか？」

「光俊か」

「ええ」

「よほどのことがない限り、電話しない約束だぞ」

「それを承知で電話したんです」

「何があった？」

「警察がおれと光輝を捜してるみたいなんですよ」

「おまえたちを警察が？　本当か？」

「厳密に言うと、おれたちが乗っているロードバイクを捜してるんですが、珍しいロードバイクなんで、おれたちが持ち主だってことは、すぐにばれます。何しろ、自転車関係のサイトに写真を載せて、かなり大がかりに捜してるみたいですから」

「サイトに写真だと？　なぜ、そんなことに……」

「公園の防犯カメラですよ」

「防犯カメラ？」

「あの『店員』が逮捕された公園です。おれと光輝は遠巻きに様子を窺ってました。そのときの写真だから、公園の防犯カメラが撮影したものでしょう」

「だから、なぜ、おまえたちが『店員』の仲間だとばれたんだ？」

「それはわかりませんが、とにかく、警察がおれたちを必死に捜しているのは間違いないんですよ。だから、金をもらいたいんです」

「心配するな。ちゃんと払う。そう言ったはずだぞ」

「疑ってるわけじゃないんです。すぐに払ってほしいとお願いしてるんです」

「いつもは月末に払ってるぞ。こっちにも都合があるからな」

「まさか、二〇〇万くらいの金を用意できないなんて言いませんよね？」

「なるべく早く用意して連絡する。今日は金曜日だから、週明けでいいか？」

「なるべく早くお願いしますよ」

「わかった」

電話を切ると、樺沢は椅子にもたれて深い溜息をつく。表情は渋い。

（自転車か……）

まさか、そんなところに警察の手が伸びるとは予想もしていなかった。なぜ、警察に目を付けられたのか、その理由は樺沢にもわからないが、理由など、どうでもいい。

万が一、双子の兄弟が逮捕されるようなことになれば、樺沢もただでは済まなくなる。だからといって高島のように、そう簡単に切り捨てることができない。親戚だからというだけでなく、ある程度の秘密を知られているからだ。

「まずい、まずいな……」

何度も溜息をつきながら、どうしたものかと樺沢は思案を重ねる。

五

午後六時過ぎに糸居とあおい、田淵と栄太が数分違いで特殊捜査班に戻ってくる。

「あれ、班長一人ですか？　ホームズ先生は……」

糸居が訊く。

「定時に帰ったわよ」

薬寺がむすっとした顔で答える。

「マジですか。こんなときに」

「帰ったというか、帰るように強制したんだけどね。警察庁の知り合いに教えてもらったんだけど、佐藤さん、無理をさせると壊れるらしいのよ」

「壊れるって……お地蔵さんになるってことですか？」

「そういうこと。頭がよすぎて、常にいろいろなことを考えてるから、がんばりすぎると頭がオーバーヒートするらしいのよね。だから、ほどほどに仕事をさせないとダメらしいの。残業は危険なのよ」

「活躍はするけど時間制限があるなんて、何だか、ウルトラマンみたいだなあ」

「仕方ないわよ、人それぞれだもの。ところで、どうだったの、外回りは？」

「どうだったの、じゃありませんよ。大部屋の連中が先回りして、しかも、所轄の警官まで動員して聞き込みをしてるんですから、こっちの出番なんかありませんよ。写真を見せて聞き込みをしても、さっき別の刑事さんにお話ししましたよ、なんて言われるんですからね。天下の本庁捜査一課がセコい真似をするぜ。また手柄の横取りだ」

糸居が憤る。

「少しでも早く事件が解決できるのなら、情報を共有すべきじゃないか、という気持ちだったのよね。同じ捜査一課に所属しているわけだし。でも、正直、自分の判断に自信はないわ。情報を手に入れたときの理事官の嬉しそうな顔を思い出すとムカつくしね」

薬寺が顔を顰める。

「班長の判断は間違ってないと思います。被害者が生存している可能性があるのですから、犯人逮捕のために捜査陣は力を合わせて、一刻も早い事件解決を目指すべきです。

もちろん、班長がムカつく気持ちは誰よりもわかるつもりです。何年も、あの顔を見てきましたから」

田淵が慰めるように言う。

「そう言ってもらえると嬉しいわ」

薬寺がにこっと笑う。

「忘れないうちにお願いですが」

「何かしら？」

「今日の聞き込み、ちょっと消化不良だったので、明日、休出したいのですが構いませんか？」

「ええ、もちろん」

「あ……ぼくも、そうします。そのつもりでした」

栄太が言う。

「みんな、仕事熱心なんだなあ」

糸居が感心する。

「あんたは休んでいいよ」

あおいが言う。

「おまえは？」

「わたしは出る」

「おれだけ仲間外れにするつもりだな。そうはいくか。おれも出る」

「鬱陶しい。今日だって大して……いや、大してじゃないな。全然役に立ってない」

あおいが溜息をついたところに、ふらりと佐藤が戻ってくる。

「あれ、どうしたの、佐藤さん、何か忘れ物？」

薬寺が訊く。

「……」

こちらに顔も向けず、返事もせず、佐藤が自分の席に着き、パソコンを起動させる。

まるで他のメンバーなど存在していないかのような傍若無人な態度である。

薬寺たちも佐藤の変人振りに慣れてきたせいか、一般常識が欠落している佐藤の振る舞いにいちいち腹を立てたりはしない。

「田淵・白峰チームはあまり収穫がなかったようだけど、柴山・糸居チームは、どうかしら……」

薬寺が促すと、あおいが話し始める。時田サイクルでロレンツォの目撃情報を手に入れ、それをもとに下北沢周辺で聞き込みをしたが、さして収穫はなかった、と話す。

あおいの話が終わると、

「地図」

パソコンの画面を見つめたまま佐藤が言う。

「え？」

「その地図が見たい」

「ああ……」

どうぞ、とあおいが地図を差し出す。ロレンツォが目撃された場所を佐伯琢磨がマーキングした地図である。

「……」

佐藤が地図に新たなマーキングを加えていく。

「あの〜、何をしてるか説明してもらえると嬉しいんだけど」

薬寺が遠慮がちに言う。

「目撃情報の提供を呼びかけたのは、柴山さんの知り合いだけではない。大部屋の方でも独自に自転車関係のサイトで呼びかけを行っている」

「え、そうなの？　理事官、何も言ってなかったわよ」

薬寺が驚く。

「それほど多くの情報は集まっていないようだが、その目撃情報を書き加えれば、より精度の高い地図になるはずだ」

マーキングしながら、佐藤が説明する。

「ホームズ先生、どうして大部屋の動きを知ってるんですか？」

糸居が不思議そうな顔をする。

「秘密情報にアクセスする権限があるからでしょ」

あおいが言う。

佐藤は作業を続け、マーキングが終わると、コンパスを取り出す。地図上に円を描く。

「最初の地図では、北沢、代田、代沢あたりの目撃情報が多かったから、糸居君と柴山さんが下北沢中心に聞き込みをした判断は間違ってはいない。しかし、大部屋情報では駒場（こまば）公園の近くでも何度か目撃されている。それを踏まえると、下北沢中心ではなく、池ノ上中心に聞き込みをするべきだろう」

「その円は何です？」

糸居が訊く。

「駅を中心とする半径二〇〇メートルの円だ。この範囲内で聞き込みをすればいい」

「なぜ、二〇〇メートルなんですか？　どんな意味があるんですか？」

「このロードバイクは、かなり珍しく高価なものだ。そう簡単に買えるものではない。当然ながら、持ち主は貧乏ではない。かなりの収入があるか、もしくは多額の財産を所有しているのだろう。趣味に大金を費やすことができるのならば、衣食住にもそれなりに金をかけていると想像できる。アパートであれ、マンションであれ、賃貸であれば、その家賃が部屋の広さによって変わるのは当然だが、もうひとつ、駅からの距離によっても大きく変わってくる」

「金持ちであれば、駅の近くに部屋を借りているか、部屋を所有している……そういうことですか？」

栄太が訊く。

「何だか、すごく単純に聞こえるんですが、それで見付かるのかなあ」

糸居が首を捻る。

「その範囲内で見付からなければ、範囲を拡大して調べることになるが、恐らく、その頃には大部屋と所轄の捜査員がそのあたりを虱潰しに捜すだろうから、君たちの出番は完全になくなる」

「それって、つまり……」

「明日と明後日、休日出勤して捜査するのであれば、その範囲に絞って捜査すべきだ、とアドバイスしているのだ。休日出勤しないのであれば、わたしのアドバイスは無意味だ。忘れてくれ」

「はあ、アドバイスですか。それは、どうも」

糸居が苦笑する。

「笑い事じゃないよ。あんたは佐藤さんのアドバイスを真剣に聞いた方がいい。少しは、みんなの役に立つことを考えなよ」

佐藤の差し出す地図をホワイトボードに貼りながら、あおいが糸居を睨む。

「白峰君、写真を」

佐藤が栄太に言う。

「え」

「三人の写真。五人のうち二人は人体パーツの買い手ではないと判明したわけだから、残りは三人……」

「これです」

栄太が写真を三枚差し出す。野次馬の集合写真から、その人物の顔の部分だけを拡大して取り出したものだ。そのせいで、かなりぼやけている。

「いや、ホワイトボードに貼ってほしい」

「はい」

栄太が地図の横に三枚の写真を並べて貼る。

一人は、三〇代くらいの顔色の悪い金髪の男。

一人は、四〇代半ばくらいの地味な女性。

一人は、三〇歳前後のビジネスマン風の小柄で太った男。

「これも頼む」

佐藤が別の二枚の写真を渡す。金髪の男と中年女性の全身が写っている。

「あれ、こんな写真があったんですか?」

「駅から公園までの道路沿いにある防犯カメラを虱潰しに調べ直した。今ひとつ、顔の部分がはっきりしないが、顔以外の特徴が一致するから、その二人に間違いないだろう。残念ながら、もう一人の男の全身写真は見つけられなかった。集合写真では、かろうじて胸のあたりが写っているだけだ」

「全身写真があるとイメージが変わってきますね」

ホワイトボードに写真を貼りながら、栄太が言う。

「そうね。顔写真はぼやけているから、全身写真があると助かるわ。明日（あした）の聞き込みが少しは楽になりそうね」

田淵がうなずく。

「闇雲に聞き込みをするつもりなら、それは大部屋に任せた方がいい。向こうの方が圧倒的に人手が多いわけだから」

佐藤が椅子を回して、体をホワイトボードに向ける。どうということのない動作に過ぎないが、佐藤に関して言えば、かなり珍しい動作なので、薬寺と糸居が、おっ、という顔で両目を大きく見開く。

「どういう聞き込みをすればいいんでしょうか？」

栄太が訊く。

「その女性だが……」

「はい」

「公園から東に四〇〇メートルほど行ったところにスーパーマーケットがある。有機野菜や輸入食品を中心に扱う高級店だ。そこの店員だ」

「は？」

糸居が首を捻る。

「何で、そんなことがわかるんですか？」

「踵の低いサンダルを履いているのは、足が疲れないようにという配慮だろう。立ち仕事をしているのだと推測できる」

「それなら、おれにもわかりそうです。でも、立ち仕事なら店員以外いくらでも……」

「全身写真の手許に注目してほしい。わかりにくいかもしれないが、あれは折り畳んだバッグだ。しかも、バッグの中身がわずかに見える。つまり、透明なビニールバッグを抱えて歩いているということだ」

「ああ、そうか」

薬寺がぽんと両手を打ち合わせる。

「デパートやショッピングモールでは、店から商品を持ち出したりできないように透明なバッグを持つことを店員に義務づけているところが多いものね」

「公園の近くには、そのスーパーマーケットしかないんですか？」

栄太が訊く。

「いや、公園の半径五〇〇メートル以内には、スーパーマーケットが四つある」

佐藤が答える。

「さっきの言い方だと、ひとつに絞っているような感じでしたが……」

「そうだ。全身写真を見ると、薄手のカーディガンを羽織っているのがわかる。襟元に注目してほしい。白いカラーが見える。肉眼ではわかりにくいだろうが、専用のソフトで解像度を上げて調べた結果、細いブルーのラインが入っていることがわかった」

「その店の制服ですか？」

「そうだ」

「なるほど、そこまでは、おれにもわからない」

　糸居が納得する。

「金髪の男性だが……」

「ミュージシャンみたいだな」

　糸居がつぶやく。

「顔色が悪くて疲れて見える。ひょろっとして、モヤシみたいだ。マジで、ミュージシャンですかね？」

「違う。断定はできないが、たぶん、違う」

「その根拠は？」

「手ぶらだ。ミュージシャンなら、何か楽器を持っているだろう」

「ホームズ先生にしては根拠が薄弱だなあ。ギタリストやトランペッターなら楽器を持っているかもしれませんが、ドラマーやピアニストだったら手ぶらでも不思議はないでしょう。自分で持ち歩けないんだから」

「足元に注目してほしい。黒っぽいブーツを履いている」

「ますます、ミュージシャンぽいな」

「あんた、しつこいよ」

あおいが舌打ちする。

「左の爪先に微かに白っぽいものが付着している。右足には見えないから、ブーツの模様とか装飾ではない。画像解析してみた」

「何だったんですか？」

「恐らく、吐瀉物だ」

「トシャブツ？　何、それ？」

糸居が首を捻る。

「ゲロってことだよ」

あおいが言う。

「ああ、ゲロか。ゲロならゲロって言ってくれれば、おれにだってわかるのにな。頭がいい人は、すぐに難しい言葉を使いたがるから困るぜ」

「別に難しくないから」

あおいが溜息をつく。

「で、ブーツの先にゲロが付いてると、何がわかるんですか？」

糸居が佐藤に訊く。

「顔色が悪いから自分で吐いたのかもしれない。そうだとすれば、どこかで酒を飲んで朝帰りしたということだ。自分が吐いたのではなく、一緒に酒を飲んだ友達や知り合い、あるいは客が吐いたのを介抱し、そのときに吐瀉物が付着したとも考えられる」

「客って何ですか？」

「この男が水商売を生業としているかもしれないという意味だ」

「ナリワイ？」

また糸居が首を捻る。

「職業ってことだよ」

あおいが言う。

「ああ、そうか」

「でも、この時間帯の公園の防犯カメラには、この日以外は映っていなかったわけよね？」

薬寺が訊く。

「いつもは、もっと早い電車を使っているとか、電車のない時間帯に帰宅するのでタクシーを使っているとか、可能性としてはいろいろ考えられる。もし水商売が生業ならば、出勤は夜だろう。念のために、この前日の夕方六時から一〇時くらいまでの駅近辺の防犯カメラを分析してみた。白峰君」

「はい」

「これをボードに貼ってくれないか」

「わかりました」

佐藤が差し出したA4サイズの写真を、栄太がホワイトボードに貼る。金髪の男が背中を丸めて歩いている姿が写っている。

「おお、ミュージシャン」

「違うって」

あおいが糸居を見て嫌な顔をする。

「前日の夜に駅の近くにいたということね？　何時頃なのかしら？」

田淵が訊く。

「午後八時過ぎだ。念のために、その前々日の同じ時間帯、同じ防犯カメラの映像を調べたら、やはり、その男が映っていた」

「ということは、明日の夜八時頃、その防犯カメラのある場所に行けば、その男に会うことができるかもしれないわね」

「その必要はない」

「どういう意味？」

薬寺が訊く。

「スーパーマーケットの店員と金髪の男性は、恐らく人体パーツの買い手ではない。もちろん、断言はできないから調べなければならないが、それは大部屋の捜査員に任せればいい」

「ということは……」

糸居が椅子から立ち上がり、ホワイトボードに近付く。

「わたしが推理しましょう。犯人は……」

ビジネスマン風の小柄で太った男の写真を指差し、

「この男だ！　こいつが人体パーツの買い手です。ね、そうでしょう、ホームズ先生？」

「……」

佐藤は何も答えず、うつむいている。

「あれ？　おれ、なんか悪いこと言った？」

「あ〜あ、勝手なことを言い出すからだよ」

あおいが糸居に冷たい目を向ける。

「ちょっとふざけただけだろ。気を悪くしないで下さいよ」

「あわわわっ！」

突然、佐藤が全身をぶるぶる震わせる。

「え？　発作？」

薬寺が慌てる。

「あわわわっ！」

「救急車を呼びますか？」

栄太が電話に手を伸ばす。

と、ぴたりと佐藤の震えが止まる。

「大丈夫、佐藤さん？　ひどい汗だけど」

田淵が心配そうに佐藤の顔を覗き込む。

「……」

佐藤は返事をせず、黙ったまま立ち上がる。鞄を手にすると、そのまま部屋を出て行く。他の五人は呆然と見送る。

糸居がハッとして、

「呼び戻さないと」

と部屋から出て行こうとする。

「待って」

薬寺が止める。

「いいんですか、まだ話の途中ですよ。三人目について何も聞いてない」

「ダメよ、ダメダメ！」

薬寺が何度も首を振る。

「きっとがんばりすぎて頭がオーバーヒート寸前なのよ」

「なるほど、カラータイマーが点滅したってことですね？」

「今、お地蔵さんになられたら困る。すごく困る。だから、放っておきましょう」

「それで、いいんですか？」

「だって、お地蔵さんになられたら、いつ元に戻るかわからないじゃないの」

「明日、出てきてくれますかね？」

あおいが訊く。

「わからないわね。あの状態になったら、何を考えてるのか見当もつかないから。まあ、普段でも何を考えてるのかわからないんだけどさ……」

薬寺が溜息をつく。

「土日に休まれると、三人目の手がかりが得られるのは月曜ということになりますね……」

困りましたねえ、と田淵がつぶやく。

「祈るのよ！」

突然、薬寺が大きな声を出す。

「は？　何を祈るんですか？」

「佐藤さんが、明日、休日出勤してくれることを祈るのよ。もちろん、お地蔵さんではなく、ホームズ先生としての出勤じゃないとダメよ」

「たまには、おれたちが手がかりを見付けるか」

糸居がビジネスマン風の男の写真を指でとんとんと叩く。

「この人が何者なのか、あんた、手がかりを見付けられるの？」

あおいが目を細めて糸居を見る。

「やっぱり、無理かな。全然わからない。ただの不細工なデブにしか見えない」

糸居が首を振る。

「ところで、班長、スーパーの女性と金髪の男性、どうします？　佐藤さんの言うように、大部屋に任せますか？」

田淵が訊く。

「そうねえ。みすみす手柄を渡すことになるかもしれないけど、できるだけ早く犯人を見付けるには、その方がいいかもしれないわね」

薬寺はうなずき、じゃあ、わたしたちも帰りましょうか、と言う。

「ホームズ先生がいないと何もできないからなあ。しかし、あの人、ろくにしゃべらないくせに、どんどん存在感が大きくなってる気がするなあ」

なぜだ、と糸居が腕組みして首を捻る。

「だって、仕事ができるじゃん。佐藤さん、すごいよ」

あおいが真剣な顔で何度もうなずく。

六

夜道を松岡花梨が歩いている。

と、不意に立ち止まる。

くーん、くーん、という悲しげな声が公園の中から聞こえてきたからだ。どうしたんだろう、捨て犬がお腹を空かしているのか……首を捻りながら、公園の中を覗く。外灯の下に白い犬が横向きに倒れているのが見える。

近くに人の姿はない。

野良犬だろうか、最近、野良犬を見ることはほとんどないけど……そんなことを考えながら、花梨は犬に近付いていく。

バイト帰りで夜も遅い。駅から自宅までの道も、周囲に一戸建てやマンション、アパートが建ち並んではいるものの、人通りはほとんどない。

以前、見るからに怪しげな男に駅から後をつけられたこともある。直接的な被害に遭ったわけではないが、それ以来、常に用心している。ジーンズにスニーカーという姿なのは、いざというときに走って逃げるためだ。バッグには防犯ブザーと唐辛子スプレーを忍ばせている。

人間が倒れているのであれば、花梨は決して近付かなかったはずだ。放っておけないと思えば、警察か消防に通報するだろうが、自分一人で何とかしようとは考えない。人間は信用ならないからだ。痴漢やひったくりに注意することを促す警察の看板が駅から自宅まで路肩に何枚も立っているような地域なのである。

だが、相手は犬である。警戒心が緩んだ。

白いフレンチブルドッグがお腹を見せて悲しげに鳴いている。

「どうしたの、どこか痛いの？」

声をかけながら花梨がしゃがみ込むと、犬が花梨の手に鼻先を押しつけてくる。

「きれいな子だし、首輪も付けているわね。飼い主さん、どこに行っちゃった？」

小首を傾げたとき、背後で音がした。

花梨がハッとして振り返る。

が、すぐに緊張感が緩む。

左足にギプスをはめ、松葉杖（まつばづえ）をついた男だったからだ。とても痴漢やひったくりには見えない。

「すいません、うちの犬です。マリアといいます」

宍戸浩介である。

「どうかしたんですか、マリアちゃん、何だか具合が悪そうですけど……」

「散歩させてたら急に元気がなくなって……。あまり丈夫な子じゃないんです。すぐに抱いて連れて帰ればよかったんですが、今はこんな体なんで、それもできず、急いで家に戻って車を取ってきたんです。左足が動かなくても車の運転はできますから。できるだけ急いだんですが、それでも三〇分くらいかかってしまって……。ごめんな、マリア、待たせちゃって。お医者さんのところに行こうな」

「こんな時間に獣医さんが診てくれるんですか？」

「何とか、知り合いの獣医さんにお願いして診てもらいます。朝までは待てませんから」

「そうですね」

「行くぞ、マリア」

浩介がマリアを起こそうとするが、マリアは悲しそうに見上げるだけだ。

「仕方ないな」

浩介が膝をついて、マリアを抱こうとする。体勢が崩れて、転んでしまう。

「大丈夫ですか？」

花梨が浩介を助け起こす。

「すいません、ギプスが邪魔で」

「車、近くに停めたんですか？」

「ええ、すぐそこです」

「わたしが抱いていきますよ」

「とんでもない。申し訳ないです。この子、一二キロもあるんですよ。重いですから」

「だけど、足を怪我して松葉杖をついているのに抱いていけませんよ。任せて下さい。マリアちゃん、お姉さんが抱っこしてもいいかな？」

花梨が話しかけると、マリアが甘える仕草をする。

「ありがとうございます。それでは、お言葉に甘えさせていただきます」

浩介が松葉杖をついて、ゆっくり歩き出す。

その後ろを、マリアを抱いた花梨がついていく。

公園の入口から三〇メートルほど進み、右に曲がって小路に入る。

冷静に考えれば、具合の悪いマリアを車に乗せるだけなら、公園の横に車を停めればいい。わざわざ公園から離れた場所に、しかも、薄暗い小路に停めるのは不自然だと花梨も疑ったはずだ。

しかし、抱っこしたマリアが花梨をぺろぺろなめて甘えるので、それに気を取られて疑うのを忘れた。まさか防犯カメラに車が映らないように、車を停める場所を慎重に選んだなどとは花梨は想像もできなかったであろう。

いつもは用心深い花梨が、これほど不用心になってしまったのは、相手の警戒心を緩める術を浩介が熟知していたからに他ならない。どれほど用心深く、警戒心の強い女性でも、怪我人には優しくなるし、愛らしい動物には心を許してしまうものなのだ。

浩介が後部座席のドアを開ける。

「シートに寝かせていただけますか？」

「はい。マリアちゃん、ここに寝てね」

花梨がマリアをシートに置いたとき、浩介が花梨の首筋にスタンガンを押しつける。

一瞬、大きく体を震わせると、花梨は声も上げずに気を失う。

「マリア、フロント」

浩介が声をかけると、マリアが助手席に移動する。

後部座席に花梨を横たえると、口をガムテープで塞ぎ、ビニール紐で後ろ手に縛る。両足も縛る。これまでの経験から意識を取り戻すのに三〇分以上かかるとわかっている。

意識が戻っても頭が朦朧として、すぐに体を動かすことはできないはずである。そのときに、もう一度、スタンガンを使えば、更に一時間くらいは気絶させておくことができる。家に帰るには十分な時間だ。

浩介は後部座席の床に松葉杖を置く。ギプスも外して、松葉杖の横に並べる。薄手のタオルケットで花梨の全身を覆い隠す。

運転席に坐り、エンジンをかける。マリアが小さく鳴き、浩介を見て、尻尾を激しく振る。

「ああ、そうだったな。ごめん、ごめん」

ポケットから犬用のジャーキーを取り出して与える。ご褒美である。

「えらいぞ、マリア。今日も、よくがんばったな」

いつもより多めにジャーキーを与える。当然だ。それほどマリアの演技は素晴らしかった。

その二時間後……。

宍戸浩介は熱いコーヒーを飲みながら、椅子に腰掛けている。

自宅の地下室である。部屋の中央にふたつの大きな檻が並んでいる。

左側の檻には荒川真奈美が入っている。ベッドに横になっている。左耳と左の薬指を切断してからというもの、いつも寝たきりだ。そんな状態が数日続いている。言葉を発することもなく、目は虚ろだ。痛み止めと抗生物質を大量に与えているので意識が朦朧としているせいもあるが、それだけが理由ではない。生きる気力をすっかり失っているのだ。食事も自発的に食べようとせず、水も飲まない。放っておくと衰弱死してしまいそうなので、一昨日から、朝と夜の二度、ブドウ糖の点滴をし、強引に水も飲ませている。まだ死なせるな、というのが樺沢の指示だからだ。人体パーツで商売ができる間は生かしておくのが鉄則なのである。

樺沢が、

「もういい」

と言えば、あとは浩介が自由にできる。それを楽しみに、浩介は熱心に荒川真奈美の世話をしている。今、死なれたのでは何の楽しみもない。

右の檻には松岡花梨が入っている。口に貼ったガムテープをはがし、手足を縛っていたビニール紐も解いてある。あとは意識が戻るのを待つだけだ。

（そろそろだろう……）

浩介がちらりと腕時計を見る。

「う、う～ん……」

花梨の口から呻き声が洩れる。

しばらく唸ったり、寝返りを打ったりするが、やがて上半身を起こして周囲を見回す。

「ここ……ここは、どこ……？」

「気が付いたようだね」

「あ……あなたは……マリアちゃんの……」

「おかげで助かったよ」

「これ、どういうこと？」

ようやく自分が大きな檻に入れられていることに気が付いたらしい。

「心配しなくていい。しばらく、ここで暮らしてもらうだけだから」

「何よ、それ、冗談じゃないわ。ギプス……松葉杖……嘘だったのね？　わたしを騙したのね？」

隣の檻の中で、ベッドに横たわる若い女性に花梨の視線が吸い寄せられる。

「その人、誰？　なぜ、わたしたち、ここにいるの？　いったい、何をするつもりなの？」

「落ち着きなさい。危害を加えたりはしないよ。まあ、少なくとも今のところは」

「誰か！　誰か、助けて！」

花梨が叫び始める。

「元気があっていいなあ。いいぞ、もっと叫べ。もっとだ、もっとだ」

あははっ、と浩介が愉快そうに笑い始める。

「……」

花梨が表情を強張らせて、じっと浩介を見つめる。

目の前にいる男が異常者だと理解したのだ。

七

四月一〇日（土曜日）

休日だが、特殊捜査班の部屋には、メンバー全員が顔を揃えた。薬寺が心配していたのは、佐藤が出勤するかどうかだったが、普段と同じ時間に現れた。

黙って席に着くと、パソコンの電源を入れ、何やら操作を始める。それを見て、

「どうやら、お地蔵さんではないみたいですね」

糸居が小声で薬寺に言う。

「よかったわ。マジで嬉しい」

薬寺が安堵の吐息を洩らす。

「班長、朝礼、どうしますか？」

田淵が訊く。

「特に連絡事項はないわね。今日の予定は、ゆうべ、もう話し合ってるわけだし」

「あおいちゃんと糸居君は池ノ上駅中心に聞き込みをするわけですよね？」

「ええ、そうね」

「わたしたちは、どうしますか？　買い手である可能性のある三人のうち、佐藤さんが二人を除外しましたが、残る一人については、まだ何も聞いていません」

田淵がちらりと佐藤を見遣る。

「この男ねえ……」

薬寺がホワイトボードに近付き、ビジネスマン風の背が低い太った男の写真を指先で軽く叩く。

「スーパーマーケットの店員と金髪の男性、やはり、わたしと白峰君で調べますか？」

「だって、佐藤さんは違うって言ったわよ。買い手じゃないから大部屋に任せろって」

「そうですが、今のところ、その三人目の男性に関しては何の手がかりもないですし」

「今日は、お地蔵さんじゃないし、きっと佐藤さんが手がかりを教えてくれるわよ。そう信じましょう。糸居、柴山、もう出かけていいわよ。わたしは理事官に会ってくる」

薬寺がホワイトボードから中年女性と金髪男性の写真をはがし、それを手にして部屋から出て行く。

「行くか」

糸居が椅子から腰を上げると、

「そうだね」

あおいがうなずく。

三人が出て行くと、あとには田淵、栄太、佐藤の三人が残る。

「困りましたね」

栄太が言う。

「待つしかないわよ」

田淵が自分に言い聞かせるようにつぶやく。

二人の会話など、まったく耳に入っていないかのように佐藤は黙々とパソコンを操作している。

「焦っても仕方ないですよね。お茶でも淹れましょうか、それとも、コーヒーの方がいいですか？」

「ありがとう。コーヒーをお願い」

「はい」

栄太が立ち上がり、コーヒーを淹れ始める。ポットにコーヒーが溜まるのを待つ間に、コーヒーカップを三つ用意する。

「田淵さん、ミルクと砂糖は、どうしますか？」

「ブラックでお願い」

「佐藤さんは……？」

「……」

佐藤は振り返りもしない。

カップにコーヒーを注ぎ、まず田淵に渡す。

「ありがとう」

にこりと微笑みながら、田淵がカップを受け取る。

次いで、佐藤の机にカップを持っていく。念のために砂糖とミルクも添える。自分のカップにコーヒーを注いでいるとき、突然、

「そうか！」

佐藤が机を両手でどんと叩く。

栄太は驚いて、コーヒーを床にこぼしてしまう。

「どうしたの、佐藤さん？」

田淵が訊くが、佐藤は何やら口の中でぶつぶつ言いながら、キーボードを叩いている。何だか興奮しているようだ。そこに薬寺が戻ってくる。

「あら、白峰、何やってんのよ。早く拭きなさい」

「すいません」

栄太が雑巾で床のコーヒーを拭き始める。

「どうでした、理事官？」

田淵が訊く。

「言うまでもないでしょう。大喜びよ。だけど、あまり喜ぶとまずいとでも思ったのか、必死に笑いを噛み殺している感じだったわね。あの人と話すと、何だか、すごく疲れるのよね、ほんの短い時間だったのに」

薬寺が溜息をつきながら椅子に坐る。

「コーヒーを飲みますか？　淹れ立てです」

「お願い。ブラックね。少しシャキッとしないとね。佐藤さん、あまり根を詰めないでよ。ぼちぼちやってくれればいいんだから」

お地蔵さんに戻るのだけは勘弁してほしいわ、とつぶやく。

「どうぞ」

「ありがとう」

薬寺がカップを受け取り、コーヒーを飲み始める。

「やっぱりだ、これだ！」

佐藤が跳ねるように椅子から立ち上がる。

「ぶっ」

薬寺が驚いて、コーヒーを口から吐き出す。

「何よ、突然。あ〜あっ、机の上がコーヒーまみれになっちゃったわ」

「これだ、これだ」

佐藤がホワイトボードに歩み寄り、三人目の写真を拳(こぶし)でどんどん叩く。

「それがどうしたの？　何かわかったの？」

「だから、これだ」

「わかんないわよ。何？」

「これっ！」

佐藤が右の人差し指をぐいっと写真に押しつける。

「スーツのボタン？」

田淵が訊く。

「そう、これだ」

佐藤がうなずく。

八

池ノ上駅に着くと、

「さあ、どうする？」

「どうするって……聞き込みでしょ？」

「手当たり次第ってことか？」

「駅を中心として半径二〇〇メートル。まずは通行人、それから、アパート、マンション、一戸建て……地道に行くしかないわよ」

「すげえ真っ当な捜査をしている気になるなあ」

「今までが普通じゃなかったんだよ」

「暴力団が相手だったからな。朝早くから仕事をすることもあまりなかったし」

「初心に返ってやり直せば？　今からでも遅くないかもよ」

「口の減らない女だな」

糸居が嫌な顔をする。

二時間後……。

まだ駅の近くで聞き込みを続けている。

通行人が多いので、なかなか、アパートやマンション、一戸建てには手が回らない。

「なあ、ちょっと休憩しないか。早めに昼飯にしてもいいし」

「いいよ、休んで。わたし、もう少しやる」

「ひょっとして、おまえ、仕事中毒？」

「普通だと思うけど」

「そうかねえ……」

糸居が溜息をつく。

「あ……すいません、ちょっといいですか？」

あおいが二人連れの男性に声をかける。

双子だ。瀬川兄弟である。

「何ですか？」

光俊があおいを見る。

「警視庁の者です」

あおいが警察手帳を提示する。

「……」

光俊はハッとするが、内心の動揺を表には出さない。長年芝居をしているため、そう簡単に生の感情を表には出さない癖がついているからだ。

むしろ、横にいる光輝が顔色を変えた。役者としては、光俊の方が上だということであろう。

しかし、あおいも糸居も光俊を見ているので、光輝の表情の変化には気が付かない。

「このあたりで、こういう自転車を見かけたことはないでしょうか？」

あおいがロレンツォの写真を見せる。

「ふうん……いいロードバイクですね。でも、この辺では見たことはないかな」

「こっちは、どうでしょうか？」

それは公園の防犯カメラで撮影された光俊と光輝の写真だ。ヘルメットを被り、サングラスをかけている。それに写真が鮮明ではないから、まさか目の前にいるのが写真に写っている二人組だとは糸居もあおいも想像できない。

「わからないなあ」

「ロレンツォって、ご存じですか？」

「ロレンツォ？　もしかして、このロードバイク、ロレンツォなんですか？」

「はい」

「すごいなあ、ロレンツォか。憧れですよ。メーカーの展示会なんかでは見ますけど、実際に走っている姿を見ることなんか滅多にありませんよ。都内で見たことはないよな？」

光俊が光輝を見る。

「うん、ないね」

光輝が首を振る。

「もし見かけたら、連絡をいただけませんか？」

あおいが名刺を差し出す。

「いいですけど」

名刺を受け取りながら、光俊がうなずく。

「ご協力に感謝します」

あおいが二人に会釈する。

二人が歩き去ると、

「なあ、何で名刺なんか渡したんだよ？　今まで、そんなことしなかったのに」

糸居が不思議そうに訊く。

「あんた、気が付かなかったの？」

「何に？」

「あの二人、たぶん、サイクリストだよ」

「サイクリストって……自転車乗りか？」

「あの体形や脚の筋肉、特に太股（ふともも）の発達がすごかった。かなり年季の入ったサイクリストじゃないかな。ロレンツォを見れば、すぐにわかる人たちだよ。だから、名刺を渡したんだ」

「ふうん、そう言われると、上半身に比べて、下半身に筋肉がついていた気がする」

「さあ、次だよ、次」

あおいが歩き出す。

九

瀬川兄弟は渋谷（しぶや）で買い物をするために外出した。すっかりハワイに行くつもりになっていて、旅行に必要なものを買い揃えようとしたのだ。

しかし、あおいと糸居に会って、浮かれ気分が吹っ飛んだ。自分たちの写真を手にした警察官が自宅の近くで聞き込みをしていることがショックだったのである。もう買い物どころではない。

大急ぎで自宅マンションに戻ると、すぐさま光俊が樺沢の携帯に電話をする。

「電話しないという約束だぞ」

樺沢が声を潜める。

「大事な用件だから電話したに決まってるでしょう。つまらない世間話をするとでも思ってるんですか？」

　光俊は苛立ちを隠しきれない様子で言う。

「落ち着け。何があった？」

「ついさっき……」

　駅前で二人の警察官に呼び止められ、写真を見せられたことを説明する。

「たまたま質問されただけだろう。そう心配することはない」

「心配ない？　本気で言ってるんですか？　このマンションのすぐ近くなんですよ。幸い、おれたちには気が付かなかったけど、このあたりに住んでることは知られてる。もう絞り込まれてるんですよ。家が見付かるのは時間の問題じゃないですか。それなのに心配せずにいられますか？」

「とにかく落ち着けよ」

　それは光俊に向けてというより自分自身に言い聞かせるために発した言葉だった。樺沢も動揺している。なぜ、そんなことができたのか、樺沢には想像もできないが、光俊の言うように、恐らく、警察は瀬川兄弟が池ノ上駅の近くに住んでいることを突き止めたのに違いない。

「金を下さい」

「週明けに渡すと言ったじゃないか」

「待てません。いつ警察が踏み込んでくるかわからないんだから、ここにはいられませんよ。金をもらったら、すぐにマンションを出ます」

「せめて月曜まで待ってくれないか。銀行が……」

「いい加減にして下さいよ。おれたちをなめてるんですか？　手許に二〇〇万くらいの現金がないはずがないでしょう。引き延ばすつもりなんですか？」

「わかった。それなら……」

「五〇〇万にしてもらいますよ」

「何だと？」

「事情が変わったんです。たった今、おれの考えも変わりました。二〇〇万くらいでは話になりません。五〇〇万、いただきます」

「無茶を言うなよ。報酬は二〇〇万だぞ」

「おれたちが警察に捕まってもいいんですか？　少しでも罪を軽くするためなら何でもしゃべりますよ。今までの取引のことも、樺沢さんのことも、買い手のことも……何でもしゃべります。月曜日の取引相手のこともしゃべります。車のナンバーを控えてあるから、すぐに警察が身元を突き止めますよ」

「……」

「一網打尽ですよ」

「わかった。金を渡す」

「五〇〇万ですよ」

「いいだろう。月曜日に……」

「遅い」

「ん？」

「だから、それじゃダメなんですよ。月曜では遅い。本音を言えば、今日、金をもらいたいくらいなんですけどね」

「いくらなんでも、それは無理だ」

「じゃあ、明日、お願いします」

「明日は日曜だぞ」

「何度も同じことを言わせないで下さいよ。警察は近くまで来てるんですよ。土曜日なのに捜査してるんですよ。いつ、このマンションに現れるかわからないんです。日曜日だからって、逮捕を待ってくれますか？　警察が来たら、おれたちは抵抗しません。おとなしく逮捕されます。取り調べを受けたら、素直に何でも話します。警察に協力して少しでも罪を軽く……」

「わかった。明日中に何とかする」

「本当ですね？」

「こんなときに嘘なんかつかない」

「では、明日、連絡を待っています。連絡がないときは……何が起こるかわかりませんよ。覚悟しておいて下さい」

「脅しか？」

「まさか」

光俊が笑う。

「おれたちが樺沢さんを脅すはずがないでしょう」

「ふんっ、どうだか」

「よろしくお願いします」

電話が切れる。

一〇

「ふうむ、確かに、うちのものだと言われれば、そうかもしれないという気がしますが……」

青島（あおしま）は田淵が差し出した写真を見て、小首を傾げる。

銀髪に金縁眼鏡、口髭（くちひげ）は丁寧に手入れされている。高級な生地を使ったスーツには皺（しわ）ひとつ見えず、白いシャツに青地のレジメンタルタイを締めている。地味だがセンスがいいし、金もかかっている。この青島というマネジャーは五〇代半ばという年格好だが血色がよく、表情には自信が満ち溢（あふ）れている。自分の仕事に誇りを持っていることが窺（うかが）える。

田淵と栄太が訪れたのは、銀座の一等地に店舗を構える、メンズのオーダーメイド専門のブティックである。店内のどこにも価格表示が見当たらないが、この店でスーツを誂えれば、自分のボーナスなどあっさりなくなってしまうだろうな、と栄太は思う。いや、もしかすると、それでも足りないかもしれない、と考え直す。

最初、三〇前後の男性店員が応対したが、警察手帳を提示すると、奥から青島が出てきた。他のお客さまもおられますので、どうか、こちらで……と事務所に案内された。

ソファに向かい合って坐ると、

「この写真を見ていただけませんか」

田淵が最初に差し出したのは、ボタンの拡大写真である。

その写真を見て、青島は小首を傾げたのだ。

買い手の可能性がある三人目の男、ビジネスマン風の背が低い太った男……その男の手がかりを佐藤が見付けた。ボタンである。金色のボタンの表面に刻印されているデザインを映像解析ソフトでできる限り鮮明にし、このブティックのものではないか、と推測したのである。鮮明になったと言っても、それで間違いないと断定できるほどではない。佐藤自身、可能性は五分五分だと認めたが、それ以外には何の手がかりもないので、田淵と栄太は、このブティックに足を運んだのである。

「非常によく似ている気がする……わたしに言えるのは、そこまででしょうか。うちのボタンです、と言い切る自信はありません」

青島が首を振る。

「もう一枚、写真を見ていただけますか？」

田淵が別の写真を差し出す。

「ええ、構いませんが……」

その写真を目にした瞬間、青島がハッとしたように息を呑む。

田淵と栄太がちらりと視線を交わす。間違いない。青島は、その写真に写っている男を知っているのだ。

「ご存じなんですね？」

田淵が訊く。

「……」

青島が厳しい表情で口許を引き締める。

「詳しい事情を説明することはできませんが、わたしたちは、とても重大な事件の捜査をしています。この人のことをご存じなのであれば、どうか隠さずに話して下さい」

「その事件の犯人なんですか？」

「今の段階では、事件に関わっているかどうかもはっきりしていません。まず、ご本人から話を聞きたいのです」

「当店では、お客さまの個人情報をしっかり管理しております。失礼ながら、令状をお持ちでないのであれば、お客さまの個人情報をお教えするわけにはいきません」

「話を聞きたいだけなんですよ」

「それなら、わたしがまずお客さまに連絡し、警察に名前や住所を教えてもいいか、と確認いたします。お客さまが承知して下されば……」

「それは、まずいですね」

田淵がぴしゃりと言う。

「事件に関わっているかどうか、はっきりしないというのは、関わっていないという意味ではありません。あくまでも、現時点ではわからないというだけで、実際には犯人かもしれないし、犯人と何らかの繋がりがあるかもしれません。あなたが連絡すれば、警察の捜査が自分に迫っていることを知らせることになり、場合によっては、被害者の身に危険が及ぶ可能性もあるのです」

「被害者……」

青島の表情が強張る。この客は、いったい、どんな事件に関わっているのだろうか、と恐ろしくなったのだ。

「どうしてもとおっしゃるのであれば、令状を取ります。そうですね、一旦、警視庁に帰って手続きをしますから、ここに戻ってくるのは夕方くらいでしょうか。そのときは、わたしたち二人ではありませんよ。捜査員を乗せたパトカーや覆面パトカーが店の前に何台も停まります。顧客リストなど、必要と思われるものを段ボール箱に詰めて押収することになります。もちろん、後から返却しますが、時間がかかることは覚悟しておいて下さい」

「そんなことをされたら営業できなくなってしまう……」

青島が田淵を睨み、それは脅しですか、と押し殺した声で訊く。

「とんでもない。勘違いしないで下さい。令状を取った後の流れを説明しただけです。では、後ほど……」

田淵が腰を浮かしかけると、

「待って下さい」

青島が慌てる。ポケットからハンカチを取り出して額の汗を拭うと、

「名前だけでよろしいのですか？」

「まさか」

田淵がにこやかに首を振る。

「住所と電話番号、それに勤務先も教えていただきます」

「お待ち下さい」

諦めたように小さな溜息をつくと、パソコンの置いてあるデスクに近付く。顧客リストを開き、必要な事柄をプリントアウトする。

それを田淵に渡しながら、

「このことで当店が後々、何らかの責任を追及されるという可能性はありませんか？」

「ご心配なく」

また田淵がにこっと笑いかける。青島の質問を笑顔でかわした、という感じである。質問にはきちんと答えていない。

一一

三輪吉信は隠し部屋にいる。リクライニングチェアに横になり、シャンパングラスを手にして秘蔵のコレクションをうっとりした表情で眺めている。ホルマリン漬けにされてガラス瓶に入っている若くて美しい女性たちの耳と指である。

シャンパングラスはバカラクリスタル、飲んでいるのはルイ・ロデレールのクリスタル・ブリュットである。つまみは、ベルーガのキャビアだ。

以前は、シャンパンもキャビアも値段が高いだけで、大してうまくもない、と思い込んでいた。ワインでも五〇〇〇円くらい出せばおいしいものが買えるし、キャビアなど食べなくてもイクラで十分だ、という考えだった。

二年ほど前、会費が二〇万円という、ごく一部の成功者だけが参加できるパーティーに義理で出向いたとき、たまたま、ルイ・ロデレールのクリスタル・ブリュットを口にした。その瞬間、体に電流が走った。恐ろしいほどの味わい深さと爽やかさだった。この世に、こんなおいしい飲み物があるのか、と愕然とした。帰宅すると、早速、二ダース注文した。一本二万円くらいしたが、少しも惜しいとは思わなかった。ルイ・ロデレールにはロゼもあり、ロゼの方がずっと値段が高いが、三輪はクリスタル・ブリュットの方がおいしいと感じた。

初めのうちは、イクラをつまみにして飲んでいたが、どうもしっくり来ない。いろいろ調べて、キャビアが一番合うらしい、と知った。キャビアも産地によって味わいが違うと知り、ロシア産、イタリア産、アメリカ産、中国産、フィンランド産など様々なものを取り寄せてみたが、なかでもカザフスタン産のベルーガが気に入った。

さすがに毎日では飽きてしまうので、何か嬉しいことがあったときや特別な日にシャンパンとキャビアを開けることにした。

普段はファストフードでも構わないが、今日は特別な日だ。

荒川真奈美の耳と指を手に入れ損なって、三輪はひどく落ち込んだ。

しかし、樺沢が、別人の耳と指を用意できそうだ、と連絡してきたのである。荒川真奈美と同じく五月生まれで、若くて美しい女性のものである。

最初に五月生まれの女性の耳と指を希望したとき、三輪は樺沢から二枚の写真を見せられた。どちらも甲乙付けがたい魅力があった。迷った末に、荒川真奈美を選んだが、もう一人が悪かったわけではない。

そのときの女性の耳と指を手に入れられそうだ、というのである。

もちろん、値段は高い。かなり高額である。

三輪は承知した。荒川真奈美の耳と指が警察に押収された件に関しては自分にも責任があると痛感していたし、何より、五月生まれの若くて美しい女性の耳と指がほしくてたまらなかったのである。

松岡花梨。樺沢は名前を教えてくれた。

(かわいらしい名前だ……)

名前を聞いてから、三輪のテンションは更に上がった。

そして、今日は土曜日だ。休日である。隠し部屋に籠もり、シャンパンとキャビアに舌鼓を打ちながら、秘蔵のコレクションを眺めている。至福のひとときと言っていい。

気分が浮き立って愉快なので、

(もう一本開けようかな、だけど、まずは、トイレだ……)

軽い足取りでトイレに立つ。

トイレを出て、隠し部屋に戻ろうとしたとき、携帯が鳴る。

「はい?」

「三輪さまでいらっしゃいますか」

「そうだけど」

「突然、失礼いたします。わたくしは……」

名乗りと店の名前を聞いて、三輪はすぐに相手の顔を思い出す。青島である。

その店には年に何度か足を運び、スーツやシャツなどを注文している。ファッションには何の興味もないが、世間から一流の店として認められている店で買い揃えれば、人前で恥ずかしい思いをすることもないだろうという安易な考えからである。季節毎に届くダイレクトメールに合わせて、店に出かけるのが習慣になっている。一度に一〇〇万くらいは使うから、かなりの上客に違いないが、頻繁に足を運んだりはしない。そのせいか、今まで店から直に電話がかかってきたことはない。

だから、ちょっと驚いた。

「何でしょうか？」

「はい、実は……」

青島は店に二人の刑事がやって来て、三輪の写真を見せられたことを話す。

「え、警察が？」

心臓が止まりそうになる。

「何か重大な事件の捜査をしていて、三輪さまに話を聞きたいそうなのです。嘘をつくこともできませんので、三輪さまが当店のお客さまであることを認めました」

「でも、なぜ、なぜ、警察がそこに……？」

「スーツからわかったようです。スーツのボタンは当店のオリジナルでございますから」

「……」

「警察からは三輪さまに何も話してはいけない、と口止めされたのですが、当店の大切なお客さまでございますし、やはり、お知らせすべきかと存じまして、こうして電話をさせていただいた次第でございます。ご迷惑だったでしょうか？」

「い、いや、そんなことはないよ。連絡してくれてよかった」

「その事件に関して、三輪さまから少し話を聞きたいだけだと刑事が言っておりました」

青島は、自分が三輪の名前や住所、電話番号、勤務先などを警察に話したことは口にせず、あたかも警察が最初から知っていたかのような口振りでごまかす。しかも、さりげなく三輪に恩を売っている。電話を切ると、

「まずいぞ、まずいぞ」

三輪がせかせかとリビングを歩き回る。酔いは醒め、浮かれ気分は消えている。

「こんなことをしてる場合じゃない」

今にも警察がこのマンションにやって来るかもしれないのだ。あれこれ迷っている時間はない。樺沢に連絡することにした。樺沢から渡されている携帯電話を取り出し、発信ボタンを押す。呼び出し音は鳴るが、なかなか樺沢は出ない。留守番電話に切り替わる直前、

「はい」

と、樺沢が出る。

「三輪だけどね……」

青島から教えられた内容を、息つく間もないような勢いで樺沢に話す。それだけ動揺しているのであろう。

「どういう事件を捜査しているかは、わからないわけですね?」

「それは、わからない」

「うちとは関係のない事件という可能性はありませんか？　会社絡みとか……」

「それなら、洋服屋なんかに行かないで、直接、会社に行くか、うちに来るんじゃないか？」

「週末ですから……」

「たとえ週末でも、会社に行けば、誰かしら休日出勤してるよ」

「なるほど」

「どうすればいい？　逮捕されるなんて絶対に嫌だからな」

「すぐに家を出られますか？」

「家を？　どこに行けというんだ？」

「警察に知られていない場所がいいですね。実家や知り合いの家だと警察が調べるかもしれませんから。ホテルは、どうですか？」

「行けるけど」

「知らない番号から着信があっても無視して下さい。警察かもしれませんから」

「今日と明日は、それでもいいけど、月曜になったら、どうする？　会社を休むわけにはいかないぞ」

「とりあえず、今日と明日は身を隠して下さい。どういうことなのか、こちらでも調べて連絡します。とにかく急いで家を出て下さい。念のために、その携帯を持っていて下さい」

「いいのか？」

「非常事態かもしれませんから」

「わかった」

三輪が携帯を切る。

着替えていると、携帯の着信音が響く。

普段、三輪が持ち歩いている携帯の方だ。電話に出ようとするが、見たことのない電話番号が表示されているのを見て手を止める。

「まさか、警察か……」

ごくりと生唾（なまつば）を飲み込むと、大急ぎでバッグに必要なものを詰め込む。何か入れ忘れがあるような気もするが、念入りに確かめる時間がない。入れ忘れがあったら、どこかで買えばいい、と割り切って部屋を出る。今日と明日は家に戻らないつもりである。エレベーターを待っているとき、また携帯が鳴る。さっきと同じ番号だ。きっと警察に違いない、と三輪は推測する。

今にも刑事たちが目の前に現れ、

「三輪吉信だな、逮捕する」

と手錠をかけられるのではないか、と恐ろしくなる。そんな想像をするだけで膝（ひざ）ががくがく震える。

一二

三輪との通話を終えると、樺沢不二夫は、三輪吉信との専用携帯電話を隠し金庫に戻そうとするが、すぐに考えを変え、その携帯電話をポケットに入れる。三輪から電話がかかってくるかもしれないし、樺沢の方から三輪に連絡を取る必要が生じるかもしれないと思ったからだ。オフィス以外の場所から連絡を取るには、この携帯を持ち歩くしかない。

隠し金庫の扉を閉め、哲学書を本棚に戻す。これで隠し金庫は見えない。

樺沢はふーっと大きな溜息をついてソファに坐り込む。休日出勤してよかった、と安堵する。

荒川真奈美の目と足をほしがっている客に、今すぐに取引するのは無理なので、しばらく待ってほしい、と連絡するためにオフィスに出てきた。その連絡を終えて、一息つこうとしたところに三輪から電話がかかってきたのだ。

もしオフィスにいなければ、三輪と話すことができず、その間に三輪が警察の取り調べを受けた可能性もあったのだ。自分の罪を軽くするためなら、三輪は何でもしゃべるに違いない。樺沢を庇う義理などないからだ。

とりあえず、今日と明日の二日間、樺沢は時間の猶予を得た。その二日間で今後の対応策を練ることができる。瀬川兄弟だけでなく、三輪吉信にまで警察の手が迫っているというのは樺沢には大きな衝撃だ。いったい、どういう捜査をすれば、そんなことができるのか樺沢にはまったくわからない。高島善弘を切り捨ててしまえば、そこで捜査は行き止まりになるはずだったのだ。

「おれが考えているより、日本の警察は優秀だということなのか……」

携帯の着信音が鳴る。

一瞬、三輪との専用電話に手を伸ばすが、着信音が鳴っているのは、普段使いの携帯の方だ。

「はい」

「おれだよ」

宍戸浩介である。声が弾んでいる。樺沢の胸に不安が生じる。

「どうした？」

「手に入ったぞ」

「ん？」

「新しい品物だよ。急いでたよな」

「……」

「必要な部分を言ってくれ。明日にでも渡す。急ぐのなら、今夜でもいいぞ」

「ちょっと待ってくれ……」

そうだった。うっかりしていた。薬指と耳をすぐにでもほしい、金はいくらでも払うなどと三輪が言うから、樺沢が浩介を急がせたのだ。

だが、三輪の身に警察の手が迫っている今、新たな取引などできるはずがない。状況が変わったのだ。

「なあ、これから会えないか？」

樺沢が言う。

「は？　おれとおまえが？」

「そうだ」

「まずいことがあるのか？」

浩介の声に警戒心が滲む。

「かなりまずい。電話で話すようなことじゃないし、今後のことを話し合う必要もある」

「今後の商売のことか？」

「そうじゃない。この商売から足を洗って、どうやって警察から逃げるのか、ということだ」

「ふうん、そういうことか……。いいだろう。どこで会う？」

「錦糸町でどうだ？　こっちからも行きやすいし、そっちからも快速で一本だろう」

「わかった」

「どこか個室のある店を探しておく。駅前で会おう。何時がいい？　六時……もっと遅い方がよければ……」

「六時でいいよ。それなら、犬を散歩させてから出かけられる」

一三

午後四時過ぎ、特殊捜査班の部屋に田淵と栄太が戻ってくる。その三〇分後には、あおいと糸居も戻った。

「お疲れさま」

薬寺が四人を労う。

佐藤は黙々とパソコンを操作している。

「まず、コーヒーでも飲んで一息入れてちょうだい。その後で報告を聞くわ」

「じゃあ、コーヒーを淹れます」

栄太が腰を上げる。

「大したもんだ、栄太。おまえみたいに腰の軽いキャリアはいないよ。腰の重いノンキャリなら、どこにでもいるが」

糸居が嫌みたらしく横目であおいを見る。

「女だからお茶を淹れろ、コーヒーを淹れろっていうのは立派なセクハラなんだからな」

立ち上がりながら、あおいが糸居を睨む。

「おまえには何も言ってない。おれは栄太を誉めただけだ」

「ふんっ、言ってろ」

あおいが栄太を手伝って六人分のコーヒーを淹れる。六人の手許にコーヒーが届くと、

「じゃあ、報告をお願いね。まず、柴山」

薬寺があおいに顔を向ける。

「すいません。空振りです」

「何もなし？」

「はい」

「仕方ないわね。外回りって、そういうものらしいから。次、ブチさん」

「ビジネスマン風の男の名前、住所、勤務先などの基本情報はつかみました。電話が繋がらないので自宅マンション付近でマンションに出向きましたが不在のようでした。念のためにマンションのエントランス付近で二時間ほど張り込みましたがダメでした……」

田淵が話している間に、手に入れた情報を栄太がホワイトボードに書き出す。

「三輪吉信か……。たぶん、そいつが買い手なんだろうね」

薬寺が言う。

「金髪男とスーパーの店員、大部屋の捜査員が張り切って調べたらしいけど、やっぱり、買い手ではなかったのよ」

「やったじゃないですか。おれたちの手で買い手を捕まえれば大手柄だ。あの理事官、

悔しがるだろうなあ」

糸居が嬉しそうに言う。

「捕まえるのは無理でしょう」

「なぜですか？」

「だって、証拠がないもの」

薬寺が肩をすくめる。

「家宅捜索すれば、きっとヤバイ物が出てきますよ。一気に犯人に辿り着けるじゃないですか」

「推測だけでは令状を取れないわよ。まず任意同行してもらって、取り調べで口を割らせる以外にないわね」

田淵が言う。

「三輪がどこにいるかわかりそう？　見付けられる？」

薬寺が田淵に訊く。

「わかりません」

田淵が首を振る。

「自宅に戻る可能性もありますが、わたしたちだけで張り込むのは……」

「そうよね。無理なのよね」

うんうん、と薬寺がうなずく。

「班長、また変なことを考えてるんじゃないでしょうね？」

　糸居が訊く。

「何度も言うけど、大切なのは犯人を捕まえて被害者を見付けることなのよ。手柄なんか二の次、三の次なんだからね」

「それは、わかりますが……」

　と言いながらも、糸居は不満そうだ。

「正直、今日の捜査について少し後悔してるの。池ノ上に、あんたと柴山を二人で行かせたけど、大部屋や所轄の手を借りて人海戦術で取り組めば何か手がかりがつかめたかもしれない。この三輪っていう男だって、どこにいるか見付けられるかもしれないし、マンションに張り込むことだってできる。数の力がモノを言うわけね。うちは六人だもの、どうしたって限界があるわよ。わたしと佐藤さんは留守番だしさ」

　薬寺がメンバーの顔を順繰りに見回す。

「だからといって、何もかも独断で決めるつもりはないのよ。手柄がほしいっていう気持ちもわかるしね。みんなの意見を聞かせてちょうだい」

「わたしは班長に賛成します」

　すかさず田淵が口を開く。

「わたしも」

「ぼくもです」

あおいと栄太も賛同する。

「いいよ、いいよ、好きにして下さいよ。おれが見付けた手がかりってわけじゃないし、犯人逮捕が第一だってことは、おれにもわかります」

糸居がうなずく。

「佐藤さん、どう思う？」

薬寺が訊く。

「異論はない」

パソコンの画面を見つめたまま、佐藤が答える。

「じゃあ、そういうことで……。これから理事官に会ってくる。みんなは帰っていいわよ。明日(あした)は休出する必要はなさそうね。ゆっくり休んでちょうだい」

一四

午後六時過ぎ。

錦糸町にある居酒屋チェーン店の個室で樺沢不二夫と宍戸浩介が向かい合っている。お通しのブリ大根を肴(さかな)に、生ビールを飲む。二人とも黙りこくったままだ。

「実は……」

注文した料理が揃うのを待って樺沢が口を開き、瀬川兄弟と三輪吉信に警察の手が迫っていることを説明する。

「ふうん、そうなると、ばれるのは時間の問題だな……」

刺身を口に運びながら、浩介が言う。さして驚いた様子はない。少なくとも表情に大きな変化は表れていない。

「もし、彼らが捕まれば、どちらも簡単に口を割ると思う。黙秘もしないだろうし、おれたちを庇ったりもしない。それどころか、自分たちの罪を軽くするために積極的に警察に協力するかもしれない」

「当然だろうな」

浩介がうなずく。

「罪が重いのは、おれとおまえなんだから。まあ、おれは確実に死刑だな。おまえは無期懲役というところだろう。軽くて懲役二〇年か」

「さっさと逃げるべきか？」

「すぐに捕まるよ。狭い国だからな。アメリカみたいに広い国とは違うよ。それに、日本の警察は優秀だ。実感できるだろう？　取引に失敗したのは月曜だ。それが土曜には、商売を畳んで逃げようかなんて相談をしてる」

「じゃあ、どうする？」

「双子と客が捕まったら終わりだ。少なくとも、おまえは確実に逮捕される。名前も電話番号も会社の所在地も知られてるんだからな。甘い期待をしない方がいい」

「おまえは大丈夫なのか？」

「大丈夫じゃないさ。おまえが逮捕されたら、おまえがおれのことを警察に話すだろうからな」

「しゃべらないよ」

「信じないね。警察の取り調べを甘く考えるな。必ず自白に追い込まれる」

「……」

「そう落ち込むなよ。こっちに有利な点がひとつだけあるじゃないか」

「何だ？」

「双子も客も、まだ警察に逮捕されていないということだよ。捜査の手は迫っているが、とりあえず、今のところは逮捕されていない」

「で？」

「死人に口なし」

「まさか……」

樺沢がハッと息を呑む。

「他に手があるのか？」

「……」

しばらく考え込む。やがて、

「ないようだ」

と、うなずく。

「双子の兄弟と客、どっちの方がやばい？」

「どういう意味だ？」

「優先順位だよ。警察に捕まってまずいのは、どっちの方だ？」

「それは……」

樺沢がごくりと生唾を飲み込む。浩介が何を考えているかわかった。どちらを先に始末するか、その選択を樺沢に迫っているのである。

「そう深刻に考えるなよ」

浩介がにやりと笑う。

「そうだな……やっぱり、双子だろうな。親戚だから、おれのことも知っているし、ある程度は組織の仕組みもわかっているはずだ。今までの取引についても記録を残していると話していた」

「何かのときに、おまえから金を強請るつもりだったんじゃないのか？」

「そうは思いたくないが……」

「人間というのは、追い込まれると何をするかわからないものさ。自分が助かるためなら何だってやるし、誰だって裏切る。よし、明日、双子をおれの家に呼ぼう」

「おまえの家に？　なぜ、おまえの家なんだ？」

「決まってるじゃないか。死体の始末が簡単だからだよ」

そんなこともわからないのかとでも言いたげに浩介が樺沢を見つめる。

「ところで……」

「ん？」

樺沢がハッとして顔を上げる。

「女たち、どうする？」

「ああ……」

「今は商売どころじゃないんだろう？」

「買い手を見付けるのは難しくないが、とても取引できる状況じゃないな」

「尻に火がついてるからな」

浩介がくくくっと笑う。

「おれがもらっていいな？」

「どうする気だ？」

「そんなことを本当に知りたいのか？」

「いや……」

樺沢が首を振る。

「知りたくはないな」

浩介と別れると、樺沢は三輪吉信に電話をかけた。

「どうして早く連絡してくれなかったんだ！」

三輪は苛立ちを隠さず、声を荒らげる。その苛立ちは不安の裏返しだと樺沢は察した。

「落ち着いて下さい。今はホテルですね？」

「そうだよ」

「誰かに会ったり、連絡を取ったりしていませんね？」

「用心してるさ。知らない番号から何度も着信がある。警察じゃないかと思う」

「出ないで下さい」

「GPSで追跡されると困るから、念のために電源を落とした」

「そこまではしないと思いますよ。逮捕状が出ているわけじゃないんですから」

「逮捕状……」

「そんな心配はない、と言いたいだけです」

「どうしたらいい？　やっぱり、あれが原因なのかな……その、人間のあれが……耳とか指が……」

「調べているところですが、今すぐどうこうということはなさそうです」

「現に警察がわたしを捜しているじゃないか」

「証拠を握って動いているわけではない、という意味です。とにかく、今夜も明日も、できる限り、ホテルから動かないで下さい」

「わかった。どうせ出歩く元気もないからな。何かわかり次第、連絡してくれよ」

「承知しています」

樺沢が電話を切る。

一五

四月一一日（日曜日）

「あら」

ドアを開けると、薬寺が驚いて目を丸くする。

メンバー五人が顔を揃えていたからだ。

「どうしたのよ、今日はゆっくり休んでいいと言ったじゃないの」

「そう言う班長も出勤してきたじゃないですか」

糸居が笑う。

「まあ、一応、この部署の責任者だからね。理事官から何か問い合わせがあるかもしれないし」

「もう大部屋は動いてるんですか？」

あおいが訊く。

「ええ、そう思う」

「こいつ、うるさいんですよ。今日も池ノ上に行きたがってて。大部屋と所轄がローラー作戦をやってるだろうから、おれたちが行っても無駄だと言ってるんですけどね」

糸居が顔を顰める。

「無駄ということはないだろうけど、向こうは駅の周辺を組織的に虱潰しに調べていくだろうから、あんたたちの出番はないかもしれないよ」

「そうかもしれませんけど……」

あおいは不満そうだ。

「三輪のマンションにも捜査員が張り付いてるんですか？」

田淵が訊く。

「ええ、ゆうべからね。マンションには戻ってないみたいよ。ずっと留守みたい」

「こっちの動きを知って、どこかに身を隠したんでしょうか？」

栄太が訊く。

「あのブティックのマネジャーが気を利かせてチクった可能性はあるわね」

田淵がつぶやく。

「そう深読みしなくても、週末だから、どこかに出かけているだけとも考えられるけどね。電話には出ない？」

薬寺が田淵を見る。

「ずっと留守電です」

「それだけでは特に怪しいとは言えないものねえ。会社の社長さんらしいから、明日には出社するんじゃないかしら」

「家宅捜索するのが手っ取り早いんじゃないんですかね？」

糸居が言う。

「それができるくらいなら、とっくにやってるわよ。高島が逮捕された公園にいた、というだけでは令状なんか取れないでしょう」

「三輪が人体パーツの買い手に違いないというのは、ホームズ先生の推理で、証拠は何もありませんからね。今のところ」

糸居が言うと、皆の視線が佐藤に向けられる。

「新たな手がかりがほしいわね。頼みの綱は佐藤さんだけか……。今は何を調べてるのかしら？」

薬寺が咳払い（せきばらい）をして、佐藤さ〜ん、と呼びかける。

「……」

佐藤は無視である。顔も向けず、返事もしない。

「あの〜、ホームズ先生、生きてますか？」

糸居が佐藤の肩を指先でつんつんと軽く突く。

「うるさい！　邪魔をするな。バカ者！」

糸居の手を振り払い、佐藤が怒鳴る。

「……」

皆、唖然として黙り込む。

佐藤は何事もなかったかのように、またパソコンの操作を始める。

「なあ、これって、さすがにひどくないか？」

糸居がみんなの顔を見回す。

「気持ちはわかるよ。バカ者であることは間違いないけど、ここまで露骨に罵られたら力が抜けるよね。ちょっとだけ、あんたに同情する」

あおいが哀れみの目を糸居に向ける。

「待つしかないってことだよね」

薬寺が溜息をつく。

「佐藤さんが何か手がかりを見付けたときのために、わたしたちは待機ですね。コーヒーでも飲みますか？」

田淵が言うと、

「そうね」

薬寺がうなずきながら椅子から腰を上げる。

「わたし、理事官に会ってくるわ。何かわかったかもしれないしね」

三〇分もしないうちに薬寺は仏頂面で戻ってきた。

「どうしたんですか、渋い顔をして？」

コーヒーを飲み、栄太が売店で買ってきたバタークッキーを食べながら糸居が訊く。

「どうもこうもないわよ、やっぱり、嫌な奴だわ。本当に感じが悪い」

薬寺が自分の席に着くと、栄太がバタークッキーを載せた小皿とコーヒーカップを運ぶ。

「ありがとう、あんた、気が利くわねえ」

コーヒーを口にすると、

「ああ、ちょっと気分がよくなったわ」

「向こうは何か手がかりをつかんだんですか？」

田淵が訊く。

「まだだと思う、たぶん、ね」

「なぜ、たぶん、なんですか？」

糸居が訊く。

「そりゃあ、あいつが何も教えてくれないからよ」

いきなり薬寺が机をバンバンと両手で叩く。

コーヒーカップがひっくり返りそうになる。

「こっちが渡した情報に基づいて捜査してるくせに、どうしてフィードバックするのを嫌がるわけ？　理解できない」

薬寺が田淵に問うような眼差しを向ける。火野理事官について誰よりも詳しいからだ。

「手柄を奪われないためですよ」

「は？　まさか嘘でしょう……」

「本当です」

「待って下さいよ。班長は、犯人逮捕が最優先だと考えて、本来なら、おれたちの手柄になるはずの情報を大部屋に渡したわけですよね？　それなのに、向こうは……あの理事官は自分の手柄を第一に考えてるってことですか？」

糸居が信じられないという顔をする。

「ええ、そういう人なの。あの人が同期を蹴落として今の地位にいるのは、まさしく、そういうやり方をしてきたからなのよ。いずれは一課の課長になり、刑事部長の椅子まで狙っているという噂だから、手柄にできそうなチャンスは決して逃さないでしょうね」

田淵が説明する。

「嫌な奴なんですね」

あおいがぽつりとつぶやく。

「何だか空しくなってくるよなあ、そう思わないか、栄太？」

糸居が訊く。

「ぼくたちは自分たちのやり方を貫けばいいと思います。班長の判断は間違っていません。理事官が間違っているんです」

栄太がきっぱり言う。

「手柄なんかくれてやってもいいけど、さっさと犯人逮捕に繋がる手がかりを見付けてほしいわね。ところで、佐藤さんは、どんな様子なの？」

薬寺が訊く。

「おれたちとは口を利いてくれません」

糸居が答える。

「待つしかないのねえ」

薬寺が溜息をつく。

一六

瀬川兄弟のマンション。

光俊の携帯が鳴る。

「おれだ」

「あ、樺沢さんですか」

「金を渡す」

「今日ですか？」

「そう約束しただろう？」

「それはもう……ありがたいです」

「千葉に来てほしい……」

　樺沢は、宍戸浩介の自宅最寄り駅の名前を口にする。

「なぜ、そんな遠くに行かなければならないんですか？　新宿でも渋谷でもいいのに」

「まとまった現金を、そこに隠してある。どうしても都内がいいと言うのであれば、銀行の貸金庫が開くのを待たなければならないから、金を渡せるのは明日以降になる」

「明日の朝一なら構いませんが……」

「こっちにも都合がある。早くても明日の夜だ。何時になるかわからない」

「千葉に行けば、今夜もらえるんですね？」

「そうだ」

「わかりました。渋谷から半蔵門線で錦糸町に行き、総武線の快速に乗り換えれば一時間ちょっとで行けるはずですから」

「電車ではなく、ロードバイクで来てほしい。取引のときに使ったやつだ」

「ロレンツォですか？」

「警察が捜しているから、処分した方がいい」

「そんな……いくらすると思ってるんですか？　金だけの話じゃない。注文しても、手許に届くのに何年もかかるんですよ。処分だなんて簡単に言わないで下さい」

「一千万でどうだ？」

「え？」

「価値のあるロードバイクだということは承知している。だから、埋め合わせをする」

「……」

光俊が黙り込む。

樺沢に要求したのは五〇〇万だ。

ロレンツォを処分する見返りに、五〇〇万上乗せするというのだ。ロレンツォ二台分の見返りとしては決して高額だとは言えないし、普通の状況で頼まれれば即座に断るであろう。

しかし、今は普通の状況ではない。警察が血眼でロレンツォを捜し回っており、自分たちのものだとばれるのは時間の問題だ。尻に火がついていると言っていい。

「ちょっと待って下さい」

保留ボタンを押し、光俊が光輝に事情を説明する。

「仕方ないよ。ロレンツォも大事だけど、自分の身を守る方がもっと大事だからね」

「じゃあ、樺沢さんに返事をするぞ」

「うん」

光輝がうなずくと、光俊が保留ボタンを解除する。

「お待たせしました。こっちは了解です」

「何時頃になる?」

「明るいうちは警察がうろうろしてるでしょうから、暗くなってから、こっちを出ます。

もちろん、警察がいないことを確認してからです。そっちへ着くのが遅くなるかもしれませんが構いませんか？」

「うむ、こっちは何時でも構わない。警察に見付からないように出てくれ」

「わかりました」

「待ち合わせだが……」

一七

宍戸浩介の家。

待ち合わせ場所などを打ち合わせて、樺沢が電話を切る。向かい側のソファに坐(すわ)っている浩介に顔を向け、

「わざわざロードバイクで来させる必要があるのか？　あいつらに処分させれば余計な手間が省けるのに」

「何度も同じことを言わせるなよ。高い自転車なんだろう？　処分しましたと嘘をつくかもしれないじゃないか。おれたちがやらないとダメだ」

「たとえ夜でもロードバイクで来させるのは、まずいんじゃないか？　警察に見付かるかもしれないし、路上の防犯カメラに映るかもしれない」

「それは覚悟の上だと言ったろ？　折り畳み式じゃないから、電車で運ぶのは無理だ。

レンタカーを借りれば記録が残るし、レンタカーが戻らなければ、レンタカー会社が警察に盗難届を出す。そんなことになったら面倒だ。双子に自転車で来させる方がリスクは小さい。そう心配するなよ。おれがきちんと片を付けてやるから」

「餅は餅屋だからな。おまえに任せるよ」

樺沢が小さな溜息を洩らす。

一八

夕方五時を過ぎても、佐藤はまったく口を開こうとしない。午前一〇時頃と午後二時過ぎにトイレに立ったが、それ以外は、ひたすらパソコンの操作に没頭している。

お昼に、薬寺が栄太に頼んで、おにぎりとペットボトルのお茶を売店で買ってきてもらい、そっと佐藤の机の上に置いた。

佐藤は何も言わずにむしゃむしゃ食べた。感謝の言葉もなかった。

「今日は、ダメねえ。仕事をするお地蔵さんていう感じ。まあ、仕事をしないお地蔵さんより、ましだけどさ。あんたたち、もう帰りなさい。わたしは、もう少し残るから」

薬寺が皆に言う。

「あ……班長、わたしが残ります」

田淵が携帯をいじりながら言う。

「何で、ブチさんが？」

「大部屋の動き、少しずつわかってきました。池ノ上のローラー作戦、今のところ手がかりなしのようですね。三輪も依然としてマンションには戻ってないみたいです。また新たな情報が入るかもしれませんし、自宅にいるより、ここにいる方が何かと便利なんです。何かわかれば、すぐにみんなに知らせますから」

田淵が答える。

「ふうん、大部屋からの秘密ルートがあるわけね。じゃあ、お願いしようかしら」

「あの……ぼくも残っていいですか？」

栄太が遠慮がちに言う。

「あんたは帰っていいわよ。ここに残ってもすることないでしょう」

「田淵さんから、いろいろ話を聞けますから」

「別にいいけど」

薬寺が肩をすくめる。

「この野郎、熟女好みか」

糸居がにやりと笑う。

「ほら、バカなこと言ってないで、帰るぞ、帰るぞ」

薬寺が糸居とあおいを追い立てるように部屋から出て行く。

一九

瀬川兄弟のマンション。

午後七時過ぎ、光俊と光輝が出かける支度をしている。半袖(はんそで)ジャージの下にインナーを着て、ビブショーツをはいた姿だ。リュックに着替えを詰めているのは、樺沢にロレンツォを渡し、約束の金を受け取ったら電車で帰って来るつもりでいるからだ。

「もう出られるか？」

光俊が光輝に訊(き)く。

「大丈夫」

スポーツドリンクの入ったボトルとヘルメットを小脇に抱えて、光輝がうなずく。

「じゃあ、出発だ」

光俊が立ち上がる。

二〇

午後八時になっても、佐藤はパソコンの操作をやめる気配がない。

田淵と栄太がちらりと視線を交わしたのは、いつまでいるつもりなのだろう、帰らないのだろうか、という意味合いだ。

　と、いきなり、佐藤が立ち上がる。

　突然だったので、田淵と栄太が驚いて仰(の)け反る。

「ど、どうしたの、佐藤さん？　もう帰るの？」

　田淵が訊く。

「気が散る」

「え？」

「用もないのに、ここに残る必要はない。帰れ」

「佐藤さんはどうするの、帰るの？」

「関係ない」

「そんな……関係がないなんて……」

　田淵が啞然(あぜん)とする。

「気が散って集中力が鈍る。仕事の効率が下がる」

「わたしたちが帰った方が仕事が捗(はかど)ると言いたいわけね？」

「そう言っている」

「いくら何でも、その言い方はひどいのでは……」

　栄太がムッとする。

「いいの」

田淵が栄太を制し、

「帰りましょう。この時間だと、もう大部屋から新たな情報も入らないでしょうし、わたしたちが残っていても何もすることはないもの」

「田淵さんがそう言うのなら」

「佐藤さん、何か必要なものはない？」

「……」

佐藤はまたパソコンの操作に没頭している。

「あまりがんばりすぎないで下さいね。今日は朝から働き詰めなんだから」

田淵が声をかけるが、佐藤はまったく無反応だ。

「行きましょうか」

栄太を促し、小さな溜息をつきながら田淵が部屋から出て行く。

これで佐藤は部屋に一人きりになった。

しんと静まり返っている。

佐藤がパソコンのキーボードを叩く音だけが響く。

田淵と栄太が帰ってから一時間ほどして、

「ん？」

珍しく佐藤が声を発する。身を乗り出してパソコンの画面を凝視する。

二台のロードバイクが前後に連なって走っている。

淡島通りの防犯カメラ映像である。

ほんの数秒で通り過ぎてしまう。

「見付けたぞ、ロレンツォ……」

佐藤はパソコンの映像を松見坂の交差点近くにある防犯カメラのものに切り替える。ロレンツォは渋谷方面に向かっていたから先回りして待ち伏せしようと考えたのだ。

「来たな」

佐藤の頰が紅潮している。

興奮しているのだ。

（あ）

ロレンツォが消えた。大型トレーラーの陰に隠れてしまったのだ。それが通り過ぎたときには、ロレンツォもいなくなっている。

「どこだ……？」

交差点を左折すれば富ヶ谷方面だ。右折すれば、道路は、五反田方面と自由が丘方面に枝分かれする。神泉町で左折すれば五反田や自由が丘ではなく渋谷駅方面に向かうことになる。それ以外にも、いくらでも細い道が蜘蛛の巣のように広がっている。

佐藤が必死にロレンツォを捜す。付近の防犯カメラ映像を虱潰しに調べるが、どうしてもロレンツォを見付けることができない。防犯カメラが設置されていない道もあるし、どこに向かったのかわからないのでは、お手上げである。

「ああっ……」

佐藤が両手で頭を抱え、呻き声を発する。

とんとん、とドアをノックする音がする。

ハッとして、佐藤がドアの方を見る。

田淵と栄太が立っている。栄太はコンビニのビニール袋を提げている。

「二人で晩ご飯を食べてたんだけど、佐藤さんが遅くまで残業するようなら、きっとお腹が空くだろうと思って……」

夜食を買ってきました、と栄太が袋を持ち上げる。

「大部屋に理事官はいるか？」

佐藤が田淵に訊く。

「ええ、いると思うけど」

「至急、SSBCの力を借りたい」

「SSBC？」

捜査支援分析センターの略称で、防犯カメラ映像分析の専門家集団である。

「事情を説明してもらえるかしら？」

「ロレンツォを見付けた……」

佐藤はどこでロレンツォを見付け、どこで見失ったかを簡潔に説明する。

「彼らの手を借りれば、ロレンツォを追跡できるはずだ」

「わかった。まず班長に連絡するわ。それから理事官に話しにいく。それでいいかしら？」

「いいだろう。データをまとめておく」

佐藤がまたパソコン操作を始める。

田淵は薬寺に電話をかけて事情を説明する。薬寺の了解を取ったので、

「理事官に会ってくる」

と部屋を出て行く。

栄太は黙ってお茶を淹れ、

「よかったら、どうぞ。おにぎりとお総菜です」

とビニール袋と湯飲み茶碗を佐藤の机の上に置く。

しばらくすると廊下に足音が響き、火野理事官が部屋に走り込んでくる。すぐ後ろを田淵が小走りについてくる。

「おい、佐藤、ロードバイクを見付けたというのは本当か？」

「……」

佐藤は椅子から立ち上がると、まとめたデータをプリントアウトする。それを火野に差し出しながら、

「二台のロレンツォを発見した場所と時間、見失った場所と時間、ＳＳＢＣに調べてほしい防犯カメラの場所などをざっとまとめた。彼らはプロだから、これを見れば、何を

すればいいか、すぐに理解できるはずだ」

「ほう、それは、ありがたい」

「SSBCが調べた内容は、直ちにこの部署にもフィードバックしてもらう。約束を破れば、二度と情報は渡さない」

「何だ、その言い方は？　佐藤、調子に乗るなよ。おまえ、誰に口を利いているつもりなんだ？」

「火野理事官だ」

「……」

火野の顔が怒りでどす黒く変色する。

「わたしは帰宅する。さようなら」

佐藤は鞄と上着を手にすると、さっさと部屋を出て行く。

「何だ、あいつ」

火野が不快そうに舌打ちする。

「これからすぐに調査を始めるんですか？」

田淵が訊く。

「いや、すぐには無理だな。SSBCに連絡して職員を呼び集めてもらうつもりだが、この時間だと何人集められるかわからない。本格的に調べるのは明日になるかもしれないな。できるだけ急ぐつもりだが……」

じゃあな、と手を上げて、火野が立ち去ろうとする。

「さっき佐藤さんが言ったように、何かわかったら、すぐにわたしたちにも知らせていただけますよね？」

「ああ、知らせるよ。胸くそ悪い奴だが、佐藤は使える。佐藤の情報がもらえなくなると、こっちも困るからな」

火野が出て行く。部屋に二人きりになると、

「よくわからない変な人ですけど、相手が誰であろうと常に一貫した姿勢を保つというのは、ある意味、すごいことじゃないでしょうか？」

栄太が言うと、

「仕事もできるし、裏表のなさそうな人だけど、組織の中では浮くわよね。あまり人に好かれそうな感じはしないわ」

まあ、わたしもなんだけどね、と田淵が笑う。

二

午後一〇時過ぎ、光俊から樺沢に連絡が入った。

最寄り駅に着いたというのである。

「わかった。すぐ迎えに行く。一〇分くらいだ……」

その間に駅前のスーパーマーケットのトイレで着替えておくように指示する。

「わざわざ着替えるんですか？」

光俊が不満そうに訊く。

「目立つ格好をしてるんだろう？　人目につくじゃないか」

「上にウィンドブレーカーを着ればいいですよね？　ヘルメットは脱ぎます」

「下は？　あのピチピチのパンツなんだろう？」

「ビブショーツっていうんですよ。ジーンズをはきますから。それでいいでしょう？」

「ロードバイクには乗るなよ。押して歩くんだ。すぐに行くから用意しておいてくれ」

「わかりました」

その電話の三〇分後、瀬川兄弟は樺沢の案内で宍戸浩介の自宅に着いた。駅前やスーパーマーケットにはまだ人の姿が多かったが、駅から宍戸浩介の自宅までは、わざと狭い道を通ったこともあって、ほとんど誰とも出会わなかった。もちろん、そういう道を選ぶように浩介から指示されたのだ。

「ロードバイク、どこに置きますか？」

「とりあえず、玄関に入れてくれ。表に出しておくわけにはいかない」

玄関は広いので、ロレンツォを並べて置くだけのスペースが十分にある。

「ここが樺沢さんの秘密の隠れ家なんですか？」

光輝が訊く。

「まあ、そんなところだ」

「表札には『宍戸』とありましたけど、あれは偽名ですよね？」

「知り合いの名義で買ったんだ」

「さすが用意周到ですね。『樺沢』なんていう表札を出していたら、何かあったとき……つまり、今回のようなことが起こったとき、すぐに警察に探り出されてしまいますからね。羨ましいな。おれたちには隠れ家を持つ余裕なんかないから逃げ回るしかない」

光俊が口許に皮肉めいた笑みを浮かべる。

樺沢は光俊の嫌みを聞き流して、リビングに入る。

二人がついてくる。

「金をもらえますか？」

ソファに腰を下ろすなり、光俊が言う。

「慌てるな。シャワーを浴びたらどうだ？　かなり汗臭いぞ」

「……」

光俊と光輝が視線を交わす。二人ともここでシャワーを浴びるより、金をもらって、さっさと帰りたいという顔である。もう時間も遅いから、シャワーなど浴びずに、このまま電車に乗って帰ってもいい。自分の汗の臭いなど大して気にならないからだ。他の乗客のことなど知ったことではない。

「話したいこともある」

「もう遅いですから……」

「大事なことだよ。これから、どうするつもりだ？」

「しばらく外国に行くつもりです」

「外国？　どこに行くんだ」

「とりあえず、ハワイに行くつもりなんですが」

「ハワイねえ……。金がなくなったら、どうするつもりだ？　ちゃんと考えてるのか？　まさか、ずっとハワイにいるわけにもいかないだろう」

「樺沢さんは、どうするんですか？」

「もうしばらく警察の動きを見守るつもりだ」

「逃げ切れると思ってるんですか？」

「甘い考えは持っていないが、たぶん、大丈夫じゃないかな。『店員』は捕まったが、あいつは何も知らない」

「警察は、おれたちのことも捜してるんですよ」

「おまえたちというか、ロードバイクを捜してるだけだろう。あれを処分すれば、何とかなる」

「そうかなあ……」

光俊と光輝が不安そうに顔を見合わせる。

「もちろん、油断はできない。だから、いざというときのために対策を講じる必要がある。ハワイで遊んでいる間に警察の捜査が行き詰まってくれればいいが、もし捜査が進展するようなことになれば、ハワイから帰国した途端に空港で逮捕されるってことになりかねないぞ」

「どうすればいいんですか？」

「だから、それを話し合いたいと言ってるんだよ。なんなら、ここに泊まればいい。ほら、順番にシャワーを浴びてこい。ビールでも飲みながら話そう。どっちが先に浴びる？　バスルームは、こっちだ」

樺沢が立ち上がる。

「先に行けよ、光輝」

「うん、すぐに出るから」

リュックを手にしてソファから腰を上げ、樺沢に案内されてバスルームに向かう。

「こっちだ」

バスルームのドアを開け、樺沢が明かりをつける。

「バスタオルは、これを使ってくれ」

「すいません」

光輝がバスタオルを受け取ったとき、カーテンの陰から浩介が現れる。素早く光輝に飛びかかると、首筋にスタンガンを押しあてる。光輝は、ぐえっ、と呻いて膝から崩れ落ちる。白目をむいて体を痙攣させている。

「次だ」

浩介が押し殺した声で言い、またカーテンの陰に隠れる。

「うむ」

樺沢はうなずくと、大きく息を吸い、

「おい、どうした？　大丈夫か？　光輝、しっかりしろ！」

いきなり大声を出し、光俊、こっちに来てくれ、光輝の様子がおかしいぞ、と叫ぶ。

ばたばたと廊下を踏み鳴らし、光俊が慌てた様子で走ってくる。

「どうしたんですか？」

バスルームに入り、床に倒れている光輝を見て表情を変える。

「いったい、何が……？」

「突然、倒れたんだ」

樺沢が言ったとき、カーテンの陰に隠れていた浩介が光俊に飛びかかる。さっきと同じように首筋にスタンガンを押しあてる。光俊も気を失う。

「何だか、簡単なんだな……」

あまりにも呆気なく二人を罠にかけることに成功し、樺沢は拍子抜けしたらしい。

「相手が何の警戒もしていなければ、こんなもんさ。スタンガンを首にやられると、一瞬で頭の中に強烈な電流が走るからな。悲鳴を上げる暇もない」

「命に別状はないのか?」

「運が悪ければ死ぬよ。それくらい効くからな」

「二人は生きているようだな」

「何を安心してるんだ? どうでもいいだろう。どうせ殺すんだから」

ほら、これで縛るんだよ、とビニール紐を樺沢に差し出す。

「……」

樺沢は黙って受け取る。顔色が悪く、額に大粒の汗を浮かべている。不慣れなことをしているせいで動揺しているのであろう。

二〇分後……。

浩介と樺沢は瀬川兄弟を地下室に運んだ。両手両足をビニール紐で縛り、口にはガムテープを貼ってある。二人ともまだ意識を失ったままだ。

地下室に足を踏み入れたとき、樺沢は凍り付いたように硬直して、しばらく動くことができなかった。

浩介の家に来たのは今日が初めてで、地下室に入るのも初めてだ。目の前の光景に戦慄し、恐ろしさのあまり身動きできなくなってしまったのだ。

部屋の中央にあるふたつの大きな檻。

檻の中にいる荒川真奈美と松岡花梨。

荒川真奈美はベッドに横たわったまま身じろぎもしない。

松岡花梨の方は、まだ元気だ。金曜日の夜に拉致(らち)されたばかりで、まだ人体パーツを奪われていないから体力があり、精神的なダメージもさほど大きくはない。

「あなた、誰？　お願い、助けて！　そいつ、頭がおかしいの。警察を呼んで！」

樺沢を見て、檻から両手を伸ばして救いを求める。

「もっと大きな声でお願いした方がいいぞ。そうすれば、警察に連絡してくれるかもしれないからな」

あははは、と浩介が愉快そうに笑う。

「まさか……あんたも仲間なの？」

両目を大きく見開いて樺沢を凝視する。

樺沢は松岡花梨を無視して、

「おれは何をすればいい？」

「ここから先は、おれが一人でやるよ。上で自転車を分解しておいてくれ。何もしないで待ってるより、気が紛れていいだろう？　おれも余計な手間が省けてありがたい」

「わかった」

「こいつらの持ち物は、おまえが処分してくれ。財布とか身分証明書とか部屋の鍵(かぎ)とか携帯とか……。ヘルメットとか着ていたものなんかは、後でおれが片付ける」

「どれくらい時間がかかる？」

「こいつらを起こして、証拠をどこに隠してあるか聞き出すだけだから、大して時間はかからない。どんな拷問にも耐え抜くような、すごい根性の持ち主なら話は別だけどな。おれとしては、できるだけがんばってもらう方がやり甲斐があるし、楽しい」

浩介がにやっと笑う。

樺沢が地下室から出て行くと、

「よし、始めるぞ」

浩介が光俊と光輝の口からガムテープをはがし、頭から水をかける。それで二人が意識を取り戻す。

「何だ、おまえ、何をする気だ？」

光俊が浩介を睨む。

「質問に答えてほしい。犯罪の証拠を隠しているそうだな。どこに隠してあるか教えてくれ」

「ふんっ、バカか。そんなことに答えたら、おれたちは、どうなる？　殺すつもりなんだろう。答えるはずがない」

「まあ、その通りだ。だけど、同じ死ぬにしても死に方というものがある。楽に死ぬのがいいか、苦しみ抜いて死ぬのがいいか、どっちを選ぶのかという話なんだよ」

「誰が脅しなんかに乗るか」

「気が強いな。顔はそっくりだが、おまえは強気な性格だ。それに引き替え、こっちは気の弱そうな顔をしている。びびってるんだろう？」

浩介が光輝を見て、にやりと笑う。

「何も言うなよ。どうせ脅しだ。何もできやしない。こっちには犯罪の証拠があるんだ。あれが警察の手に渡ったら、樺沢もこいつも終わりなんだ。切り札は、こっちにあるってことだ」

「それは、どうかな」

浩介は胸ポケットに刺してあるボールペンを手に取ると、いきなり、それを光俊の左目に突き刺す。ぎゃあっ、と悲鳴を上げて光俊が仰け反る。左目から血が溢れ、光俊の顔を真っ赤に染める。

「どうだ、痛いか？ 大したことないかな。眼球には神経がないから、実は大して痛くないんだよな。やられた本人より、見てる方にインパクトが大きい」

「……」

光輝と松岡花梨が真っ青な顔で口をぽかんと開けている。口から悲鳴も出てこないほど驚いている。それほど衝撃的だったのだ。

「じゃあ、これは、どうだ、きっと痛いぞ」

ポケットからカッターナイフを取り出すと、光俊の頭を羽交い締めにして、左耳をカッターナイフで切り始める。サバイバルナイフとは違うから、それほど切れ味はよくない。まして、人の耳など、そう簡単に切り落とせるものではない。

浩介は容赦なくカッターナイフを食い込ませていく。

光俊の口からは凄まじい悲鳴が洩れる。

「ほら」

切り取った左耳を、浩介は光輝の足元に放り投げる。

光俊の足元に液体の染みが広がっていく。小便を洩らしたのだ。

「目をやって、耳をやって、順番的には、やっぱり次は鼻だよな。鼻を抉り取るか。その後は手と足の指を順番に切断するか、それとも、ペニスを切るか、肛門に鉄の棒を突き刺すなんていうのも悪くないよな。時間はたっぷりあるから、いろいろできるぞ。おれとしては、おまえらができるだけ我慢してくれる方がいい。楽しめるからな。あっさり白状するなよ。さて、鼻だな」

浩介が光俊の鼻をつまむ。

「やめてくれ、待ってくれ！　何でも話すから、もうひどいことをしないでくれ」

光輝が泣きながら頼む。

「嘘だろ。もうギブアップか？　まだ大したことしてないぞ。もう少しがんばれよ」

「頼む。お願いだから、もうやめて下さい……」

「ああ、つまらん」

浩介がカッターナイフを床に放り投げる。

「じゃあ、言え。どこに隠してあるんだ？」

樺沢は玄関でロレンツォの分解作業をしている。と言っても、スパナとドライバーでナットやビスを外し、タイヤ、サドル、車輪などの大きなパーツを本体から取り外しているだけだ。ひとつひとつのパーツが大きいので、これではそう簡単に処分できない。

「終わったぞ」

背後から浩介に声をかけられ、何気なく振り返った樺沢は悲鳴を上げそうになる。

「どうした、そんな顔をして？　何をそんなに驚く？」

「血……血が顔に……手にも……」

樺沢の声が上擦る。

「ああ、血か。タオルで拭いたんだけどな。それより、わかったぞ。パソコンとファイルに証拠があるらしい……」

犯罪の証拠は自宅マンションに置いてあるノートパソコンと袋とじのバインダーファイルに保管してある、という。マンションのどこにあるか、浩介が樺沢に説明する。

「わかった。明日、取りに行く」

「早い方がいいぞ。明日は客の始末もつけるんだからな」

「う、うむ……」

樺沢がごくりと生唾を飲み込む。

「あの二人だが……」

「気になるのか？」

「いや……」

「まだ生きてるよ。もっとも、普通の体ではなくなっているけどな。会うか？　もう用なしだから今夜中に始末するが」

「任せる。じゃあ、おれは帰る」

「泊まっていけよ。もう遅い。これから都内に戻るのは大変だぞ」

「大丈夫だ。今夜中に戻っておいた方が明日動きやすい」

「ふうん、好きにすればいいさ」

浩介が肩をすくめる。

「自転車の分解が中途半端で悪いが」

「何とかするよ。バラバラにするのは得意なんだ、人間でも、物でも、な」

浩介がにやっと笑う。

「……」

樺沢は、とても笑えなかった。

二二

四月一二日（月曜日）

朝礼が終わると、糸居が自分の椅子にどっかりと坐り込み、

「ああ～っ、また手柄を横取りされちまったのか」

と、ぼやく。

「横取りとは違うわよ。佐藤さん一人の手に負えないから、SSBCの力を借りなければならなかった。そのためには理事官の助けが必要だったの。ゆうべのあの時間にSSBCを動かすのは、わたしたちには無理だから……。そうですよね、班長？」

田淵が薬寺を見る。

「ええ、ブチさんの言う通りよ。連絡をもらって、わたしも承知したって、さっき説明したじゃない」

薬寺がうなずく。

「おれだって頭ではわかってるんですよ。だけど、理屈じゃなく、気持ちの面で納得できないって感じすかね。ま、それだけのことですから気にしないで下さい」

糸居が肩をすくめる。

「理事官から連絡はないんですよね？」

栄太が田淵に訊く。

「ないわね。あれだけ念を押したから、まさか情報を隠したりはしないと思うんだけど……」

と言いながら、田淵も確信が持てない様子である。

薬寺の机の上にある固定電話が鳴る。

「はい、特殊捜査班、薬寺です……。あ、理事官ですか……」

はい、はい、とうなずき、ちょっと待っていただけますか、と送話口を手で押さえ、

「何でもいいから地図を出して！　東京都の地図よ。なるべく大きいのがいいわ。赤でも青でもいいからサインペンも！」

「用意できました」

あおいが素早く机の上に地図を広げ、赤のサインペンを手にする。

「お待たせしました……。はい、淡島通りから２４６に入って渋谷方面ですね……」

薬寺が右手を動かして、線を引く仕草をする。

「……」

あおいがうなずき、地図にサインペンで線を引く。

「そのまま青山通りを真っ直ぐ進んで、皇居に沿って有楽町方面……あら、ここのすぐそばを通ったんですね……すいません、続きは……新大橋通りを日本橋方面に向かい、新大橋で隅田川を渡る……そのまま荒川を渡って……はあ、千葉に入ったわけですね。そうですか、ありがとうございます。また連絡をお待ちしています」

薬寺が電話を切る。

「こんな感じです」

あおいがホワイトボードに地図を貼る。

「ふうん……」

佐藤以外の五人がホワイトボードの前に集まる。

「千葉に向かったわけか」

糸居がつぶやく。

「千葉県警の管轄に入ったから、追跡がストップしたんでしょうか？」

栄太が首を捻る。

「上の連中は縄張り争いに敏感だからな」

糸居がふんっ、と鼻を鳴らす。

「その程度の調整なら大して時間はかからないはずよ。重大事件だから、千葉県警も協力的だろうしね。むしろ、実務的な問題じゃないかな。都内の大きな道路沿いなら防犯カメラの設置も多いだろうけど、千葉に入って、あまり大きくもない道を走ったりすると、そもそも防犯カメラが設置されていないことも考えられるわ。それで追跡に苦労してるんじゃないかしら」

田淵が言う。

「でも、たった半日でここまで突き止めるんだから、やっぱり、ＳＳＢＣは大したものだわね」

薬寺が感心する。

「なぜ、千葉に向かったんでしょう？　女性を監禁しているアジトがあるんでしょうか」

あおいが訊く。

「それは考えられるわね。捜査の網が狭まってきたのを察知して被害者を……」

薬寺が言葉尻を濁す。

「つまり、アジトに証拠隠滅に向かった、と言いたいわけですよね？　被害者の始末」

糸居がずばりと口にする。

「一刻を争うわね」

田淵がうなずく。

「白峰君」

佐藤が栄太を呼ぶ。

「何ですか？」

「これも、地図と一緒に貼ってくれないか」

プリントアウトした写真を差し出す。

「はあ……」

栄太が戸惑った様子で写真を受け取る。若い女性の写真だ。初めて見る女性なので、この事件に何の関係があるのか栄太には見当がつかない。その写真をホワイトボードに貼ると、他のメンバーたちも栄太と同じような反応を示す。

「佐藤さん、説明してもらえるわよね？」

薬寺が遠慮がちに訊く。

「捜査は少しずつ進んでいるが、このペースだと被害者を生きているうちに救えるかどうかわからない。追い詰められれば、犯人は被害者を始末しようとするだろうから……」

佐藤が淡々と話し始める。

「それ、たった今、おれが言ったことじゃないですか！」

佐藤以外の四人が糸居に冷たい目を向け、シーッと唇の前に人差し指を立てる。

「はいはい、黙りますよ」

糸居が肩をすくめる。

「だが、もしかすると、犯人は、それほどの危機感を抱いていないかもしれない。その場合、一度取引に失敗して、売り物の人体パーツを警察に押収されたことで儲けをフイにしてしまったわけだから、その損失を埋めるために新たな取引を試みるかもしれない、と考えた」

佐藤が説明を続ける。

「新たな取引って……人体パーツの取引という意味ですよね？」

栄太が訊く。

「そうだ。新たに指と耳を手に入れなければ取引はできない」

「別の女性を拉致するかもしれない、と言いたいわけね？」

田淵が訊く。

「かもしれない、ではない。すでに犯人は女性を拉致したと考えられる」

「え……もしかして、この人？」

薬寺が写真に顔を向ける。

「松岡花梨さんという専門学校生だ。金曜日の夜、バイトを終えて自宅に帰る途中、行方がわからなくなった。昨日の朝、家族が警察に相談し、捜索願が出された。届け出の内容はすでにコンピューターに登録されている。その写真は家族が警察に提出したものだ。白峰君、荒川真奈美さんの写真を松岡さんの写真の横に並べて貼ってくれ」

「はい」

栄太が二枚の写真を並べて貼る。

「……」

皆が写真を見比べる。

やがて、

「似てるわね」

薬寺がつぶやくと、

「ええ、似てますね。髪型が少し違いますけど、パッと見の印象がすごく似てる。背の高さは？」

田淵が佐藤に訊く。

「ほぼ同じだ。二人とも一六〇センチ前後」

佐藤が答える。

「似たタイプの女を狙ってるわけか」

糸居が不快そうに舌打ちする。

「客の好みに合わせてるってことかも」

あおいが言う。

「金曜日の夜、バイトを終えて店を出た時間はわかっている。そこから真っ直ぐ自宅に向かえば、何時頃、最寄り駅に着くかも推測できる」

「もう調べたの？」

薬寺が驚いたように佐藤に訊く。

「調べた。最寄り駅の改札を出る姿を確認した」

「ということは、駅から自宅に帰る途中で拉致された可能性が高いですね。その道筋にある防犯カメラも調べたんですか？」

栄太が訊く。

「駅前の商店街には何台もあって、それには姿が映っているが、そこから自宅までは住宅街で、あまり大きな道でもないので防犯カメラがほとんど設置されていない。ただ、自宅と駅のちょうど中間地点あたりに公園があり、公園の手前には防犯カメラがある。それには映っていた。公園から自宅までの道筋には防犯カメラがない。そこから先は確認のしようがない」

「お手上げじゃないですか」

糸居がつぶやく。

「そうでもないわ。公園から自宅までのどこかで拉致されたと考えられるもの。範囲としては、かなり狭いんじゃないかしら」

田淵が言う。

「松岡花梨さんは防犯意識が高かったらしく、普段から防犯ブザーと唐辛子スプレーを持ち歩いていたそうだ」

「周りが住宅街なら、騒がれれば誰かが気付くはずよね。荒川真奈美さんのときと一緒だわ。どうやって若い女の子を拉致しているのかしら？」

薬寺が首を捻(ひね)る。

「それは謎だが、犯人が車を使っていることは間違いないだろう」

「ふふふっ、それくらいなら、おれにだって推理できますよ。まさか被害者を肩に担いで逃げたはずはないでしょうからね。だけど、それだけじゃ何もわかったことにならない。せめて犯人がどんな車に乗っているのかわかれば話は別ですけどね」

「千葉」

「は？」

「糸居君と柴山さんは千葉に向かえ」

「何で、千葉なんですか？」

「恐らく、犯人のアジトが千葉にあるからだ」

「それ、さっき、特殊部隊が言った台詞でしょう」

糸居が呆れたように両手を広げる。

「いちいち余計なことを言わないでよ」

あおいが糸居を睨みながら、

「でも、佐藤さん、千葉といっても広いですよ。千葉のどこに行けばいいんですか？」

「とりあえず高速に乗って千葉に行き、わたしから連絡がないようなら幕張のパーキングエリアで食事でもしていてほしい」

「すげえアバウトだなあ」

「うまくいけば、一時間くらいで手がかりをつかむことができるはずだ」

「わかりましたよ。ここにいても何もすることもないしな。行くか、特殊部隊」

「そうだね」

「念のために訊きますが、拳銃を携行した方がいいですかね？ 必要なら、装備課に寄っていかないといけないんで」

「何で、拳銃がいるのよ？」

薬寺が訊く。

「犯人のアジトに踏み込むことになるかもしれないじゃないですか。向こうが撃ってきたら、手ぶらじゃ歯が立ちませんよ。今どきのヤクザなら拳銃くらい持ってますからね。犯人がヤクザだとは限りませんが」

糸居が答える。

「万が一、アジトを突き止めたら、あんたは踏み込まなくていいよ。所轄に連絡して応援を要請すればいいじゃない。わたしは拳銃なんかなくても踏み込むけどね」

あおいが馬鹿にしたように口許に笑みを浮かべる。

「ふんっ、念のため、と言っただろうが。行くぞ」

「じゃあ、班長、行ってきます」

薬寺に声をかけて、あおいが部屋から出て行く。

「佐藤さんに仕切ってもらう方が仕事がスムーズに進む気がするわ」

薬寺が溜息をつく。

「わたしたちは何をすればいいかしら？」

田淵が佐藤に訊く。

「三輪だな。班長は三輪が会社に出勤すると思っているようだが、わたしはそうは思わない。週末、警察の手が迫っているのを察して、三輪はどこかに姿を隠した。慌てていただろうから、長く留守にできるような支度はできなかったはずだ。一度はマンションに戻るに違いない」

「じゃあ、マンションを張り込んでみましょうか」

田淵が栄太を見る。

「そうですね」

栄太がうなずく。

二三

樺沢不二夫オフィス。

鍵(かぎ)を開けようとして、牛島典子は怪訝(けげん)な顔になる。

もう開いていたからだ。

オフィスに入ると、奥で人の気配がする。

まさか泥棒では、と警戒しつつ、万が一のときには、すぐに逃げ出そうと覚悟を決めて、そろりそろりと樺沢の部屋に近付く。そっとドアを押すと、思わず、あっ、と声を発してしまう。すぐ目の前に樺沢が立っていたからだ。

「おはよう、牛島さん」

「お、おはようございます」

声が上擦っているのが自分でもわかる。

「社長がいらっしゃるとは思わなくて……」

「こんなに早く出てくることは滅多にないからね」

「すぐにコーヒーを淹(い)れます」

「頼む」

典子が一礼して、ドアを閉める。

ほっと大きく息を吐く。額に汗が滲んでいる。

冷静になってみれば、空き巣が入ったことを疑うより、樺沢が早めに出社してきたのではないかと考える方がよほど自然である。なぜ、そう考えなかったのかと言えば、この会社で典子が働き始めてから、ただの一度も樺沢が典子より早く出社したことがないからだ。

（今日に限って、どうしたのかしら……）

不思議に思いながら、典子はコーヒーメーカーを操作する。コーヒーが落ちると、お盆にマグカップを載せて樺沢の部屋に運ぶ。

ドアをノックし、失礼します、と声をかけて部屋に入る。樺沢は真剣な面持ちで机に向かっている。机の上には書類が積み上げられている。これもまた珍しい光景だ。樺沢が熱心に仕事に取り組んでいる姿など、これまで目にしたことがない。

「ありがとう」

マグカップを受け取り、コーヒーを飲む。

典子が下がろうとすると、

「牛島さん」

「はい」

「オークションなんだけど、しばらく中止したいんだ。出品してるものを引き揚げて下さい」

「全部ですか？」

「うん、そうしてほしい」

「もう入札が始まっているものもありますが」

「止められないの？」

「簡単ではないですね。主催者からペナルティを科されることもありますから」

ネットオークションでは、出品者が指定した期日まで入札が続けられ、もっとも高い金額で入札した者がその商品を落札し、購入する権利を得る。

「入札が終わるのは？」

「ええっと、週末に出品したものの期日が明後日ですね」

「それ以降は、ない？」

「はい、今日これから出品するつもりでしたから」

「じゃあ、明後日までの分は、今まで通りやって下さい。入札されていないものは中止して引き揚げる。新たな出品はしない。それでいいかな？」

「大丈夫です」

「急な話で驚いただろうけど、ちょっと業務内容を見直そうかと思っていてね。方針がはっきりするまで中止するだけだから」

「わたしの仕事が暇になってしまいますが、何をすればよろしいでしょうか？」

「手許にある商品券や施設優待券、図書カード、QUOカードなんかは金券ショップで処分しよう。株主優待品は今まで通り届くから、急に暇になったりはしないんじゃないかな。もし本当に暇で仕方ないということになったら有休をあげるよ。いつもがんばってくれているからね」

「ありがとうございます」

二時間ほど後……。

まだ出品していない金券類を鞄に入れ、典子が新宿の金券ショップに出かける。

「行ってきます」

「うん、よろしく」

樺沢は証券会社の口座にアクセスし、持ち株の売却を続けている。

しかし、株を売却して、口座の現金残高が増えても、それをすぐに銀行口座に送金できるわけではない。株の売買手続きが最終的に完了するには時間がかかるのだ。

パソコンを操作する手を止めると、椅子から立ち上がる。ドアを開け、典子がいないことを改めて確認する。ソファに坐り、携帯を取り出す。

「おれだ」

「ああ、おまえか……」

宍戸浩介である。力のない声だ。

「どうかしたのか？」

「何でもない。疲れているだけだ」

「あいつらは？」

「心配ない。ちゃんと片付けた。ロードバイクもな」

「そうか」

「詳しく聞きたいのか？」

「それは結構だ」

「証拠は、あったのか？」

「マンションで見付けた。教えられた通りだった」

「まあ、そうだろうな。あの状態で嘘をつけるとは思えないからな」

浩介がくくくっと小さく笑う。

「客にはマンションに帰るように指示した。おまえとは昼の待ち合わせだが、間に合うか？　まだ自宅なんだろう」

「余裕だよ」

「それならいいが……」

「じゃあな」

電話が切れる。

樺沢は、ソファに深く腰を沈め、天井を仰ぎ見て、大きく息を吐く。

瀬川兄弟は、この世から消えた。

浩介が抹殺したのだ。

しかも、拷問による酷い死である。

浩介がどんな拷問を加えたのか、二人がどれほど苦しんだのか、詳しいことは樺沢は知らないし、知りたいとも思わない。

何とも憂鬱な気分である。

大して親しくはなかったが、二人は遠い親戚である。赤の他人とは違う。血縁者なのだ。その二人を、いかに自分の身を守るためとはいえ、殺人鬼の手に委ねてしまったことに後ろめたさを感じる。何も考えまいとしているが、ゆうべも、ほとんど眠ることができなかった。

自分が善人だとは思っていないし、ひどい悪事に手を染めているという自覚もあるが、それでも浩介よりは、ましな人間だと思う。身内の死に心を痛めるだけの人間らしさが残っているからだ。恐らく、浩介には良心などないのだろう。つまり、自分とはまったく種類の違う人間なのだ。いや、人間ではなく、人間の姿をした化け物なのではないか、とすら思える。

早く浩介と縁を切りたいが、あとひとつ頼まなければならないことが残っている。三輪吉信の始末だ。二人で三輪のマンションに赴き、三輪の口を封じる必要がある。それが済んだら、もう二度と浩介に会うことはない。これまでに蓄えてきた財産と共に姿を消すのだ。どこか他の土地で別人として生きる。来週の今頃は、そうなっているはずだ。

二四

しつこいインターホンの音で宍戸浩介は目を覚ました。着替えもせずに、ソファで眠りこけていた。目を開けると、窓から差し込む朝日がまぶしい。

樺沢が帰ってから、光俊と光輝を拷問した。二人が死んだ後も興奮が収まらないので、酒を飲みながらロードバイクの分解作業をした。休憩しながら作業しているうちに、いつの間にか眠り込んでしまったらしい。

体を起こす。頭が痛い。寝不足と二日酔いのせいに違いない。

足元にマリアが寝転がっており、浩介をじっと見上げる。

「いいんだよ、おまえは寝てろ」

その言葉を理解したかのように、マリアが前脚の上に顎を乗せて目を瞑る。

また、インターホンが鳴る。

「しつこいなあ。誰だ、いったい？」

ぶつくさ言いながら立ち上がると、モニターのボタンを押して、はい、どなた、と不機嫌そうに応答する。

「浩介君、わたしよ。畑中」

隣家の畑中真知子だ。

「どうも。何でしょうか？　まだ寝てたもので……」

「先週話したじゃない。火曜日だったかしら。百合江さんの七回忌、お線香を上げさせてもらいたいって。簡単なお料理も用意しますと言ったでしょう？」

「あ……」

すっかり忘れていた。

言われてみれば、確かに、そんな話を聞いた記憶がある。

しかし、それは今日だったか……よく覚えていない。

「すいません、今日でしたっけ？」

「あら、ご迷惑だったかしら？」

「いや、そんなことはないんですが……」

「お線香を上げるだけだもの。長居するつもりなんかないのよ」

「起きたばかりで、まだ顔も洗ってなくて」

「大丈夫。もうすぐ伺いますって知らせに来ただけなの。起きたばかりだと、すぐには無理よね。一時間後でどうかしら？」

「そうですね。一時間後なら……」

「じゃあ、また後で来るわね」

インターホンが切れる。

「クソばばあ！」

思わず悪態を吐く。

「何て鬱陶しいばばあなんだ。しかも、こんな忙しい日に来るなんて……」

さっき断ればよかったかな、いや、簡単に引き下がるようなばばあじゃないし、なぜ、今日では駄目なのか、いつならいいのか、とうるさく詮索するに決まっている。そんな想像をするだけで気が滅入る。面倒なことを先延ばしにするくらいなら、仏間に通して線香を上げさせて、さっさと帰ってもらう方がいいのではないか、と考える。手料理を持ってくると話していたから、本心ではすぐに帰るつもりなどなく、また昔話でもしながら長っ尻するつもりなのだろうが、生憎、今日は浩介が本当に忙しいのだ。もたもたしていると樺沢との約束に遅れてしまう。

「シャワーでも浴びるか……」

体が酒臭いし、汗や血の臭いも混じっている。頭をすっきりさせる必要もある。

シャワーを浴びて着替え、濃いブラックコーヒーを飲んでいると、インターホンが鳴る。ちょうど一時間経っている。

「几帳面なクソばばあだよ」

顰めっ面をしながら腰を上げ、

「はい」

と、インターホンに応答する。

「浩介君、ちゃんと顔を洗った？」

「大丈夫です。今、開けます」

溜息をつきながら玄関に向かう。

ドアを開けると、真知子がにこにこして立っている。その後ろで夫の芳雄が両手で重箱の風呂敷包みを大事そうに抱えている。いつも気の弱そうな薄ら笑いを浮かべている男で、当然ながら真知子の尻に敷かれている。

「わざわざ、ありがとうございます。母も喜びます。どうぞあがって下さい」

「じゃあ、失礼しますね」

真知子がにっこり笑う。

それから三〇分後……。

浩介は苛立ちを必死に抑えている。

畑中夫婦が仏間から動こうとしないのである。

線香を上げたらすぐに帰ると言ったくせに、一向に帰ろうとせず、時折、ハンカチで目許を押さえながら、亡くなった百合江の昔話を語り続けている。しゃべっているのは真知子だけで、芳雄は適当に相槌を打つだけだし、浩介は黙りこくっている。

一緒に食事でもいかがですかと言えば、真知子は嬉々として承知するに違いない。それはごめんだし、いい加減に帰ってもらわなくては、いつまでも浩介も出かけることができない。

「あの、そろそろ……」

「お手洗い、いいかしら？」

真知子が腰を浮かせる。

「ええ、もちろん」

隣なんだから家に帰って、ゆっくりトイレに入ればいいじゃないか、と言いたいところだが、もちろん、そんなことを言えるはずがない。

（全然帰る気がないな）

と、浩介は溜息をつく。

仏間には浩介と芳雄が残された。別に話すこともないので二人とも黙りこくっている。

「あいつ、遅いな」

芳雄がぽつりとつぶやく。

浩介がハッとする。ぼんやりしていたが、真知子がトイレに立って、すでに一〇分近く経っている。

「見てきましょう」

浩介が立ち上がる。

トイレに行くが、鍵(かぎ)はかかっておらず、中には誰もいない。

もしや食事の支度でもしているのではないか、と思いつき、台所に行ってみる。

ここにもいない。テーブルの上に重箱が置かれたままになっている。

廊下からマリアの鳴き声が聞こえる。

何かを警戒するような声だ。

何事だろう、と浩介が廊下に出て奥に進む。

「……」

立ち止まる。表情が強張る。

マリアは本棚の前をうろうろしている。

スライド式の本棚で、ロックを解除すれば本棚が動く。その後ろに、地下に続くドアが隠されている。本棚がずれており、その後ろにあるドアがわずかに開いている。

なぜ、こんなことになったのか……浩介が溜息をつく。

もちろん、自分のせいである。ゆうべ、疲れた状態で酒を飲み、何度か出入りしているうちに、きちんと段ボール箱でスライドレールを隠さなかったのに違いない。もしかすると、ロックも外れたままだったかもしれないし、本棚がずれてドアが見える状態だったかもしれない。

記憶が曖昧である。目を覚ましてから、慌ただしく身支度を整えたため、きちんとチェックする余裕がなかった。悔やまれるが、後の祭りである。

そっとドアを引く。明かりがついている。階段を下りていく。踊り場まで来ると、別のドアがある。覗き窓から部屋の中を覗くと、檻の前に真知子がいる。しゃがみ込んで、松岡花梨と何か話している。

長靴を履き、そっとドアを開けて、壁に立てかけてある掃除用のデッキブラシを手に取る。忍び足で真知子に近付く。真知子の肩越しに花梨と目が合う。

「危ない！」

花梨が叫ぶ。

真知子が振り返り、

「浩介君……」

それが真知子の最期の言葉になる。

デッキブラシの柄で真知子の横っ面を思い切り殴り、真知子が床に倒れると、脇腹を容赦なく蹴飛ばす。何度も蹴って真知子が動かなくなると、顔面を踏みつける。もはや、ぴくりとも動かない。

「……」

花梨が真っ青な顔で、瞬きもせずに浩介を見つめる。浩介は口の前に人差し指を立て、

「騒ぐなよ。まだ死にたくないだろ？」

結束バンドで真知子の両手両足を縛ると、ちくしょう、面倒なことになっちまったよ、とぼやきながら地下室から出て行く。こうなったからには芳雄も始末しなければならない。畑中夫婦の生死など、浩介にはどうでもいいし、隣人愛などかけらも感じてはいないが、二人が行方不明になれば警察が捜査するだろうし、当然、浩介のところにも捜査

員がやって来るに違いない。おしゃべりの真知子が近所の知り合いや、遠方に住む娘や息子に、

「百合江さんの七回忌だから、お線香を上げに行くわ」

などと話していたら完全にアウトだ。

畑中夫婦を手にかけるということは、この家に住み続けることはできないし、宍戸浩介として生きていくこともできないということを意味するのだ。

とは言え、秘密を知った人間を生かしておくことはできない。こうするしかなかった。

仏間で居眠りしていた芳雄の首を絞めて気絶させ、地下室に運ぶ。

真知子と芳雄を殺害し、二人の遺体を処理しようとするが、まだ昨日の疲れが残っていて何もやる気がしない。そもそも双子の遺体すら完全には処理し終えていないのだ。

「後にするか……」

リビングに戻ると、ちょうど携帯が鳴り出す。

「おれだ」

「ああ、おまえか……」

「どうかしたのか？」

「何でもない。疲れているだけだ」

樺沢と待ち合わせの確認をして電話を切る。

二五

「ああ、疲れた、疲れた。仕事をすると腹も減るぜ」

糸居が椅子にどっかり坐り込む。幕張パーキングエリアのフードコートである。

糸居のトレイには、ハンバーガー、フライドチキン、ポテトフライ、ダイエットコーラが載っている。あおいのトレイには、ドーナツがひとつ、ヨーグルト、野菜ジュースが載っている。

「何もしてないじゃん。車に乗って幕張まで来ただけだし、運転したのはわたしで、あんたは助手席で居眠りしてたんだから」

「青いな。一流の刑事は眠っているときでも頭の中で事件について考えてるんだ」

「あり得ないでしょう。他の刑事なら、そうかもしれないけど、あんたに限って、それはない。アホみたいに口を開けて、涎を垂らしながらいびきをかいてる奴が事件のことなんか考えてるはずがない。どうせ、いやらしい夢でも見てたんでしょう？　時々、下品に笑ってたからね」

「何とでも言え」

糸居はハンバーガーを食べ始める。

あおいの携帯が鳴る。

「はい、柴山です。あ……班長……」

薬寺の言葉に、はい、はい、とうなずきながら耳を傾ける。

「了解です。直ちに向かいます」

携帯を切る。

「何だって？」

「木更津に行けってさ」

「木更津？　そこに犯人のアジトがあるのか？」

「そこまでは、はっきり言ってなかった。とりあえず、木更津に行ってくれというだけ。たぶん、佐藤さんが詳しい説明をしてないんだよ」

「今日は佐藤さん、マジでアバウトだなあ。調子が悪いんじゃねえの？　何もわからないって言うのが恥ずかしいから適当なことを言ってるとか……」

「うだうだ言ってないで、ほら、行こうよ。それは車の中で食べればいいでしょう。助手席に乗ってるだけなんだから」

「おまえ、前の部署で煙たがられてただろう？　口うるさいから追い出されたんじゃねえの」

「先に行くから。電車で来たら」

あおいが席を立ち、足早に出口に向かう。

「おい、待てよ」

トレイを手に、糸居が慌てて後を追う。

二六

カーテンを閉め切った薄暗い部屋で、三輪吉信は息を潜めている。

今朝早く、マンションに戻った。ゆうべ遅く、樺沢から電話があり、マンションに戻るように指示されたのだ。

警察が張り込んでいるかもしれないと思い、正面エントランスからマンションに入ることを避け、裏の駐車場から入った。駐車場の門扉は、車が出入りするときだけ開閉するシステムになっているが、電子キーを持っている住人であれば門扉の横にある非常口から敷地内に入ることができる。そこにまで警察が目を光らせていれば、もう観念するつもりでいた。幸い、裏口で刑事に呼び止められることはなかった。

三輪のマンションは正面エントランスを抜けると、ホテルのような広いロビーになっており、そこにソファや丸テーブルが並べられている。エレベーターはロビーの奥にあるから、人の出入りを見張るには絶好の場所である。

警察が張り込んでいるとすれば、路上に停めた車から正面エントランスを見張るのが普通だが、マンションの管理会社と交渉してロビーに入り込んでいる可能性もあるから、決してエレベーターを使わず、非常階段を使うように、と樺沢から指示された。

だから、三輪はエレベーターを使わず、非常階段を使って部屋に上がった。駐車場や非常階段までは見張っていなかったのか、三輪が部屋に戻っても警察がインターホンを鳴らすようなことはなかった。

運転手の島田と秘書の松波にメールを送った。詳しい事情を説明せず、今日は会社を休むとだけ知らせた。島田からは「承知しました」と短い返信が来た。松波からは、会議や取引先との会食予定をどうするのか、という問い合わせが来たが無視した。気位が高く、感じの悪い中年女だが仕事はできるから、適当な言い訳を拵えてうまく処理するはずだ。会社も大事だが、今は樺沢との話し合いの方が重要だ。何しろ、下手をすると警察に捕まってしまうかもしれないのだ。今のところ参考人扱いのようだが、いつ容疑者にされてもおかしくない状況である。自分がどういう立場にいるのか、三輪自身、よくわからない。

樺沢の説明では、

「もし何らかの容疑がかけられていれば、とっくに逮捕状が出ているでしょうから、家宅捜索されているはずです。参考人なら、そこまではできません。警察がマンションを見張っているのは、ただの参考人ではなく、重要参考人と考えているからです」

ということになる。

「わたしは客に過ぎない。売られているものを買っただけだぞ。それなのに、なぜ、こんな目に遭わなければならないんだ？」

「自分が何を買ったのか、よくお考えになって下さい。人に自慢できますか？　誰にでも見せられるものですか？　若い女性の指や耳を買って、事前にその女性の写真まで見せられて、自分は何も知らなかった、何も悪いことなどしていないと警察に言えますか？　そんな言い逃れが通用すると思っているんですか」

「どうすればいいんだよ」

「それを教えるために伺います。心配することはありません。わたしの言う通りにすれば、警察に捕まることは絶対にありません。但し、わたしの言う通りにしてもらわなければ駄目です」

「何でも言う通りにする。どうすればいい？」

「電話で話すことはできません。マンションに伺います。わたしの指示に従って、マンションに戻って下さい……」

そういう事情で、三輪はマンションに戻り、薄暗い部屋で、樺沢がやって来るのをじっと待っている。どれほど時間が経ったものか……。

インターホンが鳴り、三輪がハッとわれに返る。モニターに見知らぬ男が立っている。一瞬、警察かもしれない、と不安になり、応答すべきかどうか迷う。

その男が携帯を操作して耳に当てる。

すると、三輪の携帯が鳴った。

モニターの通話ボタンを押し、

「どなた？」

と訊く。

「樺沢です。わたしが見えますか？」

「見えます。どうぞ」

三輪はロックの解除ボタンを押す。

部屋番号は、ゆうべの電話で伝えてある。

しかし、正面エントランスから堂々と訪ねてきて平気なのだろうか、刑事たちが張り込んでいるかもしれないのに……と心配になるが、すぐに、

（そうか。警察は、あの男のことを知らないんだ）

と気が付く。

警察の捜査の手は、まだ樺沢には及んでいない。

樺沢を見ても何とも思わないだろうし、インターホンを操作しても、どの部屋を呼び出しているのかわからないから、こそこそする必要がないのだ。

そのことに三輪は憤りを感じる。

（一番悪いのは、あいつなのに）

自分は客に過ぎず、金を出して商品を買っただけで、何ら自分の手を汚してはいないにもかかわらず、警察に目を付けられて逃げ回る羽目になっているというのに、樺沢は刑事たちの前でも堂々としていられる……そのことに割り切れなさを感じるのだ。

そんなことを考えていると、玄関のチャイムが鳴る。忍び足で玄関に行き、覗き窓から外を見る。

樺沢が立っている。

ドアガードを外し、ドアを開ける。

と、ドアの陰から宍戸浩介が現れ、三輪が言葉を発する間もなく鳩尾に拳を叩き込む。うっ、と呻いて三輪が体を丸めると、首の後ろにスタンガンが押しつけられる。三輪は強い衝撃を感じ、次の瞬間には目の前が真っ暗になって何もわからなくなった。

二七

「大部屋の捜査員、いるんですかね？」

三輪のマンションの前で、栄太が周囲を見回す。一課の捜査員が張り込んでいるとすれば、二人一組で車に乗り込んでいるのだろうが、それらしい車は見当たらない。

「今は昔みたいに単純なやり方はしないのよ」

田淵がおかしそうに笑う。

「どういう意味ですか？」

「警察が張り込んでいることをわざと相手に知らせてプレッシャーをかける場合と、相手に張り込みを知られないようにする場合があるということよ。テレビドラマの刑事物だと昔ながらのワンパターンで、堂々と車で張り込むだけなんだろうけど、今はそんなに単純ではなく、状況に応じて、いろいろなパターンを使い分けているのよ。中野署ではやらなかった？」

「そんな複雑な事件を担当したことがありませんでしたから……。ということは、ぼくが気付かないだけで、どこかこの近くに捜査員がいるんですか？」

「あら、いるわよ。ざっと見て、三人……。四人で張り込んで、一人ずつ休憩を取ってるんでしょうね。四人の捜査員を二四時間態勢で投入するというのは、かなり力を入れている証拠ね。三輪を見付け次第、すぐにでも身柄を確保したいのよ。でも、逮捕状があるわけじゃないから、逮捕はできない。任意同行を求めるしかない」

「任意同行といっても強引に連れて行くわけですよね？」

「当たり前じゃないの。嫌だなんて言わせないのよ。それができないようでは本庁の捜査一課にはいられないわよ」

「なるほど」

「今日は月曜日だから、当然、会社にも捜査員が出向いてるわね。どちらかというと、そっちに比重をかけている。四人では正面を見張るのが精一杯で裏までは手が回らないでしょうからね。これだけ大きなマンションだと、正面と裏以外にも建物内に入る手段はあるだろうから、本当であれば、マンション内にも捜査員を配置したいところよね。

逮捕状が取れれば、それくらいの人員を割くでしょうけど、今の段階では無理ね」

「このあたりで捜査員が張り込んでいるということは、三輪は部屋に戻っていないということなんでしょうね。どうしますか？」

「せっかく、ここまで来たんだから、マンションの中に入ってみましょうよ。案外、部屋にいるかもしれないわよ」

田淵が口許に笑みを浮かべる。

「じゃあ、管理人を呼び出して中に入れてもらいますか」

栄太がうなずく。

二八

「おい、起きろ」

手鍋に汲んだ水を、宍戸浩介が三輪の頭の上にぶちまける。

「うっ……うう～ん……」

三輪が薄く目を開ける。

まだ意識が混濁しているのか、視線が定まらない。

「仕方ないな」

浩介がポケットからアンモニアの小瓶を取り出す。キャップを開けて、三輪の鼻の下に持っていく。

「うぇっ」

三輪が跳び上がりそうになる。

「よしよし、これで目が覚めただろう」

浩介がにやっと笑う。

「あ」

三輪が驚きの声を発する。自分が全裸で後ろ手にビニール紐(ひも)で縛られ、リビングの床に転がされていることに気が付いたのだ。両足も縛られている。

「おい、これは、どういう……」

「シッ！」

浩介が右の人差し指を口の前に立てる。

「誰がしゃべっていいと言った？　勝手なことをすると、また痛い目に遭わせるぞ。わかったか？」

「わ、わかった」

「わかりましただろうが」

浩介が三輪の頭を平手で叩く。

「わかりました」

浩介の指図に従いながら、三輪は横目で樺沢を見る。救いを求めるような眼差(まなざ)しだ。

樺沢はソファに坐(すわ)って、そっぽを向いている。

「あいつは助けてくれないよ。変な期待をするな。いいか、これから、おれが質問をする。正直に答えろ。嘘をついたら、どうなると思う？」

「さ、さあ……」

「ここに」

浩介が三輪の下腹部を指差す。縮こまったペニスが黒々とした陰毛に埋もれている。

「灯油をかけて火をつける」

「げ」

「死にはしない。火傷(やけど)するだけだ。一分くらい焼いたら消火器で消してやる。脅しだと思うか？」

「……」

「おまえが根性のある奴なら、それに耐えるかもしれない。いいさ、耐えてくれ。こっちもやり甲斐(がい)がある。その次は、金玉に針を刺す。これだ」

ポケットから小銭入れを出す。その中に縫い針が何本か入っている。それを取り出して、三輪に見せる。かなり太くて長い。

「これにも耐えたら、第三、第四の試練も考えてある。だが、今、それを言うのはやめておこう。今まで、この第二の試練を乗り越えた奴はいないんだ。ほとんどが最初の試練で腰砕けになる」

「なぜ、こんなことをする？　わたしが何をしたというんだ？」

「さっきの忠告を忘れたのか？　おれが質問をする、と言ったはずだ。なぜ、おまえが質問をする？　逆らって、おれを怒らせたいのか？」

「違う。そうじゃない」

三輪が慌てて首を振る。

「謝れ」

「すいません」

「勝手にしゃべるなよ。わかったか？」

「わかりました」

「おまえは変態だ。そうだな？」

「……」

「答えないつもりか？」

「変態です。わたしは変態です」

「若い女の耳と指を集めるのが趣味だ。そのために、これまで大金を費やしてきた。そうだな？」

「そうです」

「どこに隠してある？」

「え？」

「おまえのような変態のことは、よくわかってるんだよ。身近に置いて楽しんでるんだろう？　変態コレクションは、どこにある？」

「……」

「いいね。がんばってみるか。最初の試練だ。耐えてみろよ」

浩介がリュックから灯油の入ったペットボトルを取り出す。キャップを外して、三輪の陰部に灯油を垂らそうとする。

「あそこだ。リビングの角だ」

「何もないじゃないか」

「隠し部屋なんだよ……」

床の羽目板を一枚外すと、コントロールパネルがあり、それに暗証番号を打ち込むと隠し部屋の壁が動くという仕組みなのだ、と三輪が説明する。

「やってみてくれ」

浩介が顎をしゃくると、樺沢がソファから腰を上げる。三輪が言った通りにすると、壁が動いて隠し部屋が現れる。

「マジかよ。こんなことに大金をかけるバカがいる。こいつは筋金入りのバカで変態だよ。そうだろう？」

浩介が三輪の顔を足で踏みつける。

「そうです。筋金入りのバカで変態です」

三輪が涙目で答える。

「どれどれ、変態が拵えた秘密の部屋を見学させてもらおうか。いいか、おとなしくしてるんだぞ。逃げようなんて考えるなよ」

浩介が樺沢と一緒に隠し部屋に入る。

樺沢が明かりをつけると、浩介が、おおっ、という声を洩らす。

壁際に三段の棚がある。十二のスペースのうち、四つのスペースに透明なガラス瓶がふたつずつ置かれており、それぞれ一方には耳が、もう一方には指が入っている。瓶の横には女性の写真と誕生石にちなんだ宝飾品が飾られている。

「この子たち、懐かしいなあ」

浩介が目を凝らして写真を一枚一枚じっくり眺める。自分が拉致して人体パーツを奪い、最後には拷問して殺した女たちである。

「あんな醜い豚野郎に買われていたのか。もったいない話だぜ」

「商売だよ。あいつは、いい客だった」

「そうだな。こんなことにならなければ、ここに五番目の耳と指が飾られていたはずなんだよな」

写真立てには荒川真奈美の写真が入っているが、ふたつの瓶は空っぽである。そこに入るはずだった耳と指は警察に押収されてしまった。警察の捜査がこれほど迅速でなければ、松岡花梨の耳と指が入っていた場所でもある。

「これは、おれが片付けるから」

浩介がリュックを下ろし、棚に飾られている写真立て、耳と指の入った瓶、それに宝飾品など、女性たちを拉致した証拠になりそうなものをリュックに入れる。かなりの重さである。

「他に証拠になりそうなものはないか？」

「携帯だな。おれの着信履歴が残ってるはずだ。すぐに消さないと……」

「何を言ってるんだ。こんなところに長居してどうする？　携帯を持っていけばいいん

だよ。他には？」

「パソコンだろうな。取引を始めた頃は、パソコンでメールのやり取りをしていたから。

もっとも、パソコン宛てのメールには大したことは書いてないはずだから、それが証拠

になるとは思えないが……」

「決めつけるな。念には念を入れた方がいい。あの変態がパソコンに、このコレクショ

ンの画像を残してたらどうするつもりなんだ？」

「ああ、そうか。そういう可能性もあるな」

樺沢がうなずく。

「よく考えて、ちょっとでもおれたちに繋がりそうなものは処分するんだ」

「わかった」

「その間に、おれもやばい証拠を始末する」

「やばい証拠って、もうリュックに入れたじゃないか?」

「おまえ、ふざけてるのか?　あっちに生き証人がいるじゃないか。おれたちの顔まで見られてるんだぞ」

「そこまでしなくてもいいんじゃないか?」

「甘いことを言うと、それが命取りになるぞ。いい加減に腹を括れよ。もう納得したことだろう?」

「……」

樺沢が黙り込むと、浩介はリビングに戻る。

床に転がっている三輪が体をくねくねさせて、必死に手足を自由にしようとしている。

「おい、デブの変態野郎」

浩介が呼びかけると、三輪がびくっと体を震わせて肩越しに振り返る。目に怯えの色が滲んでいる。

「逃げるつもりだったな?」

「いや、そういうわけでは……」

「おれに嘘をつくつもりか?　正直に答えろと言ったはずだぞ」

「す、すいません」

「逃げるつもりだったんだろう?」

「はい」

力が抜けたように、三輪が溜息をつく。

「おれが何て言ったか覚えてるよな？　おとなしくしていろ、逃げようなんて考えるな……そう言ったよな」

「すいません。許して下さい」

三輪は涙ぐんでいる。

「駄目だ。許さない。いや、許してやってもいいが、その前にお仕置きだな。なぜなら、おれの言いつけを守らなかったからだ」

浩介が三輪の陰部を爪先で軽く蹴る。縮こまっていた三輪のペニスは更に縮こまる。

「ふんふんふん～」

機嫌よさそうに鼻唄をうたいながら、浩介は灯油の入ったペットボトルを手に取る。

「お願いです。やめて下さい」

「心配するな。ほんの少し焼くだけだ。お仕置きだから、ひどく焼いたりはしない」

ペットボトルを傾け、たらたらと陰部に灯油を垂らす。

「やめてくれ、頼むからやめてくれ！」

三輪の声が大きくなる。

「黙れ」

「嫌だ、助けてくれ、誰か助けて！」

「この野郎！」

浩介が三輪の顔を思い切り蹴飛ばす。鼻の骨が折れる鈍い音がして、鼻血が噴き出す。

「てめえ、ふざけやがって。おれを本気で怒らせたな。覚悟しろよ」

ペットボトルが空になるまで、三輪の全身に灯油をかける。

「ぎゃーっ、誰か、助けて！」

三輪が絶叫したとき、玄関のチャイムが鳴る。

誰か来たのだ、と察した三輪はここぞとばかりに大声で助けを呼ぼうとするが、浩介が素早く飛びかかり口許を何度も殴る。三輪が怯んだ隙にガムテープを取り出して、三輪の口を塞いでしまう。

「今、チャイムが鳴ったよな？」

奥から樺沢が顔を出す。

「誰だか知らないが、静かにしていれば、すぐにいなくなるさ」

浩介が言う。

また、チャイムが鳴る。

「そうだな」

樺沢がうなずいたとき、ガチャッという音が聞こえた。玄関のドアが開く音だ。

「おまえ、鍵をかけなかったのか？」

浩介が驚いたように樺沢を見る。

「……」

樺沢は青い顔で言葉を失っている。

二九

管理人室で事情を話し、栄太と田淵はマンション内に入れてもらうことができた。

二人はエレベーターで三輪の部屋のある階に上がる。

栄太がインターホンを押す。応答はない。

「そりゃあ、いませんよね。マンションの前で一課の捜査員が張り込んでるわけですから。わざわざ部屋に戻ってくる馬鹿はいない」

「声が聞こえなかった？」

「何の声ですか？」

「白峰君がインターホンを押す直前、人の叫び声のようなものが聞こえた気がするの」

「この部屋の中からですか？」

「たぶん、そうだと思う。聞こえなかった？」

「気が付きませんでしたが……」

栄太が首を捻(ひね)りながら、もう一度、インターホンを押す。

「気のせいじゃないですか。留守みたいですが……」

「そうかなあ」

田淵がドアノブに手をかける。

「あら」

驚きの声を発したのは、ドアに鍵がかかっていなかったからだ。

ドアを開けながら、

「すいませ〜ん、誰かいらっしゃいますか？　三輪さんのお宅ですよね？」

田淵が大きな声を出すが、部屋の中は、しんと静まり返っている。

「誰もいないみたいですよ」

「だって、鍵がかかってないなんて不自然じゃない？」

「鍵もかけずに慌てて逃げ出したのかもしれません」

「あり得ないわ」

田淵が首を振る。

「張り込みを始める前に、一課の捜査員が確認したはずよ。それから何度かここに来てインターホンも押してるだろうし、ドアノブを回そうともしたに違いないわ。マンションの外で見張ってるだけじゃないのよ。たぶん、今朝も確認したはず」

「ということは……」

「そう。鍵が開いたのは、そんなに前のことじゃない」

「どうします、応援を呼びますか？」

「さっき叫び声を聞いた気がするの。もう一度訊くけど、白峰君は聞かなかった？」

田淵が栄太の目をじっと見る。

「あ……もしかして緊急逮捕ですか？」

「緊急逮捕というより現行犯逮捕と言うべきじゃないかしら。叫び声がこの部屋から聞こえたとすれば、何らかの犯罪が行われている可能性があるわけだから」

「ぼくも聞いたような気がします、叫び声を」

「やっぱり？　そうだとしたら助けに行かないとね」

田淵がにこっと笑う。

二人は靴を脱ぐと、そろりそろりと廊下を奥に進む。

栄太がリビングのドアを開ける。

その瞬間、リビングで火の手が上がる。

わっと叫んで栄太と田淵が後退る。

リビングから樺沢と浩介が飛び出してくる。二人は栄太と田淵に体当たりし、そのまま走り去ろうとする。栄太は仰向けにひっくり返るが、すぐに起き上がって浩介の足にタックルする。浩介が前のめりに倒れる。栄太が浩介に飛びかかる。

が、浩介が腕を振り回すのを見て、咄嗟に横に逃れる。反射的に体が動いたのだ。

「うっ」

顔に痛みを感じる。手で触れると、ぬるっとしている。手にべっとりと血が付いた。

顔を切られたのだ。

しかし、それに怯むことなく、浩介のリュックにつかみかかる。

次の瞬間、栄太が尻餅をつく。手の中にリュックがある。浩介の姿はない。リュックを放り出して逃げたのだ。

「田淵さん」

栄太はハッとして振り返る。

「ごめん、逃がしちゃった」

田淵は樺沢を止めることができなかった。体当たりされて倒れたときに床で腰を強打し、身動きできなくなってしまったのである。その隙に逃げられた。

火災報知器が鳴り出す。

「追いますか？」

「まず火を消さないと……。玄関近くに消火器があるはずよ。たぶん、そこのシューズボックスの中じゃないかしら。わたしは班長と消防に連絡する」

田淵が胸ポケットから携帯を取り出す。

「探します」

シューズボックスの扉を開けると、消火器がある。

それを取り出して、リビングに入り、消火を始める。

「あ」

「どうしたの？」

田淵が腰をさすりながら立ち上がる。

「これ、人間です」

「え？」

「燃えているのは人間ですよ」

「たぶん、三輪が始末されたのね」

「くそっ、みすみす目の前で犯人を逃がすなんて」

栄太が唇を嚙む。

「がっかりしないで。これがあるわ」

田淵が右手で携帯を持ち上げる。

「それが何か？」

「わたしのは、こっち」

左手にも別の携帯がある。

「それって、もしかして……」

「そうよ。わたしにぶつかった奴が落としていったの」

三〇

電車に乗って、浩介はようやく肩の力を抜き、大きく息を吐いた。

(終わったな……)

それは間違いない。

双子の兄弟と三輪吉信を始末し、自分と樺沢の身に警察の手が及ばないようにするつもりだったが、三輪のマンションに警察が踏み込んだことですべて駄目になった。樺沢が玄関の鍵を掛けなかったせいである。

三輪の体に火をつけ、その騒ぎに紛れて逃げ出そうとしたが、刑事と格闘になり、何とか振り切ったものの証拠品の入ったリュックを奪われた。

しかも、部屋には浩介と樺沢の指紋がべたべた残っている。身元が割れるのは時間の問題である。だから、もう終わりなのだ。

あとは時間との勝負である。一刻の猶予もない。警察が浩介の自宅を見付ける前に逃げなければならない。

樺沢も女刑事の手を振り切って、マンションから逃げ出すことに成功した。強い怒りを感じていたので、樺沢を殺してやろうかとも考えたが、すぐに考えを変えた。そんなことをしている時間も惜しかったからだ。

宍戸浩介の名前と、宍戸浩介としての今現在の生活を捨て、新しい名前で、別の生活を始めなければならない。そうしなければ、いつかは警察に捕まってしまう。

別人になるのに必要なものは自宅に用意してある。

それを取りに戻らなければならない。少しでも早く、だ。数分の遅れが命取りになるかもしれないからである。それに自宅にはマリアがいる。本当なら、宍戸浩介を葬ると同時にマリアも葬るべきだとわかっているが、それはできない。浩介にとっては、マリアは命の次に大切な存在だからだ。マンションを出て、小走りに駅に向かいながら、

「もう駄目だよな？」

樺沢が訊いてきた。

「ああ、駄目だな」

「どれくらい余裕があるかな？」

「全然ない、と思うくらいでちょうどいい。できれば、このまま姿を消したいくらいだ」

「そうはいかない」

「おれも、そうさ。一度は家に帰らなければならない」

「おれの場合、マンションには戻らなくても構わないがオフィスには戻る必要がある」

「急げよ。できるだけ早い方がいい。日本の警察は優秀なんだ」

「おれたち、もう会うことはないだろうな」

「ないだろう。その方がいい。無事に逃げられれば会うことはない。裁判で顔を合わせるなんて真っ平だ」

「まったくだ……。おれは、あっちだ。おまえは向こうだよな」

「元気でな。何とか逃げろ」

「おまえもな」

別々の電車に乗り、樺沢とは別れた。

樺沢の意外と落ち着いた様子から、

（逃げる手段を講じてあるな）

と、浩介は察した。

樺沢自身は殺人を犯してはいないから警察に捕まっても死刑にはならないだろうが、軽い刑で済むはずもない。少なくとも二〇年以上の有期刑、もしかすると無期懲役であろう。捕まれば、残りの人生を刑務所で過ごさなければならないほどのリスクを背負って犯罪行為に手を染めてきたのだから、捜査の手が迫ったときに逃げ出す算段は、当然、しているはずである。

もちろん、浩介も同じ立場である。

いや、樺沢より、もっと深刻な立場である。

浩介の場合、裁判にかけられれば、ほぼ間違いなく死刑であろう。そんなことは百も承知で多くの命を奪ってきたのだから何も後悔はしていない。

だからこそ、こういう場合に備えて、別人として生きる準備を進めてきた。

うまくいけば、明日には別人となり、マリアと一緒に、どこかの保養地でのんびりしているはずである。

（とにかく急いで帰らなければ……）

電車のスピードが遅すぎる気がして、浩介は苛立（いらだ）ちを感じる。自分の焦りを意識して、落ち着け、落ち着け、と深呼吸しながら目を瞑る。

三一

いきなりドアが乱暴に開けられたので、事務仕事をしていた牛島典子は驚いて椅子から跳び上がりそうになる。オフィスに飛び込んできたのは樺沢不二夫である。

「社長、どうなさったんですか？」

椅子から立ち上がりながら、典子が訊く。

樺沢の様子は、ただ事ではない。髪を振り乱し、顔にはびっしり細かい汗が浮いている。目が血走っており、鬼のような形相をしている。夜道でこんな男に出会したら、典子は悲鳴を上げて逃げ出すに違いない。

「牛島さん、悪いけど、今日はもう帰ってくれないか」

「え？　でも、まだ片付けなければならない仕事が……」

「いいから！」

樺沢が怒声を発する。

その剣幕に驚き、典子が後退る。

「大きな声を出してすまない。だけど、何も質問せず、とにかく、今日は帰ってほしい。明日、きちんと事情を説明するから」

もちろん、それは嘘である。明日以降、樺沢がこのオフィスに現れることはないのだ。しかし、それを典子に告げる気はない。

「わかりました」

典子もこんな状態の樺沢と一緒にいたいとは思わなかった。机の上の私物を手早く片付けると、ロッカーからコートを取り出し、バッグを手にしてオフィスから出て行く。

典子がいなくなると、樺沢は素早く典子の机に駆け寄る。一番下の引き出しに手提げ金庫があり、そこに金券類や小口現金を保管してある。金券類の現金化を指示してあるから、いつもより多額の現金があるはずである。金庫を取り出し、ダイヤルを合わせて蓋（ふた）を開ける。現金を取り出してボストンバッグに入れる。重くなるので硬貨は放置し、札だけを手に取る。それでも、ざっと五〇万くらいはありそうだ。商品券やＱＵＯカードなども一緒に入れる。

自分の部屋に入り、キャビネットの横にある小型金庫の前にしゃがみ込む。解錠し、中に入っているものをボストンバッグに入れる。現金だけで五〇〇〇万以上ある。現金以外にも金貨、高級時計、商品券などがあり、それらを処分すれば、かなりの金額になるはずだ。

本棚で隠してある金庫も開ける。

この金庫には特定の顧客との連絡に使う携帯電話が入っている。三輪吉信用の携帯電話はもうないが、それ以外に、まだ四つの携帯電話が残っている。これらの携帯電話が警察の手に渡れば、顧客の身元特定に繋がりかねないし、そんなことになれば、新たな犯罪が発覚することになる。三輪のマンションで証拠品を刑事に奪われたが、それは三輪に売った四人の女性の人体パーツに過ぎない。耳と指である。それだけでは、その女性たちを殺害した証拠にはならないが、三輪以外の顧客の中には女性の心臓を買い取った者もいる。それが押収されれば、女性を殺害した証拠になってしまう。それに他の顧客には、それら四人の女性以外の人体パーツも売っているから、新たな被害者の発見という事態になりかねない。樺沢と浩介の罪が更に重くなることを意味する。それだけは防がなければならないから、リスクを背負ってでも、このオフィスに戻らなければならなかったのだ。

四つの携帯電話をボストンバッグに入れると、樺沢はふーっと大きく息を吐きながら、ぐるりと部屋を見回す。二度と、この部屋に戻るつもりはない。何か大切なものを忘れていないか、慎重に確認する。

大丈夫だ、と判断する。

急いで銀行に行かなければならない。貸金庫に現金、貴金属、預金通帳、キャッシュカード、別人として生きていくために必要な書類などを保管してあるのだ。別名義の運転免許証や保険証、パスポートなどを手にすれば、早速、その人間になりすまして、どこかのホテルに泊まるつもりだ。ホテルに腰を落ち着けて、今後の身の振り方をじっくり考えなければならない。

「立つ鳥跡を濁さず、とはいかなかったか……」

明日、典子が出社すれば、腰を抜かすほど驚くに違いない。なぜなら、その頃には間違いなく警察がここにいるはずだからだ。典子は警察から執拗（しつよう）な事情聴取を受けることになるであろう。それを想像すると、いくらか申し訳ない気持ちになるが、

「大した仕事もしていないのに今まで高い給料をもらってたんだから最後は我慢してもらうしかない」

そうつぶやいて、樺沢がオフィスを出ようとする。

だが、樺沢がドアを開ける前に、外から誰かがドアを開ける。

（ああ……）

樺沢は膝（ひざ）の力が抜け、崩れ落ちそうになる。

目の前に三輪のマンションで出会した女性刑事がいる。田淵である。その後ろには栄太がおり、更に一課の捜査員や制服警官もいる。

樺沢が落としていった携帯電話を、製造メーカーに依頼して解析してもらい、それが法人契約された携帯であることを突き止め、ここにやって来た。

「逃げるところ？」

樺沢の姿を足元から頭まで、ゆっくり見上げていきながら田淵が訊く。

「残念だったわね、観念しなさい」

田淵がにこっと笑う。

「遅かったか……」

樺沢は、その場にへたり込んでしまう。

三二

「ああ、疲れた。しんどいぜ」

車から降りて、糸居が大きく伸びをする。

「あっちだよ」

あおいがすたすた歩いて行く。

「なあ、どうしてそんなに元気なんだよ」

「だって、車に乗ってただけじゃん。何で疲れるの？」

あおいが不思議そうな顔で糸居を見る。

「車に乗るだけと言っても、東京から幕張、幕張から木更津、木更津から茂原、茂原からここ……いったい、何百キロを走った？　それだけ走って、何か収穫でもあれば文句も言わないが、何にもないんだぜ。空振りばっかりじゃないか。野球なら、ここで三振だな」

「口の減らない人だねえ」

あおいが呆れたように溜息をつく。

「佐藤さんだって一生懸命やってるんだよ。神さまじゃないんだから、何でもかんでもわかるわけじゃない。たまには見込みが外れることだってあるよ」

松岡花梨が拉致されたと考えられる時間帯に、現場付近を走行していた千葉県のナンバープレートをつけた車に乗っていたのが犯人である可能性が高いという佐藤の推理に従って、糸居とあおいは最初に木更津に行き、次に茂原に行った。どちらの車両も犯罪とは無縁だということが、すぐに明らかになった。

「そんなことはわかってるんだよ。おっ、ここだな。宍戸さんだったよな？」

表札を指差して、糸居が訊く。

「うん」

その家の敷地は、蔦の絡まった鉄製の柵に囲まれている。あおいはインターホンを押す。

「留守じゃないか？　家の中、暗いぞ」

まだ太陽は出ているものの、家の周囲には背の高い樹木も茂っているので、日中でも明かりがないと室内は暗そうである。

だが、見る限り、家の中のどこにも明かりはついていないようだ。

「車は、あるね」

あおいがカーポートに顔を向ける。そこには、ＢＭＷとワンボックスカーが並んで停められている。

「佐藤さんが言ってたワンボックスだよね」

「困ったな。誰もいないんじゃ、どうしようもないぜ。誰か帰って来るのを車で待つか？　それとも、近所に聞き込みをするか？」

「……」

あおいは返事をせず、じっとカーポートの方を見つめている。

「どうしたんだよ？」

「あれ」

「ん？」

「ワンボックスの後ろの方、壁に自転車が立てかけてある」

「は？　自転車なんかないぞ」

「分解されちゃってるけど、あれは自転車だよ。ロードバイクだよ」

「まさか……ロレンツォか？」

糸居の表情が引き締まる。

「そうだと思うけど、断定はできない。近くで見ればわかるだろうけど……」

「じゃあ、近くで見ようぜ」

糸居が門扉に手をかける。

「まずいよ。家宅侵入になる」

「遅いって」

すでに糸居は門扉を押し開けて敷地内に足を踏み入れている。

「来ないのか？」

「行くよ」

口を尖らせ、怒ったような顔であおいが糸居の後についていく。令状なしに家宅侵入すれば、たとえ犯罪の証拠を見付けたとしても、証拠の入手手段が違法だという理由で証拠として採用されない可能性がある。そんなリスクを負うことに逡巡したのだ。

しかし、もう糸居が勝手に敷地に入り込んでいる。

あおいも腹を括り、分解された自転車のそばにしゃがみ込む。

「どうだ？」

「ロレンツォに間違いないと思う」

「思う、ってなんだよ。自信がないのか？」

「そうじゃないけど……」

「はっきりしろ」

「ロレンツォだよ！」

「てことは、ここが犯人グループのアジトだな」

「班長に連絡する。本庁から捜査員が来るには時間がかかるから、県警に応援を頼む」

門扉に近付きながら、あおいが携帯を取り出して、薬寺に電話をかけようとする。ふと振り返って、糸居が玄関ドアに近付いているのに気が付き、

「バカ、何をしてるんだよ。早くここを出ないとダメじゃないの」

二人が敷地内にいるのを誰かに見られたら、家宅侵入の動かぬ証拠になってしまう。目撃者がいなければ証拠にはならない。

「何か聞こえるぜ」

「え。まさか、犯人？」

あおいが小走りに玄関に近付く。

「ほら、聞いてみろ」

「……」

あおいがドアに耳を近付ける。家の中から、ワンワンという吠え声が聞こえる。あまり元気のない、淋しげな鳴き声である。

「何だ、犬じゃない……。あんた、何をする気なの？」

あおいの顔色が変わる。

「黙ってろ。見なくていい」

「ピッキングじゃん。何を考えてるのよ」

細長い金属製の棒を二本使って、糸居がドアの鍵を開けようとしているのだ。

「だから、黙ってろって」

「何で、そんなものを持ってるのよ？」

「新宿で暴力団や外国の犯罪グループと渡り合うには、きれいごとだけじゃ済まないってことだよ。ほら、開いたぜ」

カチッという小さな音がする。解錠されたのだ。

糸居がドアノブに手をかけようとする。

あおいが糸居の手首をつかむ。

「覚悟、あるの？」

「何だよ、マジ顔で」

「これは明らかに住居不法侵入だよ。つまり、わたしたちがやろうとしてることは泥棒と同じだってこと。犯罪。下手をすれば懲戒免職だけじゃ済まない。逮捕されるかもしれないんだよ」

「ふんっ、一緒に来いとは言ってない。そんなに心配なら門の外で待ってろ。たとえ、おれが捕まっても、おまえが反対するのを振り切って勝手にやったと言ってやる」

「そういう話じゃ……」

「じゃあ、どういう話なんだ？　ロレンツォがあるってことは、ここが犯人のアジトってことだ。被害者がいる可能性が高いってことだ。時間が経つにつれて被害者の生存の可能性は低くなるんだぞ。悠長なことを言ってる場合か？　おまえは応援を呼べ。班長に頼んで令状を出してもらえばいい。この罪は、おれが被（かぶ）る」

糸居がドアを開けて、玄関に足を踏み入れる。

あおいの目の前でドアが閉まる。

「何だ、あいつ……」

ぶつくさ言いながら、敷地の外に出る。

携帯電話を取り出し、薬寺に連絡する。

「あ、わたしです、柴山です。ここ、当たりみたいです……」

犯人の隠れ家らしき家を見付けたことを報告し、県警の応援を要請することと捜査令状を出すことを頼む。令状の根拠は、分解されたロレンツォを発見したことである。薬寺は興奮気味に、すぐに手配するわ、と電話を切る。

（言いそびれた……）

糸居が住居不法侵入したことを薬寺に言うつもりだったが、迷っている間に薬寺に電話を切られてしまった。電話をかけ直せばいいだけのことだが、そんな気持ちは消えている。

携帯をポケットにしまうと、あおいが玄関に顔を向ける。

「バカな奴だ。あんな奴とコンビを組んでたら、あっという間にクビだよ……」

不意に、ちくしょう、あいつにだけいいカッコなんかさせられるか、と吐き出すように言い、あおいが玄関に向かって走り出す。ドアを開けると、家に入っていく。腹を括ったのだ。

三三

「どこにいるんだよ？」

あおいが押し殺した声を出す。

「おう、こっちだ」

糸居がマリアを抱いてリビングから現れる。

「こいつが鳴いてたんだ。人懐こい犬でびっくりした。いきなり横になって、こっちに腹を見せるんだからな」

「遊んでる場合じゃ……」

あおいが糸居の足元を凝視する。

「土足かよ。マジで泥棒じゃん。信じられない」

「犯人のアジトに踏み込むのに玄関で靴を脱ぐ捜査員がいるか？　もし犯人がいれば格闘になる。裸足(はだし)でいるより、ブーツを履いている方が戦いやすいぜ。ブーツは武器になるからな」

「理屈は、どうでもいいよ。何かあれば、どうせ懲戒免職なんだから。この期に及んで土足がどうとか言っても仕方ないかな」

溜息(ためいき)をつきながら、あおいが土足で廊下に上がる。

「手分けして調べようぜ。おれは一階を調べる」

「じゃあ、わたしは二階」

「何かあれば叫べよ」

「あんたもね。助けてあげるよ」

それから一五分後……。

二人は玄関に戻ってくる。

「おかしいな。何も怪しいものが見付からない。被害者もいない」

「二階もだよ。手がかりなし」

「念のために訊くが、外にあるのはロレンツォで間違いないんだよな?」

「確かだよ。信じないの?」

「信じるさ。だから、ここにいる。しかし、そうなると、どこかに隠し部屋があるのかもしれないな。もしくは地下室」

「それらしきものは見当たらなかったけど、もう一度、念入りに調べる? 手分けして」

「いや、一緒に捜そう。二人で調べる方が見落としが少ないだろうからな」

「あれ、犬は?」

「そのあたりにいるだろう。かわいいけど、重いからな。いつまでも抱いていられないよ」

「犯人の犬ってことだよね？」

「そうだろうな」

「女性をさらって人体パーツを売るような奴らが犬をかわいがるなんておかしな話だね」

「そうでもないさ。動物をかわいがる殺人鬼は多いらしいぜ。本で読んだ」

「あんた、本なんか読むの？」

「たまにな」

糸居が肩をすくめる。

二人で隠し部屋か地下室を捜し始める。

しかし、やはり見付からない。

「おかしいな……」

「また犬が鳴いてるよ」

「腹でも減ってるのかな。何か、やるか。どこかにドッグフードがあるだろう」

「こんなときにふざけないでよ」

「本気だよ。かわいそうだろ」

糸居が廊下に出て行く。

「あいつ、マジでバカかも」

首を捻(ひね)りながら、あおいがついていく。

廊下にマリアが腹這(はらば)いになって尻尾(しっぽ)を振っている。

その傍らに糸居がしゃがみ込んでいる。本棚の前である。

「ねえ、真面目にやろうよ」

「ここに来てみろ」

「何だよ？」

「いいから」

「……」

あおいがマリアを見下ろす。

「犬がどうかした？」

「犬じゃない。その段ボール」

「これ？」

本棚の横に段ボール箱が積んである。

「よく見ろよ」

「ん？　レール……」

「この本棚、スライド式だぜ」

糸居が段ボール箱をどける。

ロックを解除して本棚を動かすと、レールが現れる。ドアが現れる。

「隠し部屋だね」

「そうらしい」

糸居がうなずき、

「おまえ、武器は持ってるのか？」

「ない。だけど、大丈夫。格闘には自信があるから。あんたは？」

「おれも武器は持ってない。このブーツと強靭な肉体だけが頼りだな」

「勝手に言ってろ。さあ、行こうよ」

「よし」

糸居がドアを開け、明かりのスイッチを入れる。

階段がある。

「地下室か……」

糸居とあおいが階段を下りていく。マリアもついてくる。踊り場にも別のドアがある。

「行くぞ」

「うん」

糸居がドアノブに手をかける。鍵はかかっていない。ドアを引いて開ける。

「え」

思わず糸居が声を発する。

糸居に続いて地下室に踏み込んだあおいも驚きで言葉を失う。

部屋の中央にふたつの大きな檻がある。檻の中にベッドがあり、そこに二人の女性が横たわっている。

二人に続いてマリアも地下室に入り込み、檻の周りを走りながら、ワンワンと鳴く。

その鳴き声に反応したのか、一人が寝返りを打ち、糸居とあおいの方に顔を向ける。

薄く目を開けるが、二人に気が付くと、バネが弾けるように跳び起きる。

「あなたたち、誰ですか？　お願い。助けて下さい。ここから出して」

「シッ！」

糸居が人差し指を口の前に立てる。

「警察です。あなたは？」

「松岡花梨です。さらわれました。そっちの人、かなり弱っているので早く病院に連れて行かないと死んでしまいます」

「生きてるんですね？」

「たぶん……」

花梨が心配そうな眼差しを真奈美に向ける。真奈美はぴくりとも動かないから、生きているのかどうか確信が持てないのであろう。

糸居が檻に付いている錠を調べる。

「開けられる？」

あおいが訊く。

「道具がないと無理だな」

「さっきは玄関の鍵を開けたじゃん」

「あれとこれとは違う。何でも開けられるわけじゃないんだ。応援が来ないと……。ん？」

糸居が地下室の奥にあるシャワールームに気が付く。

「……」

黙って、そちらを指差す。

あおいがうなずき、足音を立てないようにシャワールームに近付く。腰を沈め、いつでも相手に飛びかかることができる姿勢で、シャワールームのドアを開け、中に入る。

その瞬間、

「ぎゃっ！」

と、あおいが悲鳴を上げる。

「大丈夫か」

糸居もシャワールームに走り込む。

「げ」

仰(の)け反る。

畑中芳雄と畑中真知子が壁にもたれ、両足を投げ出して床にぺたりと坐(すわ)っている。顔がどす黒く変色している。首筋にべっとりと血の跡があり、二人の足元にも血の染みが広がっている。二人が死んでいるのは一目瞭然(りょうぜん)である。首を切られて失血死したのだ。

畑中夫婦の死体があるだけならば、糸居もあおいもこれほど驚かなかったであろう。

二人が腰を抜かすほど驚いたのは、畑中夫婦の死体の横にばらばらにされた別の死体が積み上げられていたからだ。人間の頭部がふたつ、無造作に置かれており、そっくりの顔をしている。双子である。

「なあ、もしかして、この二人って、おれたちが池ノ上駅の近くで話を聞いた奴らじゃないか？　双子だったよな」

「ああ、そうか。あいつらだよね。ロレンツォのことを知ってたし、サイクリストって感じだったもん。まさか、目の前に犯人がいたなんて……」

あおいが唇を嚙む。

「始末されたってことだよな。こいつらを操ってた奴らに」

「それが犬の飼い主なんじゃない？」

あおいが言ったとき、シャワールームについてきていたマリアが激しく尻尾を振り、ワンワンと鳴きながら走り出した。それを見て、

「その飼い主が戻ったんじゃないか？」

二人がシャワールームを出ると、マリアが地下室を出て、階段を上っていくところだ。

「行くぞ」

「うん」

「待って下さい！　どこに行くんですか。置いていかないで」

花梨が檻から両手を差し出しながら叫ぶ。

「大丈夫です。すぐに応援が来ますから」

そう言い残し、あおいが地下室から出る。糸居も続く。

あおいが階段を上りきって廊下に出ようとしたとき、ドアの陰に身を潜めていた宍戸浩介が、あおいの顔に催涙スプレーを噴射する。

「うわっ」

と叫び、両手で顔を覆い、あおいが後退る。

そこに浩介がナイフを振りかざして襲いかかる。

あおいは避けようがない。

まさに刺されようとしたとき、糸居が浩介の前に立ちはだかる。

「げ」

浩介のナイフが糸居の右胸に深々と突き刺さる。

浩介が前方に踏み出したため、糸居が後退り、そのまま階段から落ちる。すぐ後ろにいたあおいも巻き添えになり、二人で踊り場まで転落する。

「うっ、ううっ……」

糸居がナイフを押さえながら苦しげに呻く。抜こうとしないのは、無理に引き抜けば大出血するとわかっているからだ。

「あんた、大丈夫？」

目を押さえながら、あおいが訊く。

「急所は外れてるから、たぶん、大丈夫だ。おまえは？」

「わたしも大丈夫だと思う」

「それなら、犯人を追え」

「まず救急車を呼ばないと」

「いいって。自分で呼ぶ。時間がもったいない。あいつを逃がすな」

「本当に大丈夫？」

「大丈夫だよ。殺されても死なないよ。早く行け」

「わかった」

あおいは起き上がると、階段を駆け上る。

「絶対に捕まえろよ……」

それきり糸居は意識を失ってしまう。

廊下に出ると、家の外でエンジン音が聞こえる。車で逃げるつもりだなと察し、廊下から玄関に走り、ドアを押し開けて外に出る。カーポートからＢＭＷが出て行くところだ。まだ徐行している。

あおいが車に走り寄り、ドアを開けようとするがロックされている。浩介とあおいの目が合う。助手席にはマリアがいる。

（犬を連れて行くつもりなのか）

殺人鬼には動物をかわいがる者が多いという糸居の話が脳裏をよぎる。

浩介が加速しようとする。

咄嗟に、あおいはボンネットに飛び乗り、腹這いになる。右手でワイパーをつかみ、左手でミラーをつかむ。

あおいを振り落とそうと、浩介が加速しながら蛇行する。

あおいは必死にしがみつく。

さして広くもない道路をＢＭＷが蛇行しながら進む。あおいをなかなか振り落とすことができないので浩介は更に加速する。一時停止の標示など無視する。

と、そのとき右側から軽自動車が走り出てくる。そちらが優先道路なのだ。

浩介が左にハンドルを切って衝突を避けようとする。

軽自動車も急ブレーキを踏むが間に合わず、ＢＭＷに突っ込む。ＢＭＷの右側のヘッドライトが割れ、車体が大きく揺れる。

その衝撃で浩介がハンドル操作を誤り、ＢＭＷが電柱に激突する。あおいがボンネットから放り出される。

浩介はバックしようとするが、軽自動車が邪魔になる。運転席のドアを開けて外に出ると、

「マリア！」

と呼ぶ。マリアが飛び出すと、浩介は走って逃げようとする。

が、目の前にあおいがいる。

ナイフを手にして、浩介があおいに襲いかかる。

簡単にかわすと、浩介の右手を両手でつかみ、自分の体重をかけて地面に倒れ込む。

浩介の右手が折れる鈍い音がする。ナイフは手から離れる。

あおいがゆっくり立ち上がる。

浩介が右手を庇(かば)いながら、尚(なお)も逃走を試みる。

「往生際が悪すぎだよ」

浩介の顔面に強烈な回し蹴(げ)りをお見舞いする。

浩介は気を失って大の字にひっくり返る。

ふーっと、あおいが大きく息を吐いたとき、遠くからサイレンの音が聞こえてきた。

エピローグ

四月一三日（火曜日）

「ちょっと早いけど、朝礼を始めようか。取り立てて連絡もないんだけどさ。あ……課長が、よくやった、と誉めてくれたわよ。理事官もね」

薬寺が言うと、

「理事官は本音じゃないでしょう。内心、悔しくてたまらないんじゃないですか」

あおいが肩をすくめる。

「同じ一課だし、やっぱり、事件が解決したことを喜んでるでしょう」

栄太が言う。

「新参者に面子を潰されたと思ってるんじゃないのかな。違いますか？」

あおいが田淵に訊く。

「否定はしないわ」

「これで一件落着と考えていいんでしょうか？」

栄太が小首を傾げる。

「主犯は捕まえたけど、事件の全容を解明するには時間がかかるでしょうね。少なくとも被害者の数が明らかになるまでは本当の解決とは言えないかもしれないわね」

田淵がつぶやく。

「いったい、何人殺したのか想像もつかないものねえ……」

薬寺がうなずく。

宍戸浩介の自宅では畑中夫婦、瀬川兄弟の遺体が見付かった。三輪吉信も焼き殺された。それだけでも被害者は五人だ。

松岡花梨は無事だったが、荒川真奈美は精神的にも肉体的にも大きなダメージを受け、命に別状はないものの絶対安静の状態が続いている。

三輪吉信のマンションで栄太が浩介から奪ったリュックからは四人の女性の耳と指が出てきた。彼女たちが生存している可能性は低いだろうと捜査本部は考えている。

それだけではない。

樺沢のオフィスから押収した携帯電話を分析した結果、三輪吉信以外の顧客の存在も浮かび上がってきた。この顧客たちの本格的な取り調べは、これから始まるが、彼らが樺沢から何度も人体パーツを購入したことは間違いない。

「一〇人どころの犠牲者では済まないよね。二〇人？　嫌だわ、想像もしたくない」

薬寺が首を振りながら溜息（ためいき）をつく。

「これだけ短期間に事件を解決できたのは、何と言っても佐藤さんのおかげですよね。

総監賞だって狙えるかもしれませんよ。ねえ、佐藤さん？」

「……」

佐藤は田淵の言葉に無反応だ。というか、出勤してから誰とも話をしていない。黙りこくって机に向かっているだけだ。

「お地蔵さんになっちゃったわね。事件が解決した後でよかったわあ」

薬寺がしみじみとつぶやき、ふと、

「何だか、普通の朝礼じゃないの。何なの、この平穏な空気。うちって、前からこうだったかしら？」

「糸居君がいないだけで、だいぶ違いますよね」

田淵が言う。

「なんまいだぶ、なんまいだぶ、成仏してくれ、糸居」

薬寺が目を瞑って、胸の前で合掌する。

「なんまいだぶ、なんまいだぶ、地獄に堕ちろ、ターミネーター」

あおいが薬寺に唱和する。

「二人とも何てことを！」

栄太が悲鳴のような声を発する。

「あ」

いきなり佐藤が顔を上げる。

皆の視線が佐藤に向けられる。

「そうか、糸居君、死んだのか。知らなかった。なんまいだぶ、なんまいだぶ」

「……」

四人が絶句する。

その夜……。

赤坂(あかさか)の小料理屋の個室で阿部部長と栄太が向かい合って坐(すわ)っている。

「お疲れさん、ほら、遠慮するな」

阿部部長がビールを注いでくれる。

「恐縮です」

栄太が畏(かしこ)まって、両手で酌を受ける。

自分のグラスには手酌でビールを注ぎ、

「乾杯だ。無事に最初の事件を解決してくれた」

阿部部長が栄太とグラスを合わせる。ごくごくっと一息で飲み干すと、栄太が慌ててビールを注ごうとする。

「いいよ、自分でやる。余計な気を遣うな。飲めよ、そして、食べろ。うまいぞ」

すでにテーブルには様々な料理が並べられている。

「怪我は大丈夫なのか？」

「はい、大したことはありません」

「何針か縫ったんだろう？」

「七針です」

三輪吉信のマンションで宍戸浩介に顔を切られたのだ。

「名誉の負傷だな」

「いいえ、わたしは何もしていません。事件を解決できたのは主に佐藤さんの力だと思います。それに田淵さん、薬寺班長、柴山さん、それに糸居さん」

「ああ、糸居な。名誉の負傷だな。同僚を庇ったわけだから」

「はい」

「SM班はよくやってくれた。こっちの期待以上の働きだ。前島も誉めていた」

「理事官もでしょうか？」

「表向きは、な」

阿部部長がにやりと笑う。

「あいつは出世主義者だから、自分の手柄でないと面白くないんだよ。しかし、SM班の力は認めている。今後、SM班をうまく使いこなせば役に立つと考えているだろう。どういう使い方をすればいいか、いろいろ考えているはずだ」

「では、うちは存続ですか？」

「個性の強すぎる者ばかり集めたから、下手をすると、あっという間に空中分解するかもしれないと危惧していた。杞憂だったな。いい意味で個性と個性がぶつかり合って、効果的な化学反応を起こしたという感じだな」

「そう思います」

「君のことだが……」

「何か？」

「次の異動で大部屋に移すつもりだ」

「え？」

「何だ、不満か？　いくらなんでも、すぐにというのは無理だぞ。不自然だからな。秋まで待ってくれ」

「いいえ、そうではなく……」

「何だ？」

「わたしをSM班に残して下さい」

「ん？　残りたいというのか？　確かに、今回は活躍したが、次はどうなるかわからないぞ。応急処置的に設置された部署だし、率直に言って、出世の王道からは外れている。将来を考えれば、大部屋で経験を積む方がいいに決まっている」

「お心遣いには感謝しますが、本当に残りたいと思っているんです。わたしにないものをたくさん持っているんです。そばで学びたいという気持ちです。皆さん、田淵さんと行動を共にしていると刑事として何をしなければならないのかを学ぶことができます。

佐藤さんの推理分析力、薬寺班長のリーダーシップ、柴山さんの行動力、糸居さんは……どんなときにもめげないポジティブシンキング」

「それが本心なら、そうするが……親父さんは納得するか？」

「まだまだ未熟だとはいえ、それでも一課の刑事です。自分の進むべき道は自分で決めます」

「本当に迷いはないのか？」

「ありません」

栄太がきっぱりと言う。

本書は「文芸カドカワ」二〇一七年五月号〜二〇一八年五月号に連載された「警視庁特殊捜査班 SECRET MISSION」を加筆修正・改題の上、文庫化したものです。

この物語はフィクションであり、実在する人物・団体・名称等とは一切関係ありません。

警視庁ＳＭ班Ｉ

シークレット・ミッション

富樫倫太郎

令和２年　３月25日　初版発行
令和６年　12月15日　11版発行

発行者●山下直久

発行●株式会社KADOKAWA
〒102-8177　東京都千代田区富士見2-13-3
電話　0570-002-301（ナビダイヤル）

角川文庫 22028

印刷所●株式会社KADOKAWA
製本所●株式会社KADOKAWA

表紙画●和田三造

ISBN 978-4-04-107650-7　C0193

◆◇◇

角川文庫発刊に際して

角川源義

第二次世界大戦の敗北は、軍事力の敗北であった以上に、私たちの若い文化力の敗退であった。私たちの文化が戦争に対して如何に無力であり、単なるあだ花に過ぎなかったかを、私たちは身を以て体験し痛感した。西洋近代文化の摂取にとって、明治以後八十年の歳月は決して短かすぎたとは言えない。にもかかわらず、近代文化の伝統を確立し、自由な批判と柔軟な良識に富む文化層として自らを形成することに私たちは失敗して来た。そしてこれは、各層への文化の普及滲透を任務とする出版人の責任でもあった。

一九四五年以来、私たちは再び振出しに戻り、第一歩から踏み出すことを余儀なくされた。これは大きな不幸ではあるが、反面、これまでの混沌・未熟・歪曲の中にあった我が国の文化に秩序と確たる基礎を齎らすためには絶好の機会でもある。角川書店は、このような祖国の文化的危機にあたり、微力をも顧みず再建の礎石たるべき抱負と決意とをもって出発したが、ここに創立以来の念願を果すべく角川文庫を発刊する。これまで刊行されたあらゆる全集叢書文庫類の長所と短所とを検討し、古今東西の不朽の典籍を、良心的編集のもとに、廉価に、そして書架にふさわしい美本として、多くのひとびとに提供しようとする。しかし私たちは徒らに百科全書的な知識のジレッタントを作ることを目的とせず、あくまで祖国の文化に秩序と再建への道を示し、この文庫を角川書店の栄ある事業として、今後永久に継続発展せしめ、学芸と教養との殿堂として大成せんことを期したい。多くの読書子の愛情ある忠言と支持とによって、この希望と抱負とを完遂せしめられんことを願う。

一九四九年五月三日

角川文庫ベストセラー

深夜曲馬団（ミッドナイト・サーカス） 新装版　大沢在昌

作品への手応えを失いつつあるフォトライターが出会ったのは、廃業寸前の殺し屋だった――。「鏡の顔」他、4編を収録した、初期大沢ハードボイルドの金字塔。日本冒険小説協会最優秀短編賞受賞作品集。

犯罪に向かない男　警視庁捜査一課田楽心太の事件簿　大村友貴美

いいかげんな性格で悪名高い捜査一課田楽心太は、冴えた捜査勘と共感力では誰にも負けない名刑事だ。巨大リテールカンパニー社長令嬢の誘拐と、建設現場で発見された焼死体。事件の因縁を田楽が解きあかす。

犯罪者（上）（下）　太田愛

白昼の駅前広場で4人が殺害される通り魔事件が発生。犯人は逮捕されたが、ひとり助かった青年・修司は再び襲撃を受ける。修司は刑事の相馬、その友人・鑓水と3人で、暗殺者に追われながら事件の真相を追う。

GEEKSTER　秋葉原署捜査一係 九重祐子　大倉崇裕

人気の食玩フィギュアをめぐって起きた殺人事件。被害者の話を聞いていた九重祐子巡査部長は、独自に捜査を始めた。そんな中、街で噂の〈ギークスター〉と出会う……。痛快無比な警察アクション小説。

てとろどときしん　大阪府警・捜査一課事件報告書　黒川博行

フグの毒で客が死んだ事件をきっかけに意外な展開をみせる表題作「てとろどときしん」をはじめ、大阪府警の刑事たちが大阪弁の掛け合いで6つの事件を解決に導く、直木賞作家の初期の短編集。

角川文庫ベストセラー

角川文庫ベストセラー

狙撃
地下捜査官
永瀬隼介

警察官を内偵する特別監察官に任命された上月涼子は、上司の鎮目とともに警察組織内の闇を追うことに。やがて警察庁長官狙撃事件の真相を示すディスクを入手するが、組織を揺るがす陰謀に巻き込まれ⁉

警視庁監察室
ネメシスの微笑
中谷航太郎

高井戸署の交番勤務の警察官・新海真人は、妹の麻里を「事故」で喪った。妹の死は、危険ドラッグ飲用による中毒死だったが、その事件で誰も裁かれることはなかった。その時から警察官としての人生が一変する。

脳科学捜査官 真田夏希
鳴神響一

神奈川県警初の心理職特別捜査官・真田夏希は、医師免許を持つ心理分析官。横浜のみなとみらい地区で発生した爆発事件に、編入された夏希は、そこで意外な相棒とコンビを組むことを命じられる――。

県警猟奇犯罪アドバイザー・久井重吾
パイルドライバー
長崎尚志

15年の時を経て起きた、一家惨殺事件。謎が解決したと思いきや、新たな謎が……イマドキの刑事と伝説の元刑事の迷コンビが謎を追う。予想もつかないラストが待ち受ける、衝撃の警察ミステリ！

ヴァイス
麻布警察署刑事課潜入捜査
深見真

人気アイドルの覚醒剤疑惑に大物政治家の賄賂。麻布警察署のエース、仙石のミッションは依頼された全ての犯罪を秘密裏に揉み消すこと。手段は問わない。〝悪を以って悪を制す〟汚職警官の行く末とは⁉